Adelheid Popp (1869–1939)

ADELHEID POPP

JUGEND EINER ARBEITERIN

HRSG. UND EINGEL. VON HANS J. SCHÜTZ

VERLAG J.H.W. DIETZ NACHF. GMBH
BERLIN · BONN-BAD GODESBERG

CIP-Kurztitelaufnahme der Deutschen Bibliothek

Popp, Adelheid
[Sammlung]
Jugend einer Arbeiterin / hrsg. u. eingel. von Hans J. Schütz. — Nachdr. d. 1922 ersch. 4. Aufl., Nachdr. d. 1915 1. Aufl. Bonn-Bad Godesberg: Dietz, 1977.
ISBN 3-8012-0027-2

Diesem Neudruck liegt der Originaltext zugrunde, und zwar den Seiten 17—96 die 1922 erschienene 4. Auflage, den Seiten 97—187 die 1915 erschienene 1. Auflage. An einigen Stellen wurden grammatikalische Änderungen vorgenommen. Der Herausgeber

ISBN 3-8012-0027-2
© 1977 bei Verlag J. H. W. Dietz Nachf. GmbH
Berlin · Bonn-Bad Godesberg
Kölner Straße 143, D 5300 Bonn-Bad Godesberg 1
Alle Rechte vorbehalten
Nachdruck — auch auszugsweise — nur mit Genehmigung des Verlags
Umschlaggestaltung unter Verwendung der Originalumschlagzeichnung der 4. Aufl. 1922: J. Riedel
Herstellung: Druckhaus Schwaben, Heilbronn
Printed in Germany 1977

Inhalt

Einleitung von Hans J. Schütz 7

Adelheid Popp
Die Jugendgeschichte einer Arbeiterin 17

Adelheid Popp
Erinnerungen.
Aus meinen Kindheits- und Mädchenjahren 97

Einleitung

„Die Jugendgeschichte einer Arbeiterin" erschien 1909 anonym im Reinhardt Verlag in München. In seinem Geleitwort schrieb August Bebel, er habe „selten mit tieferer Regung eine Schrift gelesen" und wünschte dem Buch „zehntausende" Leser. Sein Wunsch erfüllte sich: schon im ersten Jahr erlebte das Buch drei Auflagen. Von der 3. Auflage an erschien es, überarbeitet und bis 1910 fortgeführt, unter dem Namen der Verfasserin, die damit einem Wunsch Bebels entsprach. Seit der 4. Auflage 1922 erschien es im J. H. W. Dietz Verlag und wurde bis 1930 sechsmal aufgelegt. Übersetzungen erschienen u. a. in englischer, französischer, italienischer, polnischer, rumänischer, schwedischer, tschechischer und ungarischer Sprache.
1915 folgten im J. H. W. Dietz Verlag die „Erinnerungen" Adelheid Popps, in denen die Autorin Erfahrungen aus ihrer eigenen Jugendzeit verarbeitet. Jedoch ist das Buch in erster Linie eine programmatische Aufklärungsschrift über die sozialistische Frauenbewegung in Österreich.
Die Aufzeichnungen Adelheid Popps, die zu den wichtigsten autobiographischen Zeugnissen sozialdemokratischer Arbeiter und Arbeiterinnen zählen, werden hiermit zum ersten Mal wieder vorgelegt.
Die Verfasserin wurde als Adelheid Dworschak 1869 in Inzersdorf als fünfzehntes Kind einer Weberfamilie geboren. Von ihren Geschwistern starben zehn bereits im Säuglingsalter. Ihr Vater, ein schwerer Trinker, schlug und tyrannisierte die Familie und überließ die Ernährung der Familie meistens der Mutter. Er starb, als Adelheid Popp sechs Jahre alt war. In ihren Aufzeichnungen betont sie, daß sie sich an die bitteren Erfahrungen ihrer Kindheit nicht gern erinnere: „Kein Lichtstrahl, kein Sonnenstrahl, nichts vom behaglichen Heim, wo mütterliche Liebe und Sorgfalt meine Kindheit geleitet hätte, ist mir bewußt."
Nach nur dreijährigem Schulbesuch muß die Zehnjährige bereits als Dienstmädchen, Näherin und Fabrikarbeiterin der Lohnarbeit nachgehen und die Mutter beim Unterhalt der Familie unterstützen. Mit dreizehn Jahren ist sie durch die harte Arbeit völlig überfordert und gesundheitlich am Ende. Schwerkrank

muß sie in ein Spital eingeliefert werden, wo sie zum ersten Mal „zur Besinnung" kommt, wie sie selbst schreibt.
Die Kindheit Adelheid Popps umfaßt alles, was für eine proletarische Kindheit dieser Zeit typisch ist: miserable Schulbildung, früher Zwang zur Lohnarbeit und damit Verzicht auf die einfachsten kindlichen Vergnügungen und Freuden, die Unterdrückung privater Neigungen und Interessen durch die Mutter, die gezwungen ist, das Kind immer wieder zur Arbeit zu treiben, und extrem dürftige Lebensverhältnisse.
Durch einen Kollegen ihres Bruders kam sie mit sozialistischen Ideen in Berührung, sie begann Parteiblätter zu lesen und beschaffte sich weiteren Lesestoff aus der Bibliothek des Arbeitervereins. In der „Jugendgeschichte" schildert sie, wie ihre Leseinteressen sich wandeln: von der billigsten Unterhaltungsliteratur, die damals bei den Arbeitern sehr beliebt war, gelangt sie über die bürgerlichen Klassiker Goethe und Schiller, über die politische Lyrik der Zeit zum Schrifttum des wissenschaftlichen Sozialismus.
Mit siebzehn Jahren besuchte sie die ersten Parteiversammlungen, wurde politisch tätig, warb Abonnenten für Parteizeitungen und trat 1885 der Sozialdemokratischen Partei bei. 1891 setzte sie, nach einem vergeblichen Versuch im Vorjahr, in ihrem Betrieb die Feier des 1. Mai durch. Im gleichen Jahr hatte der Brüsseler Kongreß der II. Internationale beschlossen, alljährlich den 1. Mai als gemeinsamen internationalen Festtag der Arbeiter zu feiern. Die Durchsetzung der Arbeitsruhe und die ständige Freigabe des 1. Mai in der Praxis waren damals wesentliche politische Forderungen der Sozialdemokratie und ihre Verwirklichung oft nur durch selbständige Aktionen wie die Adelheid Popps möglich. Im gleichen Jahr hielt sie auch ihre erste öffentliche Rede und veröffentlichte ihren ersten Zeitungsartikel, immer wieder behindert durch ihre schwachen Kenntnisse in Rechtschreibung und Grammatik. 1892 wurde sie Mitbegründerin und verantwortliche Redakteurin der „Arbeiterinnen-Zeitung" in Wien, dem führenden Organ der sozialdemokratischen Frauenbewegung in Österreich. 1893 beteiligte sie sich an der Organisation eines der ersten Frauenstreiks überhaupt. In einer Textilfabrik hatte die junge Arbeiterin Amalie Seidel zum Streik aufgerufen und Adelheid Popp um Unterstützung gebeten. An dem dreiwöchigen erfolgreichen Streik beteiligten

sich schließlich über 700 Wiener Arbeiterinnen und forderten eine Verkürzung der Arbeitszeit und die Verbesserung der Arbeitsbedingungen. Im Verlaufe des Streiks, der in Wien großes Aufsehen erregte, hatte Adelheid Popp auf einer nicht angemeldeten Versammlung gesprochen, und wurde deshalb später vor Gericht gestellt. Ihren Freispruch kommentierte sie mit dem Satz: „Es finden sich also auch im Klassenstaat einsichtsvolle Richter."
1893 heiratete sie den sozialdemokratischen Funktionär Julius Popp, mit dem sie zwei Kinder hatte. Ihr Gatte, ein schwerkranker Mann, starb bereits nach neunjähriger Ehe.
Nach 1918 wurde sie Mitglied des sozialdemokratischen Parteivorstandes, des österreichischen Parlaments und des Wiener Gemeinderats. Innerhalb der SPÖ vertrat sie die revisionistische Richtung unter dem Einfluß Victor Adlers und verurteilte die Gründung der Kommunistischen Partei und ihre revolutionären Thesen. Bedingung für die Veränderung der gesellschaftlichen Verhältnisse war für sie die Wandlung der Arbeiterschaft durch Reformen des Staates, durch Weckung und Stärkung des Klassenbewußtseins und durch eine sozialistische Erziehung.
Bis zu ihrem Tode 1939 war sie als Publizistin und Agitatorin unermüdlich für die sozialistische Frauenbewegung tätig und erreichte in Österreich eine ähnlich bedeutende Stellung wie Ottilie Baader, Clara Zetkin und Luise Zietz in Deutschland. 1912 gab sie das „Gedenkbuch · Zwanzig Jahre österreichische Arbeiterinnenbewegung" heraus und veröffentlichte unter dem Titel „Haussklavinnen" eine Studie über die Situation der Dienstmädchen. 1922 erschien ihr durch eigene Erfahrungen untermauerter Bericht „Frauenarbeit in der kapitalistischen Gesellschaft" und 1929 gab sie in „Der Weg zur Höhe" eine historische Darstellung der Frauenbewegung.
Viele Ideen der heutigen Frauenbewegung hat sie in ihren Arbeiten vorweggenommen. Sie übte harte Kritik an der bürgerlichen Scheinmoral, die auch dann die „Heiligkeit der Ehe" noch proklamierte, wenn diese schon unhaltbar geworden oder durch die weitverbreitete Trunksucht der Männer zu einem Martyrium für die Frau geworden war. Sie kämpfte gegen die politische Entrechtung der Frauen, die weder das aktive noch das passive Wahlrecht besaßen und denen die Mitgliedschaft in politischen Vereinen untersagt oder erschwert wurde. Im Sinne

ihres Lehrmeisters Bebel, dessen grundlegendes Buch „Die Frau und der Sozialismus" 1879 erstmals erschienen war und das bis 1910 fünfzig Auflagen erreichte, kämpfte sie gegen die weitverbreitete Ergebung der Frauen in ihr Schicksal, gegen ihren Mangel an Solidaritätsgefühl, gegen Schüchternheit und Furcht vor den Unternehmern. Nicht wenige Arbeiter sahen überdies in den Frauen keine gleichberechtigten Kolleginnen, sondern eine Konkurrenz und wollten die Frauenarbeit ganz abschaffen. Auf dem Gothaer Parteitag 1896 wurde denn auch die „Frauenagitation" zu einem wichtigen Tagesordnungspunkt und zu einem wichtigen Thema der parteiinternen Diskussion.
Adelheid Popp propagierte das Recht der Frau auf freie Entfaltung in der Öffentlichkeit, am Arbeitsplatz und in der Familie. Sie sollte die Möglichkeit haben, sich aus einer gescheiterten Ehe zu lösen, eine vom Zwang bürgerlicher Moralvorstellungen unbelastete „freie Liebe" zu verwirklichen und sich bei gleichen Arbeits- und Lohnbedingungen eine eigene Existenz aufzubauen. Jedoch verlor sie in ihrem Kampf um die Emanzipation der Frau ihr Ziel nicht aus den Augen, unter den Frauen für den Sozialismus zu agitieren und grenzte sich gegen bürgerliche Frauenrechtlerinnen ab. Ihr Kampf für die Gleichberechtigung der Frau schloß immer ein, daß durch eine sozialistische Erziehung die gesamte Lebensführung innerhalb der Familie geändert werden müsse. Dabei brachten ihr ihre radikalen Thesen mehrfach Arreststrafen ein.
Adelheid Popps Kindheit fiel in eine Zeit, in der die Technisierung der industriellen Produktion zur Einstellung ungelernter Arbeitskräfte, vor allem von Frauen, in großem Maße führte, und es Kinderarbeit in offener oder versteckter Form immer noch gab. Die durchschnittliche Arbeitszeit betrug 1890 elf Stunden. Gerade die Frauen bildeten eine unerfahrene, widerstandslose Gruppe ohne ausgeprägtes Klassenbewußtsein innerhalb des Industrieproletariats. Wenn die Arbeitszeit sich auch aufgrund der intensiven Ausbeutungsmethoden verkürzte, die Reallöhne stiegen, verbesserten sich doch Wohnverhältnisse und Ernährung nur wenig, und die Arbeiter waren gezwungen, mehr als 60% ihres Einkommens allein für Grundnahrungsmittel auszugeben. Volksschule, Kirche und Militär verhinderten durch massive Indoktrination eine klassenbewußte Erziehung der Arbeiter, so daß der Kampf gegen die bürgerliche Kulturideologie ein

wesentlicher Punkt der sozialdemokratischen Parteiarbeit wurde. Viele Arbeiter glaubten, durch Aneignung bürgerlicher Bildung eine Art Gleichberechtigung mit dem Bürgertum erlangen zu können. Auch Adelheid Popp berichtet anschaulich von ihren Schwierigkeiten, sich von diesen Einflüssen zu befreien und wie sie in einem mühsamen Lernprozeß, in dem praktische Klassenerfahrung und der Erwerb politischen Wissens zusammenkommen, ihre klerikal und monarchisch geprägten Vorstellungen ablegt und zum Sozialismus findet. Dabei geht sie in der „Jugendgeschichte" immer von ihrem aktuellen Bewußtseinsstand aus, schildert ihr langsames Erkennen der Wahrheit, den schwierigen Prozeß politisch denken zu lernen und zieht dann das Fazit: „... und wieder fiel ein Teil meiner früheren Anschauungen in Trümmer."

So wird für sie das Weihnachtsfest und die Dankbarkeit, die sie damals für den „Großmut" eines Fabrikbesitzers empfand, in der nachträglichen Schilderung zum Tage der Wahrheit, als sie hinter der mildtätigen Geste den brutalen Ausbeuter erkennen muß. Ihr kommt es auf eine detaillierte Schilderung ihrer Jugend nicht an. sie bemüht sich, wesentliche Ereignisse auszuwählen, die ihren politischen Entwicklungsgang deutlich machen, und durch die sie agitierend und aufklärend auf ihre proletarischen Leser einwirken will.

Ihr Lebensweg ist der einer Aufsteigerin, die sich von der politisch indifferenten Lohnarbeiterin zur bekannten Publizistin und Parteifunktionärin aufwärts entwickelt, jedoch sind ihr Geltungsbedürfnis oder das Gefühl, sich voll Stolz präsentieren zu müssen, ebenso fremd wie der Drang, das eigene Leben „literarisieren" zu wollen, wie es zum Beispiel bei Barthel oder Bröger später geschah.

Die Literaturgeschichte hat die zahlreichen autobiographischen Zeugnisse aus der Frühzeit der Arbeiterbewegung und der Sozialdemokratie zumeist nicht zur Kenntnis genommen, sie nach rein ästhetischen Gesichtspunkten als „sozialistische Tendenzliteratur" oder „Elendsdichtung" abgewertet, oder sie als „kulturhistorische Dokumente" mißverstanden. Diese frühen Formen einer sozialistischen Prosaliteratur sind jedoch wichtige Stufen auf dem Wege zu einer klassengebundenen, operativen Literatur. Zusammen mit großen Teilen der frühen Arbeiterliteratur sind sie weitgehend in Vergessenheit geraten und dem modernen Arbeiter fremd geworden.

Die Lebenszeugnisse schreibender Sozialdemokraten erhellen und belegen eine wichtige Phase im schwierigen und widerspruchsvollen Prozeß der politischen Organisierung der deutschen Arbeiterschaft. Für das Verständnis der Geschichte, Kultur und politischen Entwicklung der Arbeiterbewegung in der zweiten Hälfte des 19. Jahrhunderts bieten sie ein anschauliches und reichhaltiges Material, das für die heutige Arbeiterschaft, die Gefahr läuft, den Zusammenhang mit der eigenen Tradition zu verlieren, durchaus eine aktuelle Bedeutung gewinnen könnte. Die Selbstdarstellung eines Arbeiters tritt gegenüber der bürgerlichen Autobiographie aufgrund gegensätzlicher sozialer Erfahrungen mit einem völlig anderen Anspruch auf: es geht ihr nicht um die Darstellung einer privaten Bildungsgeschichte, sondern um die Darstellung eines Schicksals, das nicht nur ein individuelles, sondern das einer ganzen Klasse ist. Der schreibende, zu politischem Selbstbewußtsein gelangte Arbeiter erzählt sein Leben nicht mehr aus der Perspektive eines Opfers der geschichtlichen Prozesse, er glaubt vielmehr an die Möglichkeit der Veränderung und setzt die eigene Veränderung mit der seiner Klasse und der Gesellschaft in Beziehung.

Schreiben entspringt bei ihm nicht irgendwelchen literarischen Ambitionen, er beschreibt sein Leben stellvertretend für seine Klasse als Exempel und als Appell. Darüber waren sich fast alle frühen Autobiographen im klaren. Adelheid Popp schreibt: „Ich schrieb die ‚Jugendgeschichte‘ nicht, weil ich sie als etwas individuell Bedeutsames einschätzte, im Gegenteil, weil ich in meinem Schicksal das von hunderttausenden Frauen und Mädchen des Proletariats erkannte, weil ich in dem, was mich umgab, was mich in schwere Lagen brachte, große gesellschaftliche Erscheinungen wirken sah." (Seite 21)

Was diese Arbeiter und Arbeiterinnen aufschreiben, ist nicht immer Literatur, die hohen ästhetischen Ansprüchen genügt oder sich durch eine einheitliche und konsequente politische Linie auszeichnet. Durchaus nicht alle Autoren sind so fesselnde Erzähler wie Belli, Bromme, Fischer oder Rehbein und manche bleiben bürgerlichen oder religiösen Anschauungen verhaftet.

Autoren wie Adelheid Popp liefern keine sentimentalen Elendsschilderungen, sie wollen ihre Leser aufklären und sie dazu auf-

rufen, die Gesellschaft im sozialistischen Sinne zu verändern. Ihre Bücher sollen Impulse sein, die beim Leser ähnliche Lernprozesse in Gang setzen. Franz Mehring schrieb 1907 in der „Neuen Zeit" in einer Rezension der Autobiographie Wilhelm Brommes: „Man lernt und versteht daraus vieles, was einem die beredte Sprache wissenschaftlicher Forscher und die noch beredtere Sprache statistischer Ziffern doch nicht klarmachen können, namentlich den psychologischen Umwälzungsprozeß, der sich im modernen Proletariat vollzieht...", und er sagt an anderer Stelle: „Aber seine Darstellung... ist völlig frei von Sentimentalität; er macht nicht die geringste Parade mit dem Elend, von dem er weiß, daß es das Elend seiner Klasse ist."
Dieses gilt auch für die Aufzeichnungen Adelheid Popps. Der historische Wert und die fortdauernde Aktualität ihres Buches liegen in der Anschaulichkeit der Schilderung und in der sichtbar werdenden Konsequenz, mit der eine Frau — und damit unter besonders erschwerten Bedingungen — am Beispiel des eigenen Lebens ihre politische und menschliche Entwicklung zum Klassenbewußtsein, zur Solidarität und den Beginn des politischen Kampfes der Arbeiterinnen beschreibt.
Nach den ersten autobiographischen, meist skizzenhaften Veröffentlichungen von Josef Schiller (1890), Stephan Born (1898), Karl Grillenberger (1887) u. a. oder populärer Autoren der Arbeiterbewegung wie Johann Most (1903 f.), entstanden nach 1900 die ersten Autobiographien von Lohnarbeitern. Der Anstoß zu ihrer Veröffentlichung ging zunächst von bürgerlichen Herausgebern und Verlagen aus. Im Diederichs Verlag gab der Pfarrer und sozialdemokratische Reichstagsabgeordnete Paul Göhre die Autobiographien von Carl Fischer (1903), Wilhelm Bromme (1905), Wenzel Holek (1909) und Franz Rehbein (1911) heraus. In seinen Vorworten wehrte sich Göhre gegen den Vorwurf, für die Sozialdemokratie Propaganda zu machen und versuchte die politische Brisanz der Texte auch durch seine Bearbeitungen zu neutralisieren. Mangel an Religion und Bildung waren nach seiner Meinung die Gründe für die Notlage der Arbeiter. Er wandte sich an bürgerliche Kreise und empfahl ihnen diese Lektüre zur Information und Belehrung. So erschienen beispielsweise die „Erinnerungen" Fischers in gediegener Ausstattung mit Buchschmuck von Heinrich Vogeler. Kämpferische Tendenzen suchte er zu dämpfen, so daß Franz Mehring die „bear-

beiteten" Aufzeichnungen Holeks verächtlich als ein „Buch für die Bourgeoisie" bezeichnete. Bei alle seinen Verdiensten als Schrittmacher, vertrat er eine Haltung, die Verständnis für die Lage der Arbeiter erbat, nicht aber nach deren Ursachen fragte. Das Interesse des bürgerlichen Publikums an Arbeiterautobiographien war zunächst groß. So wurden die „Denkwürdigkeiten und Erinnerungen eines Arbeiters" von Carl Fischer zu einem literarischen Ereignis: in zwei Jahren wurden vom ersten Band 7000 Exemplare verkauft. Das Interesse erlahmte jedoch schnell und die eigentliche Zielgruppe, die Arbeiter, wurde nicht zuletzt durch den hohen Preis — Holeks „Lebensgang eines deutsch-tschechischen Handarbeiters" kostete 4,50 Mark — nicht erreicht. Die deutsche Sozialdemokratie versäumte es bis 1910 zunächst, sich für diese neue Form proletarischer Literatur zu engagieren, und Titel zu erschwinglichen Preisen herauszubringen, obgleich sie über eine starke Parteipresse und mit dem J. H. W. Dietz Verlag (seit 1881) und dem Verlag der Buchhandlung „Vorwärts" (seit 1891) über eigene Publikumsorgane verfügte.
Als die Einsicht in die politische Notwendigkeit einer parteilich-operativen Literatur gewachsen war, erschien im J. H. W. Dietz Verlag als erste die Autobiographie August Bebels „Aus meinem Leben" (1910 f.), die ein großer Erfolg wurde. Nach einem Jahr waren 70 000 Exemplare verkauft. In den folgenden Jahren erschienen in rascher Folge im J. H. W. Dietz Verlag die Autobiographien Joseph Bellis (1912), Adelheid Popps (1915 und 1922), Ottilie Baaders (1921), Julius Bruhns' (1921), Wilhelm Bocks (1927) und im „Vorwärts"-Verlag die von Alwin Ger (1911 f.), Paul Dikreiter (1914), Nikolaus Osterroth 1920) und anderen. Nach 1945 hat man die Autobiographien von Arbeitern nur im geringen Maße wieder zugänglich gemacht. Neben der bedeutenden Autobiographie Bebels (1958/1976, Berlin, Bonn-Bad Godesberg) wurden die von Wilhelm Bromme (Frankfurt, 1971), Franz Rehbein (Darmstadt und Neuwied, 1973) und Johann Most (München, 1974) wieder aufgelegt. Einen wichtigen Schritt zur Wiederentdeckung dieser autobiographischen Literatur bedeutet das verdienstvolle zweibändige Sammelwerk „Proletarische Lebensläufe", herausgegeben von Wolfgang Emmerich (Reinbek, 1974 und 1975), das neben Textauszügen auch Kurzbiographien zu den Autoren und eine Bibliographie zur deutschsprachigen Arbeiterautobiographie enthält.

Mit den Aufzeichnungen Adelheid Popps wird eines der bedeutendsten Zeugnisse dieser Literatur wieder zugänglich gemacht. Sie bieten Anregungen zur Beschäftigung mit der Geschichte der frühen Arbeiterbewegung, weisen auf eine verschüttete Tradition hin, die es verdient, wieder ins Gedächtnis gerufen zu werden, und die auch in der Gegenwart durchaus eine aktuelle Provokation für uns alle darstellen könnte.
Herausgeber und Verlag danken Herrn Werner Krause von der Friedrich-Ebert-Stiftung für seine freundliche Hilfe bei der Beschaffung des dokumentarischen Materials.

Der Herausgeber

Die Jugendgeschichte einer Arbeiterin

Von
Adelheid Popp
Mit einführenden Worten von
August Bebel

Vierte Auflage

1922
J. H. W. Dietz Nachf. — Berlin — Stuttgart

Ein Geleitwort

Als der Pfarrer außer Dienst, unser jetziger Parteigenosse *Goehre* zu Anfang der 90er Jahre seine Schrift erscheinen ließ: „Drei Monate Fabrikarbeiter", in der er zeigt, was er in der Rolle eines Fabrikarbeiters während dreier Monate erlebte, machte eine der größten und konservativsten Zeitungen das Geständnis: Wir seien über die Lebensbedingungen der halbwilden afrikanischen Völkerschaften besser unterrichtet, als über die unserer eigenen untersten Volksschichten.

Dieser Satz könnte auch auf den Inhalt der vorliegenden Schrift Anwendung finden. Es ist für die höheren Schichten unserer Gesellschaft eine vollkommen neue Welt, die sich vor ihren Augen öffnet, aber eine Welt des Jammers, des Elends, der moralischen und geistigen Verkümmerung, daß man entsetzt sich fragt, wie ist solches in unserer auf ihr Christentum und ihre Zivilisation so stolzen Gesellschaft möglich? Die Verfasserin zeigt uns diese unterste Schicht, auf der unsere Gesellschaft aufgebaut ist, in der sie geboren wurde und ein halbes Menschenalter lebte. Wir sehen aber auch, wie sie trotz der traurigen Zustände in ihrer Umgebung vermochte, sich zu befreien und sich zur Vorkämpferin ihres Geschlechts emporzuarbeiten, als die sie heute, von allen, die sie kennen, geachtet und anerkannt wird.

Ich habe selten mit tieferer Regung eine Schrift gelesen als die unserer Genossin! Mit brennenden Farben schildert sie die Not des Lebens, die Entbehrungen und moralischen Mißhandlungen, denen sie als armes Proletarierkind ausgesetzt war und die sie als Proletarierin doppelt und bis auf die Hefe zu kosten bekam. Ihre Kindheit bringt sie in einem Raum zu, der die Bezeichnung menschlich nicht verdient, sie besitzt einen Vater, der ein Trinker ist und für seine Familie kein Herz hat, sie hat eine Mutter, die zwar brav und fleißig ist, die den ganzen Tag sich abrackert und schuftet, um die Familie über Wasser zu halten, die aber aus Sorge für die Existenz der Familie und infolge mangelnder Erziehung allen geistigen Interessen nicht nur gleichgültig, sondern feindlich gegenübersteht und kein Verständnis für das Streben ihrer Tochter hat, sich aus der menschenunwürdigen Lage zu befreien, in die sie das Schicksal warf.

Und diese Befreiung gelang ihr aus eigener Kraft, durch eisernen Fleiß und unermüdliche Selbstausbildung. Die Lücke ihrer sehr mangelhaften Schulbildung füllt sie in überraschender Weise aus. Die Bande der Kirche, in die sie in der Kindheit geschlagen war, zerreißt sie und wird Freidenkerin, die von monarchischer Ehrfurcht Erfüllte wird Republikanerin und des Lebens harte Not und Erfahrungen machen sie zur begeisterten Sozialistin und zur Vorkämpferin für die Befreiung des gesamten Proletariats.

So wird ihr Leben auch ein Beispiel der Nachahmung für viele. Mit Recht sagt sie am Schlusse ihrer Lebensbeschreibung, daß Mut und Selbstvertrauen in erster Linie notwendig sind, um aus sich selbst etwas zu machen. Gar manche Geschlechtsgenossin könnte ähnliches leisten, wenn Eifer und Begeisterung für den die Menschheit befreienden Sozialismus sie erfüllte.

Eins habe ich an der Schrift auszusetzen: daß die Verfasserin in nicht gerechtfertigter Bescheidenheit ihren Namen verschweigt. Dieser wird zwar kein Geheimnis bleiben, aber ich hielt es für die Verbreitung der Schrift wirksamer, wenn sie, deren Namen alle kennen, mit offenem Visier sagte: So war ich einst, und so bin ich jetzt. Was ich getan, mußte ich tun, ihr anderen könnt ähnliches tun, ihr müßt nur wollen.

Mein Wunsch ist, diese Schrift möge in zehntausenden Exemplaren Verbreitung finden.

Schöneberg-Berlin, 22. Februar 1909.

A. BEBEL.

Vorwort der Verfasserin zur dritten Auflage

August *Bebel* habe ich herzlich zu danken, daß er die Verantwortung für meine Jugendgeschichte vor der Öffentlichkeit übernahm, daß er für die Echtheit der Darstellung, für die Richtigkeit der Erzählung bürgte. Er riet mir ab, die Schrift ohne meinen Namen erscheinen zu lassen. Nicht übertriebene Bescheidenheit, deren er mich freundlich zieh, war es, die mich hinderte, mit meinem Namen für meine Jugendgeschichte einzutreten. Ich schrieb die Jugendgeschichte nicht, weil ich sie als etwas individuell Bedeutsames einschätzte, im Gegenteil, weil ich in meinem Schicksal das von hunderttausenden Frauen und Mädchen des Proletariats erkannte, weil ich in dem, was mich umgab, was mich in schwere Lagen brachte, große gesellschaftliche Erscheinungen wirken sah. Ich habe mich nicht getäuscht, wie die zahlreichen Zuschriften beweisen, die ich von Arbeiterinnen erhielt und die in meinem Schicksal ein Spiegelbild des ihrigen erblickten.
Als die zweite Auflage dieses Büchleins in die Welt ging, rieten mir Freunde und Freundinnen, meinen Namen nicht mehr zu verhehlen, da er doch, wenn auch gegen meinen Willen und nicht in unfreundlicher Absicht bekannt geworden war. Aber ich widerstand, weil ich noch immer hoffte, daß das Schriftchen als das Lebensschicksal *einer* Arbeiterin, das gleichzeitig das von Hunderttausenden ist, wirken werde. Nun wo die dritte Auflage in die Lande geht, vermag ich mich doch der Erwägung nicht zu entziehen, daß meine Absicht nicht verstanden werden könnte; daß man nicht begreifen werde, warum das Büchelchen nicht meinen Namen trägt, da meine Verfasserschaft doch längst in weit größeren Kreisen bekannt ist, als ich es vermuten konnte. Nun da mein Name auf dem Buche steht, habe ich manches nicht mehr zu verschweigen, was ich nicht angeführt habe, weil ich fürchtete, daß man dadurch die Verfasserin erraten könnte. Ich konnte aus der dritten Auflage manche Stellen ausmerzen, die Freunde und Gesinnungsgenossen von dem Gedanken an meine Verfasserschaft ablenken sollten. Dafür habe ich manches Neue hineingearbeitet. Neue Personen treten in den Kreis meiner Schilderung. Meine leider allzu kurze Ehe habe ich geschildert, aber nicht um über mich zu sprechen, sondern um an meinem individuellen Schicksal zu zeigen, daß die öffentliche

Tätigkeit der Frau durch die Ehe und durch ihre Pflichten als Mutter und Gattin nicht gehemmt werden muß. Es handelt sich da um eines der großen Probleme der Frauenfrage, um eine der wichtigsten Vorfragen bei der Erörterung vollkommener politischer und gesellschaftlicher Gleichberechtigung der Frau. Es freut mich, daß ich diese Worte niederschreiben kann am siebzigsten Geburtstag Bebels, des größten deutschen Vorkämpfers der Befreiung der Frau.

Am 22. Februar 1910.

ADELHEID POPP.

Vorwort zur vierten Auflage

Die „Jugendgeschichte" erscheint nun im Vorwärtsverlag, was von allem Anfang an mein Wunsch war. Wohl hat der Verleger der ersten drei Auflagen, Herr Ernst Reinhardt in München, das Erscheinen der „Jugendgeschichte" und ihre Verbreitung außerordentlich gefördert, und sicherlich ist sie durch seinen Verlag in Kreise gedrungen, die ein Parteiverlag vielleicht nicht erreicht hätte. Mein Herzenswunsch aber war der Parteiverlag, da ich ja mit meinem bescheidenen Werke in allererster Linie auf die arbeitenden Frauen und Mädchen wirken wollte.
Zu meiner Freude kann ich sagen, daß dieses Ziel erreicht wurde, viele tausende Proletarierinnen haben die „Jugendgeschichte" gelesen, und zahlreiche Briefe des In- und Auslandes haben mir bestätigt, daß viele Frauen erst durch die Jugendgeschichte auf die Arbeiterbewegung aufmerksam gemacht und für sie gewonnen wurden. Aber nicht nur in deutscher Sprache, sondern auch in vielen Sprachen des Auslandes ist die „Jugendgeschichte" in Druck erschienen. Um die englische Übersetzung hat sich die leider zu früh verstorbene Genossin Mac Donald verdient gemacht, die französische Übersetzung ist knapp vor Kriegsausbruch in Genf erschienen und wurde von der französischen Parteipresse anerkennend begrüßt. Eine englische Übersetzung erschien auch im sozialistischen Tagblatt Chicagos, eine italienische Übersetzung in einem italienischen Tagblatt. Buchausgaben sind in schwedischer, flämischer, ungarischer, tschechischer, polnischer, rumänischer und serbischer Sprache erschienen. Die jüdische Bewegung in Amerika hat ebenfalls eine Übersetzung erscheinen lassen. Unmittelbar vor Kriegsausbruch sollte eine russische Übersetzung erscheinen, doch habe ich nicht Kunde erhalten, ob diese von mehreren Seiten betriebene Absicht verwirklicht wurde.
Wie sehr mich dieser Erfolg der „Jugendgeschichte" beglückt, kann ich um so mehr sagen, als ihre Entstehung nicht mein Verdienst ist. Nicht einmal meine Idee. Genosse Dr. Adolf Braun, der damals in Österreich wirkte, ist es, dem ich die Anregung und die Ermutigung zu dieser Arbeit verdanke. Ohne seine Anfeuerung hätte ich nie gewagt, die Öffentlichkeit mit meinen Erinnerungen zu behelligen, da ich ja weiß, daß das Schicksal der Proletarierinnen um die Zeit, in der meine „Jugend-

geschichte" spielt, ein fast allgemeines war. Tausende könnten dasselbe erzählen, was ich erzählt habe, soweit Leiden und Dulden in Betracht kommen. Wenn ich mich dennoch überzeugen ließ, daß das Niederschreiben meiner Erlebnisse nützlich sein würde, so deshalb, weil zwar Unzählige andere gleich mir leiden mußten, daß aber nur wenige den Weg zur Erhebung und zum Aufstieg aus einer bedrückten und versklavten Jugend fanden. Diesen Weg und die Kämpfe zu zeigen, die er erfordert, aber auch die Möglichkeit eines siegreichen Gelingens rechtfertigte für mich den Schritt, von mir selbst zu reden.

Vieles ist seither anders geworden. Die rechtliche Stellung der Frau hat eine vollständige Umgestaltung erfahren. Die Arbeiterin ist zwar noch immer ausgebeutet, das Los der verheirateten Proletarierin ist noch immer ein zweifach bedrücktes, aber doch zeigt sich schon der Weg zu einer besseren Gesellschaftsordnung. Können wir einmal die Verarmung als Folgeerscheinung des Krieges und der Friedensverträge abschütteln, dann wird der Weg offen sein, auf dem die Arbeiterin, die Frau und Mutter rascher der Erlösung entgegengehen kann.

Die noch Zaghaften und Zögernden anzufeuern, ihnen Mut und Zuversicht zu geben, soll auch durch die Neuauflage der „Jugendgeschichte" bewirkt werden.

Wien, im Juni 1922.

DIE VERFASSERIN.

Die meisten Menschen, wenn sie unter normalen Verhältnissen herangewachsen sind, denken in Zeiten schwerer Schicksalsschläge mit Dankbarkeit und Rührung an die schöne glückliche sorgenlose Jugendzeit zurück und seufzen wohl auch verlangend: Wenn es nur noch einmal so würde!
Ich stehe den Erinnerungen an meine Kindheit mit anderen Gefühlen gegenüber. Kein Lichtpunkt, kein Sonnenstrahl, nichts vom behaglichen Heim, wo mütterliche Liebe und Sorgfalt meine Kindheit geleitet hätte, ist mir bewußt. Trotzdem hatte ich eine gute, aufopferungsvolle Mutter, die sich keine Stunde Rast und Ruhe gönnte, immer getrieben von der Notwendigkeit und dem eigenen Willen, ihre Kinder redlich zu erziehen und sie vor dem Hunger zu schützen. Was ich von meiner Kindheit weiß, ist so düster und hart und so fest in mein Bewußtsein eingewurzelt, daß es mir nie entschwinden wird. Was anderen Kindern Entzücken bereitet und glückseligen Jubel auslöst, Puppen, Spielzeug, Märchen, Näschereien und Weihnachtsbaum, ich kannte das alles nicht, ich kannte nur die große Stube, in der gearbeitet, geschlafen, gegessen und gezankt wurde. Ich erinnere mich an kein zärtliches Wort, an keine Liebkosung, sondern nur an die Angst, die ich, in einer Ecke oder unter dem Bett verkrochen, ausstand, wenn es eine häusliche Szene gab, wenn mein Vater zu wenig Geld nach Hause brachte und die Mutter ihm Vorwürfe machte. Mein Vater war jähzornig, er schlug dann die Mutter, die oft nur halb angekleidet fliehen mußte, um sich bei Nachbarn zu verbergen. Dann waren wir einige Tage allein mit dem grollenden Vater, dem man sich nicht nähern durfte. Zu essen gab es dann nicht viel, mitleidige Nachbarn halfen uns, bis die Mutter von der Sorge um ihre Kinder und den Hausstand getrieben, wieder kam.
Solche Szenen kehrten fast jeden Monat und auch früher wieder. Mein ganzes Herz hing an der Mutter; vor dem Vater hatte ich eine unbezwingliche Scheu, und ich erinnere mich nicht, ihn je angeredet zu haben, oder von ihm angesprochen worden zu sein. Meine Mutter sagte mir später, daß es ihn ärgerte, daß ich, das einzige Mädchen unter fünf am Leben gebliebenen Kindern, dunkle Augen wie meine Mutter hatte.

Ein Weihnachtsabend, an dem ich noch nicht ganz fünf Jahre alt war, ist mir noch immer in Erinnerung. Beinahe hätte ich dieses eine Mal einen Weihnachsbaum bekommen. Meine Mutter wollte mir, ihrem jüngsten Kinde, auch einmal zeigen, was das Christkind ist. Wochenlang hatte sie immer einige Kreuzer zu erübrigen getrachtet, um ein kleines Kochgeschirr für mich zu kaufen. Der Weihnachtsbaum war geschmückt mit bunten Papierketten, vergoldeten Nüssen und mit dem bescheidenen Spielzeug behängt. Mit dem Anzünden der Lichter wurde auf den Vater gewartet, der zum Fabrikanten gegangen war, um Ware abzuliefern. Er sollte Geld bringen. Es wurde 6 Uhr, dann 7 und endlich 8 Uhr, der Vater kam nicht. Wir waren alle hungrig und verlangten zu essen. Wir mußten die guten Mohnnudeln, Äpfel und Nüsse, allein ohne den Vater essen, worauf ich zu Bette gehen mußte, ohne daß die Lichter auf dem Weihnachtsbaum gebrannt hätten. Die Mutter war zu mißgestimmt und zu sorgenvoll, um den Baum anzuzünden. Ich lag schlaflos in meinem Bette; ich hatte mich so auf das Christkind gefreut, und nun war es ausgeblieben. Endlich hörte ich den Vater kommen, er wurde nicht freundlich empfangen, und es kam wieder zu einer heftigen Szene. Er hatte weniger Geld gebracht, als die Mutter erwartet hatte, dann war er unterwegs in ein Gasthaus gegangen. Er hatte fast zwei Stunden zu gehen und wollte sich einmal erwärmen. Er war dann länger sitzen geblieben, als er zuerst gewollt und kam angetrunken nach Hause. Ich guckte bei dem Lärm, der sich nun erhob, von meiner Schlafstelle nach den Eltern — und da sah ich, wie der Vater mit einer Hacke den Weihnachtsbaum zerschlug. — — Zu schreien wagte ich nicht, ich weinte nur, weinte, bis ich einschlief.

Am nächsten Tag empfand mein Vater wohl Mitleid mit mir, denn er gab mir einige Kreuzer, wofür ich mir Blechgeschirr kaufen durfte. Mitleidige Menschen schenkten mir dann auch eine Puppe und anderes Spielzeug, das für ihre Kinder schon durch schöneres, prächtigeres ersetzt worden war.

Und noch an eine Bescherung kann ich mich erinnern. Als ich schon in die Schule ging, wurde von einem reichen Mann, der eine große Fabrik besaß, in der viele Hunderte Männer und Frauen arbeiteten, für die armen Schulkinder eine Weihnachtsbescherung veranstaltet. Auch ich gehörte zu den Glücklichen, die mit Naschwerk und wollenen Kleidungsstücken beschenkt

wurden. Die große, mächtige Tanne gab mehr Licht, als ich je gesehen hatte, und der Festschmaus, der uns gegeben wurde, brachte uns alle in glückselige Stimmung. Wie dankbar war ich dem guten, reichen Mann, der ein so mildtätiges Herz für die Armen hatte. Als später meine verwitwete Mutter in seiner Fabrik für drei Gulden Wochenlohn täglich 12 Stunden arbeiten mußte, konnte ich noch nicht beurteilen, daß darin die Quelle für seine „Großmut" gelegen war.
Erst viel später kam ich zu dieser Erkenntnis.

Mein Vater wurde von einer bösartigen Krankheit, einem Krebsleiden, befallen, wodurch wir in große Not kamen. Im Krankenhaus wollte der Vater nicht bleiben; da er aber ärztliche Hilfe und Medikamente haben mußte, so verschlangen diese fast alles, was verdient wurde, und unsere Verhältnisse gestalteten sich immer jammervoller. So oft ich mit einem Rezept in die Apotheke geschickt wurde, klagte meine Mutter, wie lange das noch dauern würde. Eines Tages war es so weit, daß der Geistliche geholt wurde, um dem Vater die Beichte abzunehmen und ihn mit den Sterbesakramenten zu versehen. Das war für mich ein großes Ereignis. Alle Hausbewohner knieten in unserem Zimmer und wir mit ihnen. Weihrauch erfüllte die Luft, und das Schluchzen meiner Mutter war zwischen den Gebeten hörbar. Wenige Stunden später starb mein Vater. Die Mutter hatte es ihm nie vergessen, daß er ohne ein versöhnendes Wort für sie und ohne eine Ermahnung an seine Kinder gestorben war.
Ich empfand keine Betrübnis, ja, als ich die von einer wohlhabenden Familie geliehenen Trauerkleider mit Hut und Schleier trug, empfand ich weit eher ein Gefühl der Genugtuung, auch einmal so schön angezogen zu sein. Meine Mutter war jetzt die Ernährerin von fünf Kindern. Mein ältester Bruder war wohl schon achtzehn Jahre alt, aber er konnte uns keine Stütze sein, da er ein im Niedergange begriffenes Handwerk erlernt hatte. Er entschloß sich, sein Glück in der Fremde zu suchen und schnürte sein Bündel. Zwei Brüder, die bisher mit dem Vater zu Hause gearbeitet hatten, kamen in die Lehre, der jüngste zehnjährige ging in die Schule.
Meine Mutter hatte viel Willenskraft und angeborenen Verstand. Sie war beseelt von dem Wunsche, zu zeigen, daß auch

eine Mutter Kinder ernähren könne. Ihre Aufgabe war eine unendlich schwere, da sie außer häuslichen Arbeiten nichts gelernt hatte. Früh verwaist, war sie mit sechs Jahren in den Dienst gekommen; sie hatte nie eine Schule besucht und konnte daher weder lesen noch schreiben. Sie war auch eine Feindin der „neumodischen Gesetze", wie sie die Schulpflicht nannte. Sie fand es ungerecht, daß andere Menschen den Eltern vorschrieben, was sie mit ihren Kindern zu tun hätten. In diesem Punkte hatte mein Vater ihre Anschauung geteilt, und meine Brüder hatten ihm schon mit zehn Jahren bei seiner Arbeit, der Weberei, helfen müssen. Drei Jahre Schule war nach Ansicht meiner Eltern genug, und wer bis zum zehnten Jahre nichts lernt, lernt später auch nichts, war eine von ihnen oft getane Äußerung. Auch mein jüngster Bruder mußte jetzt aus der Schule austreten, doch hatten sich mittlerweile die Gesetze über die Schulpflicht schon mehr eingelebt, und die Schulbehörde machte Schwierigkeiten. Mit vielen Gesuchen setzte es meine Mutter doch durch, daß er aus der Schule entlassen wurde und als Hilfsarbeiter in eine Fabrik gehen konnte.
Mein Bruder war ein fleißiger Knabe und trachtete, möglichst viel zu verdienen. Er machte bis spät abends Überstunden, und im Sommer ging er an Sonntagen Kegelaufsetzen, wofür er auch bezahlt wurde. Da befand er sich den ganzen Sonntag, oft bis in die Nacht, im Gasthaus und war Zeuge der wilden Raufereien, die gewöhnlich das Ende solcher Sonntagsvergnügungen bildeten. Zur Jagdzeit ging er mit anderen Knaben als Treiber zu den Hasenjagden. Später kam er in eine Lehre in unserem Dorfe, wo er es gut hatte. Eines Tages aber kam er klagend nach Hause. Er war am Glatteis gestürzt und hatte sich das Knie verletzt. Das sollte für ihn der Anfang eines jammervollen Siechtums werden. Da die Schmerzen immer quälender wurden, mußte er in das Krankenhaus gebracht werden, von wo er aber nach einigen Wochen wieder heim kam. Er ging wieder arbeiten; da entstand in der linken Rippengegend ein Bläschen, das sich bis zur Eigröße entwickelte und eines Tages während der Arbeit aufbrach.
Jetzt begann eine schwere Zeit für ihn und uns alle. Da war der kranke Bruder und kein Verdienst im Hause. Die Mutter war ohne Arbeit, und mein zweitjüngster Bruder war wegen schwerer Mißhandlungen aus seiner Lehre davongelaufen. Das

war in einem Winter, in dem lange kein Schnee fiel, so daß auch mit dem Hinwegräumen dieses Himmelsbrotes nichts verdient werden konnte. Meine Mutter scheute keine Mühe, um Arbeit zu finden. Manchmal konnte sie irgendwo Wäsche waschen, da mußte ich dann zu Mittag kommen und sie teilte ihre Mahlzeit mit mir. Von den Gasthäusern holten wir uns das Wasser, in dem die Würste gekocht wurden, das gab mit Brot eine uns vorzüglich mundende Suppe. Mein kranker Bruder bekam von mitleidigen Nachbarn Suppe und manch andere guten Dinge. Alle kurierten an ihm. Alle guten und schlechten Hausmittel wurden angewendet. Aus der Stadt holte meine Mutter eine Salbe, die von einer alten Frau zubereitet wurde und förmliche Wunder wirken sollte. Andere kamen und legten ihm gestoßene trockene Zwetschgen mit Zucker vermischt auf die Wunden. Kräuterbäder wurden ihm gemacht, sogenannte Sympathiemittel kamen in Anwendung, alles vergebens, seine Wunden heilten nicht. Da mußte ich anfangen verdienen zu helfen. Ich strickte Strümpfe für andere Leute und machte Botengänge. Was sich nur bot, arbeiteten wir, um nicht der Not zu erliegen.

Als mein zweitjüngster Bruder endlich bei einem Perlmutterdrechsler Arbeit gefunden hatte, wurde auch ich hinbeschieden, um über die Kinder zu wachen. Schließlich wurde mir das Knöpfeaufnähen gelehrt, und ich nähte nun Perlmutterknöpfe auf Silber- und Goldpapier. Das war jetzt immer meine Beschäftigung, wenn ich aus der Schule kam und auch an schulfreien Tagen. Wenn ich hundertundvierzigvier Knöpfe, zwölf Dutzend, aufgenäht hatte, so hatte ich einen und einen halben Kreuzer verdient. Auf mehr wie auf 27 Kreuzer in der Woche habe ich es nicht gebracht.

Am Neujahrstag mußte ich in unserem Dorfe und in die Umgebung Neujahr wünschen gehen. Das war eine von der ärmsten Bevölkerung geübte Sitte. Man ging nur zu den als wohlhabend oder reich bekannten Familien und sagte dort einen Wunsch auf, wofür man eine Belohnung erhielt. Ich fürchtete mich ganz entsetzlich vor den Hunden, die die Häuser der Reichen bewachten, aber ich war doch bemüht, möglichst viel Geld nach Hause zu bringen. Oft ging ich zu einer Tür hinein, wo soeben ein anderes, ebenso mißbrauchtes Kind herausging. Starb ein Schulkind aus einer reicheren Familie, so wurde eine Anzahl armer Kinder bestimmt, die dem Sarge in einem besonderen Zuge zu folgen hatten. Dafür bekam man zehn Kreuzer Belohnung. Einmal, als ich meiner schlechten Schuhe wegen nicht in die Schule ging, schickte die Lehrerin zu uns, daß ich doch zum Begräbnis einer reichen Mitschülerin kommen solle, da ich für diese Teilnahme den hierfür ausgesetzten Betrag erhalten würde. Und ich ging den weiten, schmutzigen, aufgeweichten Weg mit meinen Schuhen, die keine Sohle mehr hatten, um diese wenigen Kreuzer zu bekommen.

In dieser Zeit, da wir in so großem Elend lebten, wurde viel von einer *Herzogin* gesprochen, die in einem etwa eine Stunde entfernten Dorf ein Schloß bewohnte. Man erzählte gern von ihrer Wohltätigkeit. Eine Menge Menschen sollte sie durch ihre Freigebigkeit schon glücklich gemacht haben. Alles, was ich in Märchen von guten Feen gehört hatte, schien in dieser Frau verkörpert zu sein. Meine Mutter ließ sich an sie ein Gesuch schreiben, das vom Bürgermeister und dem Pfarrer unterschrieben wurde. Es dauerte nicht lange, so erhielten wir eine Unterstützung von fünf Gulden. Meine Mutter war unendlich glücklich über diese Hilfe und sann nach, wie sie sich dafür bedanken könnte.

Es wurde auch die Frage besprochen, ob ich nicht Schuhe bekäme, wenn die Herzogin wissen würde, wie schlecht die meinigen seien. Ich mußte einen Brief schreiben, der ungefähr so lautete:

Gnädigste Frau Herzogin!
Weil meine Mutter nicht schreiben kann, so schreibe ich, daß sie sich für die fünf Gulden untertänigst bedanken läßt. Ich bin zehn Jahre alt und kann oft nicht in die Schule gehen, weil ich keine Schuhe habe. Und ich möchte so gerne in die Schule gehen.

Wie auf eine glückspendende Fee wartete ich jetzt Tag um Tag auf eine Nachricht von der Herzogin. Und wirklich. Es kam die Botschaft, daß ich zur Oberlehrerin des Dorfes kommen sollte, in dem sich das Schloß befand. Diese schickte mich zu einem Schuhmacher, und mir wurde Maß genommen für neue Schuhe. Nach einer Woche durfte ich sie mir im Schlosse holen. Die Oberlehrerin belehrte mich vorher, daß ich „Hoheit" oder, wenn ich mir dieses Wort nicht merken sollte, „Gnädigste Frau Herzogin" sagen müßte.

Und so wanderte ich dahin, über die mittlerweile schneebedeckten Wege, die zum Schlosse führten. Ich trug Holzpantoffeln an den Füßen, einen grünen Rock, und über ein dünnes Jäckchen hatte ich ein Tuch von meiner Mutter geschlungen. Auch den Kopf hatte ich in ein Wolltuch gehüllt. Aufgeregt, bang klopfenden Herzens, ging ich durch die Allee von hohen, mächtigen, uralten Bäumen dem Schlosse zu. Schon die Mauern, die es umgaben, flößten mir Gefühle ein, die ich heute vielleicht mit scheuer Ehrfurcht bezeichnen würde. Der Portier, wie ihn die Leute nannten, ließ mich ein und schickte mich eine breite prächtige Treppe hinauf. Teppiche lagen, wie ich sie noch in keiner Wohnung gesehen; grüne Gewächse schmückten die Wände. Oben nahm mich ein Herr in Empfang, der prächtig gekleidet war. Er trug Kniehosen und einen mit glänzenden Tressen besetzten Rock. „Das muß der Herzog sein", dachte ich und beeilte mich, ihm die Hand zu küssen, wie mir die Mutter eingeschärft hatte. Er aber wehrte ab; später erfuhr ich, daß es der Kammerdiener war. Er geleitete mich weiter, und wir kamen bei einer Tür vorüber, durch deren Scheiben ich ein Mädchen erblickte, das genau so aussah wie ich. Ein ebenso grüner Rock und ein ebensolches Tuch wie ich hatte, hüllten ihre Gestalt ein. An den Füßen trug sie genau solche Holzpantoffeln, wie die meinen waren. Augen und Haare so dunkel, wie ich sie hatte, hatte auch das Mädchen.
Ich erzählte davon meiner Mutter, und wir rieten hin und her, wer das sein könnte. Da wir aber keine Ahnung von Spiegeltüren hatten, denn in einer solchen hatte ich mein Ebenbild gesehen, so standen wir vor einem Rätsel. — Der Kammerdiener hieß mich in einem mit Bildern geschmückten Korridor warten. Alsbald erschien eine junge Frau, die mir engelhaft schön erschien. Freundlich nahm sie mich bei der Hand und geleitete mich in ein großes Zimmer, in dem sich an den Wänden Bücher befanden. Zum erstenmal stand sich auf einem Fußboden, auf dem sich's wie auf Glatteis ging. Die Herzogin schob mir einen Stuhl zurecht und brachte selbst aus einem Nebenzimmer die für mich bestimmten Schuhe, die ich auf Geheiß anzog. Sie bemitleidete mich wegen meiner dünnen Kleider und gab mir eine Karte, die ich bei der Oberlehrerin abzugeben hatte und die den Auftrag enthielt, mir eine warme Jacke anfertigen zu lassen. Als ich die Jacke holte, frug mich die Herzogin nach unseren Ver-

hältnissen, und ich erzählte ihr von meinem kranken Bruder. Sie versprach, einen Arzt zu schicken und gab mir Geld für die Mutter. Da ich ihre Frage, ob ich gerne lese, freudig bejahte, schenkte sie mir Bücher. Ein großes, schön gebundenes, dessen Titel ich aber merkwürdigerweise vergessen habe. Von einer Erzählung: „Der geraubte Schatz", ist mir ein einziger Satz in Erinnerung geblieben. Ein Buch war von *Ottilie Wildermut,* mit wunderbar schönen Bildern. Leider mußte ich die Bücher, als es wieder Not und Hunger im Hause gab, für einige Kreuzer verkaufen. Gerne hätte ich sie mir später, als ich schon den bildenden Wert von Büchern beurteilen konnte, zurückgekauft, doch waren alle meine Bemühungen vergeblich. Die Herzogin hielt ihr Versprechen und schickte ihren Arzt zu meinem Bruder. Das traurige Ergebnis der Untersuchung war, daß er die häusliche Pflege für unzureichend erklärte und das Krankenhaus als einzigen Ort der Rettung empfahl. Und so geschah es. Über ein Jahr lang lag mein Bruder im Wasserbette. Nur so konnte er seine immer größer werdenden Schmerzen ertragen. Sein armer Körper sah furchtbar aus. Er hatte es gut im Krankenhause. Alle behandelten ihn liebevoll, und er konnte nicht genug erzählen, welche guten Sachen er zu essen bekomme. Alle hatten ihn lieb. Andere Patienten kamen noch mit Geschenken zu ihm, wenn sie schon gesund das Spital verlassen hatten. Seine Pflegerinnen schmückten sein Bett mit Blumen, als er sich dreihundert Tage dort befunden hatte. Alle machten ihm Geschenke. Dennoch war seine Sehnsucht, wieder nach Hause zu kommen. Oft bat er, wir sollten der Herzogin schreiben und sie bitten, daß sie sich seiner annehmen möge, damit er bei der Mutter sein könne. Von den Ärzten wußten wir aber, daß das ganz ausgeschlossen sei, und so vertrösteten wir ihn immer wieder. Eines Tages kam eine der Pflegerinnen und teilte uns mit, daß er von seinem fürchterlichen Leiden, dem Knochenfraß, erlöst sei. In einem Armensarg wurde er begraben. – – –
Meine Mutter hatte im Frühjahr im Garten der Herzogin Beschäftigung erhalten, wodurch sich untere Lage einigermaßen verbesserte. Aber nun rächten sich meine vielen versäumten Schulbesuche. Da meine Mutter nicht schreiben konnte, war ich oft nicht entschuldigt worden. Die Schulleitung hatte die Anzeige erstattet, und meine Mutter wurde zu zwölf Stunden Arrest verurteilt. Da sie jetzt Arbeit hatte, wollte sie keinen

Lohn verlieren und unterließ es, dem Auftrag zum Antritt der „Strafe" nachzukommen. Sie hielt es auch für unmöglich, daß man sie, das ehrliche Weib, das sich immer redlich durchgebracht hatte, einsperren könnte. Aber am Ostersamstag kamen um sechs Uhr früh zwei Gendarmen und holten sie. Sie war fassungslos, daß man ihr eine solche Schande zufüge, daß sie zwischen zwei Gendarmen durch die Straße gehen mußte. Trost fand sie nur in dem Bewußtsein, daß ihr ganzes Leben makellos und rein war. Nachher wurde sie zum Oberlehrer beschieden, und dieser machte ihr Vorstellungen, mich fleißig in die Schule zu schicken, da ich sehr begabt sei. „Aus mir könne etwas werden", versicherte man. Auch mein Vormund mußte kommen. Dieser begnügte sich aber, mich zu ermahnen, brav und fromm zu sein. Was nützte das aber, wenn ich weder Kleidung noch Nahrung hatte, um die Schule besuchen zu können.
Als dieses Schuljahr zu Ende war, entschloß sich meine Mutter, in die Stadt überzusiedeln. Ich war nun zehn Jahre und fünf Monate alt und sollte nicht mehr in die Schule, sondern in eine Arbeit gehen. Die Leute rieten der Mutter ab; sie meinten, wenn wir in unserem Dorfe bleiben würden, würde mich die Herzogin etwas lernen lassen. Und wahrlich, in meinen Träumen hatte ich mir das eingebildet. Ich hatte mich schon als Kammerzofe gesehen, so sagte man mir, nennt man die hübsch gekleideten, mit zierlichen weißen Schürzen und Bändern geschmückten Mädchen, die ich oft im Schlosse sah. Auch Lehrerin wäre ich gerne geworden, und mein Vorbild erblickte ich da in meiner Lehrerin, einem schönen, feinen Fräulein, deren geschmackvolle Kleider ich immer bewunderte. Noch lange verfolgten mich allerlei phantastische Ideen, die alle mit der Herzogin zusammenhingen. Als ich schon den ganzen Tag fleißig arbeiten mußte, dachte ich noch immer an sie und meinte, sie müsse sich meiner erinnern, und wie im Märchen müßte sie mir mit einer Fülle von Glück und Herrlichkeiten erscheinen. Es blieben Träume.
Ich weiß nicht mehr, warum alle Verbindungen mit dem Schlosse aufhörten, warum alle die Wohltaten, die wir erfuhren, ein Ende genommen hatten. Das eine weiß ich noch, daß wir viele Neider hatten. Die Fama dichtete aus den paar Gulden, die wir hie und da bekamen, ganze Reichtümer. Man schätzte die Teilnahme, die uns die Herzogin erwies, so hoch ein, daß andere arme Frauen zu mir kamen, ich solle ihnen Bittschriften verfas-

sen. Die Herzogin erkannte meine Schrift bei fremden Gesuchen und erkundigte sich bei mir nach den Bittstellern, die dann tatsächlich Unterstützungen bekamen. Dann entstand das Gerücht, man habe der Herzogin erzählt, daß wir gar nicht unterstützungsbedürftig seien, meine Mutter habe wohlhabende Söhne. Meine Mutter ging in das Schloß, um diese Gerüchte zurückzuweisen, aber wenn einmal Mißtrauen vorhanden ist, so kann man es schwer wieder bannen.
Meine wohlhabenden Brüder! Wo und was waren sie? Der eine befand sich als Handwerksbursche auf der Walz, der zweite war in einem entfernten Dorf in einer fünf Jahre dauernden Lehre. Einer war zu Hause und arbeitete als Perlmutterdrechsler. Und der arme Albert siechte dahin. Es hieß, daß die Herzogin schon viel getäuscht worden sei. Man erzählte da vieles von den Erfahrungen, die sie gemacht hatte, wenn sie selbst in die Wohnungen der Bittsteller ging, um sich von der Wahrheit der gemachten Angaben zu überzeugen. So erzählte man, daß sie einmal zu einer Familie gekommen sei, die ihr ihre Not geschildert und sie habe alle beim Schmaus eines Gänsebratens angetroffen. Daß das nicht immer ein Zeichen vom Wohlergehen ist, weiß ich aus eigener Erfahrung. So habe ich mein erstes Huhn gegessen, als es uns recht schlecht ging. Wir hatten es bei einer großen Geflügelverkaufsstelle gekauft, wo man an arme Leute die verendeten Hühner um einige Kreuzer verkaufte. Da hat auch meine Mutter einmal am Neujahrstag für zwanzig Kreuzer ein Suppenhuhn erstanden. Vielleicht war es mit dem Gänsebraten ähnlich bestellt.
Die Herzogin war aus meinem Leben verschwunden.
Als ich von der Schule mein Übersiedlungszeugnis erhalten hatte, das mich für reif erklärte, in die vierte Volksschulklasse überzutreten, war das meine ganze geistige Ausrüstung für das Leben voll Arbeit, das ich nun zu beginnen hatte. Nie hat jemand Einspruch erhoben, daß ich der gesetzlichen achtjährigen Schulpflicht entzogen wurde. Bei der Polizei war ich gar nicht angemeldet. Da meine Mutter nicht schreiben konnte, mußte ich die Meldezettel ausfüllen. Ich hätte mich selbstverständlich in die Rubrik: Kinder einzutragen gehabt, da ich mich aber für kein Kind mehr hielt, ich war ja schon Arbeiterin, so ließ ich diese Rubrik unausgefüllt und blieb polizeilich unangemeldet. Andere Leute beachteten diese Unterlassung auch nicht.

Wir zogen in die Stadt zu einem alten Ehepaar in eine kleine Kammer, wo in einem Bett das Ehepaar, im andern meine Mutter und ich schliefen. Ich wurde in einer Werkstätte aufgenommen, wo ich Tücher häkeln lernte; bei zwölfstündiger fleißiger Arbeit verdiente ich 20 bis 25 Kreuzer im Tage. Wenn ich noch Arbeit für die Nacht nach Hause mitnahm, so wurden es einige Kreuzer mehr. Wenn ich frühmorgens um 6 Uhr in die Arbeit laufen mußte, dann schliefen andere Kinder meines Alters noch. Und wenn ich um 8 Uhr abends nach Hause eilte, dann gingen die anderen gut genährt und gepflegt zu Bette. Während ich gebückt bei meiner Arbeit saß und Masche an Masche reihte, spielten sie, gingen spazieren oder sie saßen in der Schule. Damals nahm ich mein Los als etwas Selbstverständliches hin, nur ein heißer Wunsch überkam mich immer wieder: *mich nur einmal ausschlafen zu können.* Schlafen wollt ich, bis ich selbst erwachte, das stellte ich mir als das Herrlichste und Schönste vor. Wenn ich dann manchmal das Glück hatte, schlafen zu können, dann war es erst kein Glück, dann war Arbeitslosigkeit oder Krankheit die Veranlassung. Wie oft an kalten Wintertagen, wenn ich abends die Finger schon so erstarrt hatte, daß ich die Nadel nicht mehr führen konnte, ging ich zu Bett mit dem Bewußtsein, daß ich morgens um so früher aufstehen müsse. Da gab mir die Mutter, nachdem sie mich geweckt, einen Stuhl in das Bett, damit ich die Füße warm halten konnte und ich häkelte weiter, wo ich abends aufgehört hatte. In späteren Jahren überkam mich oft ein Gefühl grenzenloser Erbitterung, daß ich gar nichts, so gar nichts von Kinderfreuden und Jugendglück genossen hatte. —

Das alte Ehepaar, bei dem wir wohnten, war sehr zweifelhaften Charakters. Die Frau lebte davon, daß sie jungen Mädchen und Frauen aus den Karten ihre Zukunft prophezeite. Auch mich ließ sie in meine Zukunft blicken, die sie mir aus den Karten mit den schönsten Farben malte. Natürlich spielte der Mann die Hauptrolle und ebenso natürlich ein reicher Mann. Diese Frau hätte für mich verhängnisvoll werden können. Sie sagte mir, dem zehneinhalbjährigen Kinde, viele Schmeicheleien, schmückte mich mit Seidenbändern und gab mir Näschereien. Alles das könnte ich immer haben, versicherte sie, nur dürfte meine Mutter nichts davon wissen. Sie eiferte mich zu vielen Dingen an, die ich nicht zu tun wagte, weil sie mir ungehörig erschienen.

Zum Glück war meine Mutter mißtrauisch und wir mieteten ein Kabinett, das wir für uns allein hatten. Auch mein jüngerer Bruder kam wieder zu uns und brachte einen Kollegen mit, mit dem er sein Bett teilte. So waren wir vier Personen in einem kleinen Raum, der nicht einmal ein Fenster hatte, sondern das Licht nur durch die Fensterscheiben erhielt, die sich in der Tür befanden. Als einmal ein bekanntes Dienstmädchen stellenlos wurde, kam sie auch zu uns, sie schlief bei meiner Mutter im Bett und ich mußte zu ihren Füßen liegen und meine eigenen Füße auf einen angeschobenen Stuhl lehnen.

Ein Jahr blieb ich Schafwollhäklerin und lernte eine ganze Anzahl Werkstätten kennen; denn wenn wir hörten, anderswo werde auch nur um einen Kreuzer für das Tuch mehr bezahlt, so mußte ich dorthin gehen. So kam ich immer in eine andere Umgebung und unter andere Menschen und konnte mich an keinem Ort recht eingewöhnen. Dadurch erhielt ich Einblick in viele Familienverhältnisse. Der Ertrag der Ausbeutung so vieler junger Mädchen war überall die Grundlage der Existenz ganzer Familien. Ich arbeitete wiederholt bei Beamtensgattinnen oder bei Angestellten kaufmännischer Berufe, wo die standesgemäße Lebensweise nach außen nur möglich war durch die Ausnützung unserer Arbeitskraft. Ich war überall die Jüngste von allen, und um nicht mit Rücksicht auf meine Jugend noch schlechter bezahlt zu werden, gab ich ein höheres Alter an, was ich ganz gut konnte, da ich über mein Alter groß war und weil mich mein ernstes Wesen auch älter erscheinen ließ. Zudem mußte ich als älter gelten, damit nicht jemand verraten konnte, daß ich eigentlich die Schule besuchen sollte.

Ich war im zwölften Jahr, als sich meine Mutter entschloß, mich in eine Lehre zu geben. Ich sollte einen Beruf erlernen, von dem noch angenommen wurde, daß ein besserer Verdienst bei Fleiß und Geschicklichkeit zu erzielen sei, das Posamenteriegewerbe. Natürlich konnte ich wieder, meines schulpflichtigen Alters wegen, nur zu einer Zwischenmeisterin kommen. Zwölf Stunden im Tage mußte ich aus Perlen und Seidenschnüren Aufputz für Damenkonfektion herstellen. Ich erhielt keinen fixen Lohn, sondern jeder neue Artikel wurde genau berechnet, wieviel davon in einer Stunde zu machen sei und dafür wurden fünf Kreuzer bezahlt. Hatte man größere Übung erlangt und dadurch die Möglichkeit mehr zu verdienen, so reduzierte die Meisterin, mit

der Begründung, daß auch der Fabrikant weniger bezahle, den Lohn. Unaufhörlich, ohne sich auch nur eine Minute Ruhe zu gönnen, mußte man arbeiten. Daß dies von einem Kinde in meinem Alter schließlich nicht zu erwarten war und auch von keinem andern zu leisten ist, weiß jeder, der selbst beurteilen kann, was zwölf Stunden anhaltender Arbeit überhaupt zu bedeuten haben. Mit welchem Verlangen sah ich immer nach der Uhr, wenn mich die zerstochenen Finger schon schmerzten und wenn ich mich am ganzen Körper ermüdet fühlte. Und wenn ich dann endlich nach Hause ging, an schönen warmen Sommertagen oder im bitterkalten Winter, mußte ich oft, wenn viel zu tun war, noch Arbeit für die Nacht nach Hause nehmen. Darunter litt ich am meisten, weil es mich um die einzige Freude brachte, die ich hatte.
Ich las gerne. Ich las wahllos, was ich in die Hände bekommen konnte, was mir Bekannte liehen, die auch nicht zwischen Passendem und Unpassendem unterschieden und was ich im Antiquariat der Vorstadt, für eine Leihgebühr von zwei Kreuzer, die ich mir vom Munde absparte, erhalten konnte. Indianergeschichten, Kolportageromane, Familienblätter, alles schleppte ich nach Hause. Neben Räuberromanen, die mich besonders fesselten, interessierte ich mich lebhaft für die Geschicke unglücklicher Königinnen. Neben „Rinaldo Rinaldini" (der mein besonderer Liebling war), die „Katarina Kornaro", neben „Rosa Sandor" die „Isabella von Spanien", „Eugenie von Frankreich", „Maria Stuart" und andere. „Die weiße Frau in der Hofburg" zu Wien, alle Kaiser-Josef-Romane, „Die Heldin von Wörth", „Kaisersohn und Baderstochter" vermittelten mir geschichtliche Kenntnisse. Ihnen reihten sich die Jesuitenromane an und in weiterer Folge die Romane mit hundert Heften, vom armen Mädchen, das nach Überwindung vieler und grauenerregender Hindernisse zur Gräfin oder mindestens zur Fabrikantens- oder Kaufherrnsgattin gemacht wurde. Ich lebte wie in einem Taumel. Heft um Heft verschlang ich; ich war der Wirklichkeit entrückt und identifizierte mich mit den Heldinnen meiner Bücher. Ich wiederholte in Gedanken alle Worte, die sie sprachen, fühlte mit ihnen die Schrecken, wenn sie eingemauert, scheintot begraben, vergiftet, erdolcht oder gefoltert wurden. Ich war mit meinen Gedanken immer in einer ganz andern Welt und sah nichts von dem Elend um mich her, noch empfand ich mein eigenes

Elend. Da meine Mutter nicht lesen konnte, stand meine Lektüre unter keiner Kontrolle. So las ich mit 13 Jahren *Paul de Kock*, aber so harmlos ließen mich die frivolen französischen Erzählungen, daß ich bis in die kleinsten Details den Inhalt wieder erzählte und nicht begriff, warum mein Bruder und sein Kollege lachten, wo ich nichts Erheiterndes gefunden hatte. Eine Stelle habe ich noch immer im Gedächtnis. Ein Marquis hatte ein Mädchen in ein Gebüsch geführt, und da stand dann ungefähr: „Als sie wieder heraustraten, ging das Mädchen bleich und mit schwankenden Knien weiter. Einen letzten Blick warf sie nach dem Ort zurück, wo sie ihre Unschuld verloren hatte." Was lachten da die zwei jungen Menschen, ohne daß ich eine Erklärung dafür fand.

Erzählen mußte ich sehr viel, ich erzählte sehr genau und wußte manche Dialoge fast wörtlich, als hätte ich alles auswendig gelernt. Ich erlangte als Erzählerin fast „Berühmtheit". Am Sonntag abend wurde ich zu meiner Lehrfrau geladen, um dort vorzulesen. Die Liebesabenteuer der „Isabella von Spanien" bildeten damals die Lektüre. Im Hause, wo ich wohnte, wurde ich von Familien eingeladen, um zu erzählen und meine Mutter und mein Bruder bereiteten mir wirklich Qual mit ihrer Lust, mich erzählen zu hören. Wenn alles im Bette lag, mußte ich erzählen, die anderen schliefen schließlich ein, ich aber wurde des Schlafes beraubt und lag dann in erregtem Zustand wach im Bette, in dem ich mich nicht rühren durfte, weil ich ja sonst die Mutter gestört hätte. Zudem hätte ich oft die Zeit lieber angewandt, um zu lesen, wenn ich schon nicht arbeiten mußte.

Am Sonntag nachmittag, wenn ich vormittags in unsrem bescheidenen Hauswesen geholfen hatte, las ich ununterbrochen, bis es dunkel wurde. Im Sommer ging ich mit meiner Lektüre auf den Friedhof, wo ich unter einer Trauerweide ruhend stundenlang weilte, ohne auf etwas anderes zu achten, als auf mein Buch. Wie haßte ich die *Sonntagsarbeit*, die ich oft zu machen hatte! Einen solchen Tag betrachtete ich als einen verlorenen und das bessere Abendbrot und das Gläschen Wein oder Bier, das ich als Entschädigung erhielt, betrachtete ich nicht als solche. —

Zwei Jahre blieb ich in der Lehre und erfuhr in dieser Zeit viele Kränkung, Härte und Herzlosigkeit. Man benützte mich als eine Art Aschenputtel. Ich mußte oft an Samstagen die großen Reinigungsarbeiten machen und noch heute fühle ich die Empörung wie damals, wenn ich daran denke, was man mir alles zumutete und wie man mich behandelte. Von dem ziemlich weit entfernten öffentlichen Brunnen mußte ich in einem schweren Holzgefäß das Wasser bringen. Die Wasserleitung im Hause hatte man damals noch nicht und ich ließ mir nicht träumen, daß es einmal eine solche Annehmlichkeit geben könnte. Oft erbarmten sich fremde Menschen meiner und halfen mir tragen. Meine Lehrfrau nahm den Standpunkt ein, ich müßte mich an alles gewöhnen, „denn eine gnädige Frau wirst du ja doch nicht werden", meinte sie.

Die beiden Kinder ließen an mir alle Bosheiten aus, deren sie fähig waren. Sie spotteten über meine Armut und machten sich lustig, weil ich im Sommer barfuß gehen mußte, was mich selbst bitter genug kränkte. Da ich aber nur einige Schritte zu gehen hatte, hielt meine Mutter das Schuhetragen am Wochentag bei einem so jungen Geschöpf für Verschwendung. Da der Beruf, den ich erlernte, sehr von der Saison abhängig war, so gab es zweimal im Jahre einige Wochen, wo wenig und vorübergehend auch gar nichts zu tun war. Meine Mutter bemühte sich, mich während dieser Pausen anderwärts unterzubringen; ich selbst mußte nach Arbeit suchen gehen. Da las ich dann alle Schilder ab und wo ich annehmen konnte, daß Mädchen verwendet werden, ging ich hinein. Das war das schwerste. Immer die stereotype Frage: „Bitt schön, ich möchte Arbeit." Auch dieses demütigende Gefühl empfinde ich noch heute mit aller Lebendigkeit, wie ich es damals bei meiner ängstlichen und doch erwartungsvollen Bitte nach Arbeit empfand. Oft mußte ich erst die gewaltsam aufsteigenden Tränen trocknen, ehe ich sprechen konnte.

Einmal, ich war etwas über 13 Jahre alt und sah fast erwachsen aus, kam ich auf meiner Suche nach Arbeit in das Kontor eines Bronzewarenfabrikanten. Ein kleiner alter Herr, es war der Chef selbst, fragte mich nach meinem Alter, Namen und Familienverhältnissen und bestellte mich für den nächsten Montag. Ich erhielt einen Platz inmitten von zwölf jungen Mädchen und war endlich wieder in einem warm geheizten Raum. Ich wurde unterwiesen, wie man Kettenglieder aneinander reiht und eignete mir bald Geschicklichkeit an. Der Chef nahm sich meiner wohlwollend an. Ich war auch hier die jüngste Arbeiterin, verdiente aber bald mehr, als ich in der Lehre bekommen hatte.

Diese wurde nun ganz aufgegeben, da sich der neue Beruf als einträglicher herausstellte. Zehn Monate arbeitete ich ununterbrochen in der Bronzefabrik. Ich erhielt nun, für meine damaligen Begriffe, schöne Kleider, durfte mir hübsche Schuhe kaufen und auch sonst manches, was jungen Mädchen Freude macht.

Mein Chef begünstigte mich sehr und zog mich allen andern Mädchen vor. Er sprach in wahrhaft väterlicher Weise und bestärkte mich in meinem Entschluß, all den Vergnügungen, die meine Kolleginnen erfreuten, fernzubleiben. Die Mädchen gingen am Sonntag tanzen, wovon sie dann erzählten. In den Pausen unterhielten sie sich mit den jungen Arbeitern; obwohl ich den Sinn ihrer Gespräche nicht verstand, hatte ich doch die Empfindung, daß man so nicht reden dürfe. Ich wurde oft verspottet, weil ich mich so isolierte, da ich aber immer bereit war, in den Pausen Geschichten zu erzählen, so war man mir nicht weiter gram.

Nach einigen Monaten wurde mir eine andere Arbeit zugewiesen, die besser bezahlt wurde. Sie war aber anstrengender. Ich mußte bei einem mit Gas betriebenen Blasebalg löten, was mir nicht gut zu tun schien. Meine Wangen wurden immer bleicher, eine große unbezwingliche Müdigkeit bemächtigte sich meiner, ich bekam Schwindelanfälle und mußte oft plötzlich eine Stütze suchen.

Ein anderes Ereignis brachte mich damals in große Unruhe. Ich habe schon erwähnt, daß wir nicht allein wohnten, sondern einen Kameraden meines Bruders bei uns hatten. Dieser, ein häßlicher, blatternarbiger, wortkarger Mensch, hatte angefangen, mir Aufmerksamkeiten zu erweisen. Er brachte mir kleine harmlose Geschenke, wie Obst und Bäckereien. Auch verschaffte er mir Bücher. Weder mir noch der Mutter fiel das auf. War ich doch erst vierzehn Jahre alt. Einmal an einem Feiertag, kam der Bettgeher abends allein nach Hause und wir gingen schlafen, ohne daß mein Bruder da war. Ich lag neben der Mutter an die Wand gedrückt. Ich schlief noch nicht fest genug, denn plötzlich erwachte ich mit einem Schreckensschrei. Ich hatte über mir einen heißen Atem gespürt, konnte aber in der Finsternis nicht sehen, was es sei. Mein Schrei hatte die Mutter geweckt, die sofort Licht machte und die Situation erkannte. Der Bettgeher hatte sich von seinem Bette, dessen Fußende an unser Kopfteil stieß, erhoben und über mich gebeugt. Ich zitterte vor Schreck und

Angst am ganzen Körper und ohne recht zu wissen, was der Mensch vorhatte, hatte ich den Instinkt, daß es etwas Unrechtes sei. Meine Mutter machte ihm Vorwürfe, auf die er fast nichts erwiderte. Als mein Bruder kam, den wir wachend erwarteten, gab es noch eine aufregende Szene und dem Schlafkollegen wurde gekündigt. Was ich erwartet und gewünscht hatte, geschah nicht. Er wurde nicht sofort weggeschickt, sondern durfte bis Ende der Woche bleiben, um Zeit zu haben, eine andere Schlafstelle zu suchen und um nicht so mit Schande fort zu müssen. Unter dieser mir unbegreiflichen Rücksicht für diesen Menschen hatte ich furchtbar zu leiden. Ich fürchtete mich, einzuschlafen und wenn ich endlich doch schlief, quälten mich die schrecklichsten Träume. Angstvoll schlang ich die Arme um meine Mutter, um mich zu bergen. Man schalt mich überspannt, schob die Schuld auf die Romane, die ich las und verbot mir, noch weiter zu lesen.
Einige Wochen nach diesem mich erschütternden Vorfall wurde ich von einer schweren Ohnmacht befallen. Als ich durch ärztliche Bemühung das Bewußtsein erlangt hatte, quälten mich Angstvorstellungen. Der Arzt fand den Fall sehr schwer, er schloß auf eine Nervenerkrankung und auf der Klinik, wohin mich die Mutter führte, forschte man nach der Lebensweise meines Vaters und Großvaters und schien den übermäßigen Alkoholgenuß meines Vaters mit für die Ursache meiner Erkrankung zu halten. Man fand mich im höchsten Grade unterernährt und blutleer und riet mir, viel Bewegung in frischer Luft zu machen und mich gut zu ernähren. Das waren die Heilungsmittel, die der berühmte Kliniker empfahl. Wie sollte ich seine Anordnungen befolgen? —

Alles, was ich bisher an Entbehrung, Arbeit und Kränkung durchgemacht hatte, wurde durch die folgenden Zeiten weit übertroffen. In die Bronzefabrik sollte ich nicht mehr zurück, diese Beschäftigung sei Gift für mich, hatten die Ärzte erklärt. Nun sollte ich wieder Arbeit suchen, nachdem meine Gesundheit gebessert schien. Ich lebte aber in beständiger Furcht. Ich fürchtete mich, einen Schritt allein vor die Türe zu machen, immer und immer hatte ich das Gefühl, wieder bewußtlos zu werden. *Sterben* zu können, war mein sehnlichster Wunsch. Ich mußte aber Arbeit suchen. Wenn ich Arbeit fand und den Posten angetreten hatte, kam die Angst über mich. Die Mittagszeit brachte ich jetzt in einem Parke zu, ich sollte ja viel in guter Luft sein: dort nahm ich auch meine Mahlzeit ein, Obst und Brot oder ein Stück Wurst — die „gute Nahrung", die mir die Ärzte empfohlen hatten. Sie war jetzt spärlicher als früher, da ich ja einige Wochen nichts verdient hatte und der im ersten Schrecken geholte Arzt und die Apotheke bezahlt werden mußten. Die Krankenversicherungspflicht war damals noch nicht eingeführt.

In der Bronzefabrik hatte ich nicht bleiben dürfen, weil die Arbeit meine Gesundheit untergrub, jetzt aber arbeitete ich in einer *Metalldruckerei,* wo ich eine Presse zu bedienen hatte und wo ich als zuletzt gekommene Arbeiterin das Brennmaterial vom Keller heraufschleppen mußte, immer von der Angst gepeinigt, beim Gehen über die schlechte Stiege von einer Ohnmacht befallen zu werden. Ich blieb nur einige Tage dort und fand dann Arbeit in einer *Patronenfabrik.* Als ich die dritte Woche dort war und mittags auf der Straße ging, wurde ich von Passanten gestützt, als ich zu wanken begann und wieder ohnmächtig wurde. Als die Ohnmacht vorüber war, führte man mich nach Hause, zum Entsetzen meiner Mutter. Ich bat sie, mich in das Krankenhaus zu bringen, davon hoffte ich Genesung, wenn sie überhaupt möglich war.

Da man sich über mein Leiden nicht klar war, kam ich auf das Beobachtungszimmer der psychiatrischen Klinik. Ich war mir damals der furchtbaren Bedeutung nicht bewußt, als halbes Kind unter Geisteskranken leben zu müssen. Es war ja, so paradox es klingen mag, die beste Zeit, die ich bis dahin verlebt hatte. Alle Menschen waren gut gegen mich. Die Ärzte, die Pflegerinnen und auch die Patienten. Ich bekam einigemal im Tag gute Nahrung, selbst gebratenes Fleisch und Kompott, das ich vorher nicht gekannt hatte, erhielt ich öfter. Ich hatte für mich allein ein Bett und immer reine Wäsche. Ich machte mich den Pflegerinnen nützlich, half ihnen beim Aufräumen und bei der Bedienung der im Bett befindlichen Kranken. Ich nähte und strickte an ihren Handarbeiten. Dann las ich wieder Bücher, die mir einer der Ärzte lieh. Damals lernte ich die Werke *Schillers* und Alfons *Daudets* kennen. Die dramatischen Gedichte Schillers und von den Dramen: „Die Braut von Messina" begeisterten mich am meisten. Auch „Fromont junior und Rißler senior" von

Daudet machte großen Eindruck auf mich. Mein Leiden, das mich so unglücklich gemacht hatte, zeigte sich im Krankenhaus nicht ein einziges Mal. Ich erholte mich und bekam ein blühendes Aussehen. Im stillen betete ich immer, von meiner Angst befreit zu werden und betend schlief ich ein. In dem Zimmer, in dem ich mich befand, waren nur ruhige Kranke: Trübsinnige und Melancholische. Auch zwei junge Mädchen waren da, die mir erzählten, warum man sie aufs Beobachtungszimmer gebracht hatte. In dem einen Falle sollte ein grausamer Vater die Tochter von dem Geliebten getrennt haben, im anderen Falle wurde der Vormund teuflischer Schurkereien gegen das vermögende Mündel beschuldigt. Ich glaubte alles, was mir erzählt wurde und war bekümmert mit den Traurigen. Im Garten kamen wir mit anderen Kranken, mit wirklichen Geisteskranken zusammen. Eine Frau bildete sich ein, die Kaiserin Charlotte von Mexiko zu sein. Sie stand immer auf einem Fleck und sprach mit lauter Stimme, als Kaiserin zu den Untertanen. Eine andere hielt sich für eine Mörderin und fürchtete sich vor dem Gericht. In dieser Umgebung blieb ich vier Wochen, dann wurde ich als gesund entlassen.
Die Suche nach Arbeit begann von neuem. Ich lief am frühen Morgen schon von zu Hause fort, um als Erste bei den Toren zu sein, aber immer vergebens.
Meine Mutter war seit meinem Kranksein ungemein zärtlich gegen mich geworden und nannte mich oft ihr armes unglückliches Kind. Meine Liebkosungen, die sie früher immer abgewiesen hatte, nahm sie jetzt gerührt hin. Früher wies sie sie nicht aus Lieblosigkeit, sondern von der Auffassung diktiert, daß Schmeicheleien Falschheit bedeuten, zurück. Jetzt wurde sie aber wieder unwillig, weil ich solange nichts verdiente. Sie mußte sich ja so sehr plagen. Tag für Tag, ohne Rast ohne Ruh arbeitete sie. Sie arbeitete in einer Weberei. Von den giftigen Farben der Wolle hatte sie Wunden an den Fingern bekommen, am Arm entstanden schmerzende eitrige Geschwüre, sie aber überwand jeden Schmerz und verrichtete ihr mühevolles schlecht bezahltes Tagewerk. Und sie war keine junge Frau mehr. Im Alter von 47 Jahren hatte sie mich als fünfzehntes Kind geboren, sie war also schon 61 Jahre und hatte in ihrem ganzen Leben noch keinen Ruhetag gehabt. Wenn sie keine Arbeit hatte, ging sie mit Seife oder Obst hausieren, um unsern Lebens-

unterhalt zu verdienen. Es war ihr Ehrgeiz, weder die Miete noch irgend etwas anderes schuldig zu bleiben. Das war ein besonderer Charakterzug an ihr, von niemandem abhängig sein zu wollen. Und nun hatte sie ein großes Mädel, das ihr eine Stütze hätte sein sollen und dieses Mädel verdiente nichts. Sie machte mir schwere Vorwürfe und schalt mich; weil sie selber immer verstanden hatte zu verdienen, sollte auch ich es können.

Ich fand ja verschiedene Arbeit. In einer *Kartonnagenfabrik*, bei einem *Schuhfabrikanten*, bei einer Fransenknüpferin, in einer Werkstätte, wo auf *türkische Schals* grüne Farben aufgetragen wurden, und noch bei vielen anderen Berufen versuchte ich es. Für eine Arbeit fand man nach einigen Stunden entweder mich nicht geschickt genug oder ich hörte mittlerweile von einer anderen besseren Arbeit und versuchte es dort.

Drei Wochen waren so vergangen, als sich die Schwindelanfälle wieder einstellten, denen eine schwere Ohnmacht folgte. Ich ging wieder ins Krankenhaus, ich war so schwach und erschöpft, daß ich in den Straßen, durch welche wir gingen, allgemeines Mitleid erregte. Oft mußten wir in ein Haus eintreten, damit ich mich auf den Stiegenstufen erholen konnte. Ich kam fiebernd in das Krankenhaus; die erste Mahlzeit, die ich erhielt, erbrach ich, doch nach einigen Tagen war alles wieder gut. Ich hatte wieder gute Nahrung und Annehmlicheiten, die ich sonst nicht gekannt hatte.

Da geschah etwas, dessen ganze Furchtbarkeit ich erst in späteren Jahren beurteilen lernte. Eines Tages wurde mir mitgeteilt, daß für mich keine Aussicht mehr sei, gesund und dauernd arbeitsfähig zu werden, daher müsse ich in eine andere Anstalt gebracht werden.

Ich mußte mich anziehen, in den Spitalwagen steigen und befand mich nach einigen Minuten in der Aufnahmskanzlei des *Armenhauses*. Ich war genau vierzehn Jahre und vier Monate alt. Ich war mir der Tragweite dieser Sache nicht bewußt, ich weinte nur, weinte unaufhörlich über die *Umgebung*, in die ich nun gekommen war. In einem großen Saal, wo Bett an Bett sich reihte und meist alte gebrechliche Frauen waren, wurde auch mir Bett und Schrank angewiesen. Die alten Frauen husteten und hatten Erstickungsanfälle, manche waren sehr aufgeregt und redeten so sonderbar wunderlich. Bei Nacht konnte ich nicht schlafen, weil ich mich wieder schrecklich fürchtete; die

alten Frauen waren auch unruhig und blieben nicht immer in ihren Betten. Auch das Essen war lange nicht so gut wie im Krankenhause; dann hatte ich nichts zu tun, keine Handarbeit, kein Buch, niemand kümmerte sich um mich. In dem großen Garten suchte ich die einsamsten Wege auf, um weinen zu können. Am fünften Tage wurde ich in die Verwaltungskanzlei beschieden, wo ich gefragt wurde, ob ich denn niemand habe, der für mich sorgen würde, denn hier könnte ich nicht bleiben; wenn mich niemand übernehmen würde, müßte ich in meine Heimatsgemeinde gebracht werden. — —
Ich kannte meine „Heimatsgemeinde" nicht, ich war nie dort gewesen und verstand auch die Sprache nicht, die dort gesprochen wurde. Mir war ganz entsetzlich zumute und der Wunsch, doch sterben zu können, kam wieder über mich. Ich stammelte, daß ich ja doch eine Mutter habe, die arbeite und daß ich selber seit meinem zehnten Jahre immer gearbeitet habe. Ich erhielt eine Karte, auf der ich schreiben mußte, meine Mutter möge mich schleunigst holen, da ich sonst nach Böhmen gebracht würde. Am nächsten Tag ging ich mit meiner armen Mutter, der nichts Schweres erspart geblieben war, nach Hause.
In späteren Jahren habe ich mich oft gefragt, was wohl aus mir geworden wäre, wenn man mich in meine Heimatsgemeinde gebracht hätte. Ich begann auch über das Verbrecherische der bureaukratischen Schablone nachzudenken, die mich, ein Kind, ein von frühester Kindheit an durch Arbeit und Hunger um alle Kinderfreuden gebrachtes Geschöpf, in ein Haus für Greise und Sieche steckte und die mich, wenn nicht wenigstens ein denkender Beamter dagewesen wäre, einem ungewissen, aber sicher für viele Jahre fürchterliche Schicksale überliefert hätte. Erbitterung faßte mich dann oft, wenn ich mir alles vergegenwärtigte und mir sagte, daß es nur einem winzigen Zufall zuzuschreiben war, daß ich, die dann wieder ein gesundes arbeitstüchtiges Mädchen war und später eine gesunde Frau, nicht hinausgestoßen wurde in eine Umgebung, die mich auf alle Fälle mindestens als lästige Fremde behandelt hätte.
Hätte mich der Beamte nicht auf meinen Spaziergängen im Garten gesehen und einmal angesprochen, da ihm meine Jugend auffiel, so wäre mir wohl viel Schweres nicht erspart geblieben. Nun war ich wieder daheim und sollte jetzt das *Weißnähen* erlernen.

Es wurde eine einmonatige Lehrzeit vereinbart, und gestützt auf die Hoffnung, mir damit eine bessere Zukunft zu ermöglichen, zahlte meine Mutter gerne das geforderte Lehrgeld. Ich kam wieder zu einer Zwischenmeisterin, die eine Anzahl Mädchen beschäftigte. Der Herr Gemahl arbeitete nichts, er brachte die meiste Zeit im Kaffeehaus zu und ließ sich von seiner Frau den Unterhalt verdienen. Die Frau nützte die Mädchen unglaublich aus. Ich sollte in vier Wochen das Weißnähen erlernen, was tat ich aber statt dessen? Meine Mutter hatte, um mich für den besseren Beruf gehörig auszustatten, Opfer gebracht, die für ihre Verhältnisse ganz ungeheuere waren. Sie hatte dafür gesorgt, daß ich mich gefällig anziehen konnte, hatte das Lehrgeld im voraus erlegt und ernährte mich durch vier Wochen. Und ich? Ich wurde als Kindermädchen verwendet, ich spürte meine Arme nicht mehr, soviel mußte ich das kleine Kind der Lehrfrau herumtragen. Ich mußte stundenlang spazieren gehen, damit die anderen durch das Kindergeschrei nicht behelligt würden. Ich mußte einkaufen gehen, Geschirr waschen und noch sonst allerlei machen, was mit dem Beruf, den ich erlernen sollte, nichts zu tun hatte. Erst zu Beginn der vierten Woche fing ich an, Knopflöcher auszunähen, Säumchen zu legen, Volants zu ziehen und endlich durfte ich mich an die Maschine setzen, um auf *Papier* die ersten Nähte zu versuchen. Das Treten brachte ich ja zusammen und das war nun meine Kunst, damit sollte ich jetzt meinen Lebensunterhalt erwerben und meiner Mutter vergelten, was sie für mich getan hatte.

Die gute Lehrfrau hatte aber nicht die Absicht, mich bei ihr arbeiten zu lassen, um mir wenigstens jetzt noch beizubringen, was sie mich zuerst nicht gelehrt hatte. Ganz im Gegenteil war es ihr darum zu tun, wieder ein anderes Mädchen für ihr Kind verwenden zu können und dafür noch Geld zu erhalten. Mit der Angabe, sie habe keine Arbeit und könne mich nicht beschäftigen, wurde ich weggeschickt. Meine Mutter wollte sich das nicht gefallen lassen, sie verlangte ihr Geld zurück oder Nachholen der Lehrzeit. Aber schließlich war jede Stunde, die sie auf diese Unterhandlungen verwendete, Arbeitsverlust und damit auch Geldverlust. So mußte ich nun auf die Suche gehen, um als „Weißnäherin" Beschäftigung zu finden. Arbeit hätte ich wirklich gefunden, aber beim ersten Stück, das ich in die Hand bekam, sah man, daß ich nichts konnte und damit war es zu Ende.

Ich mußte nun wieder Arbeit nehmen, wo ich welche bekam.
Um aber wieder dauernde Arbeit zu bekommen, redete die Mutter mit meiner ersten Lehrfrau, die mich auch wieder aufnahm. Es war aber ein besonders schlechtes Jahr, da sich die Damenmode in anderer Richtung entwickelte. Die tote Saison, die sonst erst knapp vor Weihnachten begann, fing diesmal schon im November an. Zuerst wurde nur um einige Stunden im Tage weniger gearbeitet, vier Wochen vor Weihnachten stockte aber alle Arbeit. Nun war ich wieder zu Hause und ich war doch schon ein Mädchen von fast 15 Jahren. Tag um Tag begann jetzt wieder meine Wanderung. Es traf uns diesmal besonders hart, da wir noch ein Mitglied der Familie ohne Arbeit hatten. Während mein jüngerer Bruder zur Abdienung seiner Militärdienstzeit einberufen worden war, war der ältere Bruder aus der Kaserne zurückgekehrt. Er war fast entblößt vom Notwendigsten, war ohne einen Kreuzer Geld, hatte aber dafür große Eßlust. Und es war so schwer, Arbeit zu finden, obwohl er bereit war, jeden Beruf zu ergreifen. Vorübergehend wurde er beschäftigt, aber er fand nichts Dauerndes. Und er sollte uns eine Stütze sein! Wie hatten wir uns auf seine Heimkehr gefreut. Da lag er nun, der gesunde kräftige Mensch, nachdem er drei Jahre Kaiser und Vaterland gedient hatte und mußte sich von einer alten Mutter und einer Schwester, die noch halb Kind war, mit schmalen Bissen ernähren lassen. Damals dachte ich darüber freilich nicht nach, war ich doch stolz darauf, daß meine Brüder fähig waren, dem Kaiser zu dienen, um im Kriegsfall das Vaterland verteidigen zu helfen.
In dieser schweren Zeit wurde alles unternommen, wozu meiner Mutter geraten wurde. Ich mußte Bittgesuche schreiben, an den Kaiser, an Erzherzöge, die im Rufe besonderer Wohltätigkeit standen, und auch an andere reiche „Wohltäter". Da, wie ich erwähnte, meine Mutter nicht lesen und schreiben konnte, mußte ich die Bittgesuche verfassen, und ich tat es auf meine Weise. Ich erzählte einfach was war. Ich begann nach der üblichen Titulatur, so wie früher an die Herzogin: „Da meine Mutter nicht schreiben kann und es uns so schlecht geht." Vom Kaiser erhielten wir fünf Gulden, von einem Erzherzog und von einem reichen Wohltäter, dessen Sekretär zu uns nachsehen kam, ebensoviel. Das meiste davon ging auf, um meinem Bruder die notwendigsten Kleidungsstücke zu kaufen. Wovon aber leben? Vier

Gulden verdiente jetzt die Mutter, davon sollten drei ernährt werden.

Um jeden Preis mußte ich Arbeit finden; die jetzt folgenden Ereignisse werden ich nie vergessen, und es gab seither kein Jahr, in dem ich mich nicht an das Weihnachtsfest von damals erinnert hätte.

Es war ein kalter strenger Winter und in unsre Kammer konnten Wind und Schnee ungehindert hinein. Wenn wir morgens die Tür öffneten, so mußten wir erst das angefrorene Eis zerhacken, um hinaus zu können, denn der Eintritt in die Kammer war direkt vom Hof und wir hatten nur eine einfache Glastür. Die Mutter ging um halb 6 Uhr von Hause fort, da sie um 6 Uhr zu arbeiten begann. — Ich ging eine Stunde später Arbeit suchen. „Bitt' schön um Arbeit" mußte wieder unzählige Male gesagt werden. Fast den ganzen Tag war ich auf der Straße. Heizen konnten wir daheim nicht, das wäre Verschwendung gewesen, so trieb ich mich auf der Straße, in den Kirchen und auf dem Friedhof herum. Ein Stück Brot und ein paar Kreuzer, um mir Mittag etwas kaufen zu können, bekam ich mit. Das Weinen mußte ich immer gewaltsam zurückdrängen, wenn meine Bitte um Arbeit abgewiesen wurde und ich aus dem warmen Raum wieder hinaus mußte. Wie gerne hätte ich alle Arbeit getan, um nur nicht so frieren zu müssen. Im Schnee wurden meine Kleider feucht und meine Glieder erstarrten, wenn ich stundenlang herum ging. Dazu wurde meine Mutter immer unwilliger, der Bruder hatte Arbeit gefunden, Schnee war gefallen, da wurde er beschäftigt, freilich für so geringe Bezahlung, daß er sich kaum selbst ernähren konnte. Nur ich hatte noch keine Arbeit.

Selbst in den *Zuckerwarenfabriken*, von denen ich angenommen hatte, daß sie um die Weihnachtszeit viel Arbeitskräfte brauchen würden, erhielt ich keine Beschäftigung. Heute weiß ich, daß fast die ganze Weihnachtsarbeit einige Wochen vor den Feiertagen getan ist; daß wochenlang vorher die Arbeiterinnen Tag und Nacht arbeiten müssen und daß sie knapp vor den Feiertagen ohne Rücksicht entlassen werden. Damals hatte ich noch keine Ahnung von der Art, wie sich der Produktionsprozeß abwickelt. Wie fromm und gläubig betete ich in der Kirche um Arbeit. Ich suchte besonders berühmte Heilige auf. Ich ging

von Altar zu Altar, kniete auf den kalten Steinfliesen nieder und betete zur „Maria der Jungfrau", zur „Gottesmutter", zur „Himmelskönigin" und zu vielen anderen Heiligen, welchen man besondere Macht und Barmherzigkeit nachrühmte.
Ich gab meine Hoffnung nicht auf und entschloß mich eines Tages, die paar Kreuzer, die ich für mein Mittagessen hatte, in den Opferstock für den heiligen „Vater" zu werfen. An demselben Tag fand ich eine Börse mit zwölf Gulden. Ich konnte mich vor Glück kaum fassen und dankte allen Heiligen für diese Gnade. Daß vielleicht ein anderer armer Teufel durch den Verlust der Börse zur Verzweiflung gebracht wurde, kam mir nicht in den Sinn. Zwölf Gulden war für mich ein so hoher Betrag, daß ich gar nicht auf den Gedanken kam, ein armer Mensch könnte ihn verloren haben. Von einer Verpflichtung, Funde an die Polizei abzuliefern, wußte ich nichts. Ich sah nur die gnadenspendende Hand meiner Heiligen in der am Wege liegenden Börse. An diesem Abend fiel ich meiner Mutter aufjauchzend um den Hals, ich konnte vor Jubel nicht reden, und nur die Worte: Zwölf Gulden, zwölf Gulden brachte ich hervor. Nun war eitel Freude in unsere Kammer eingekehrt, und wie um das Glück voll zu machen, wurde ich am nächsten Tage aufgefordert, mich in einer *Glas-* und *Schmirgelpapierfabrik* einzufinden, in der ich einige Tage vorher nach Arbeit gefragt hatte und wo man mich in Vormerkung genommen hatte.

Meine neue Arbeitsstätte war im dritten Stockwerk eines Hauses gelegen, in dem sich lauter industrielle Unternehmungen befanden. So hatte ich das Leben und Treiben eines Fabrikgebäudes noch nicht kennen gelernt, ich hatte mich aber auch noch nie so unbehaglich gefühlt. Alles mißfiel mir. Die schmutzige klebrige Arbeit, der unangenehme Glasstaub, die vielen Menschen, der ordinäre Ton und die ganze Art, wie sich die Mädchen und auch die verheirateten Frauen benahmen.
Die Fabrikantin, die gnädige Frau, wie sie genannt wurde, war die eigentliche Leiterin der Fabrik und sie redete ganz so wie die Mädchen. Sie war eine schöne Frau, aber sie trank Branntwein, dann schnupfte sie und mit den Arbeitern machte sie unziemliche, rohe Späße. Wenn der Fabrikant, der sehr leidend war, einmal selber kam, dann gab es immer eine heftige Szene. Für ihn hatte ich Sympathie. Er schien mir so gut und edel zu

sein, dann schloß ich aus dem Benehmen und dem ganzen Wesen der gnädigen Frau, daß er unglücklich sein müsse. Auf seine Anordnung erhielt ich eine andere, weit angenehmere Arbeit. Bishin hatte ich das mit Leim bestrichene und mit Glas bestreute Papier auf den Stricken, die im Saal ziemlich hoch gespannt waren, aufhängen müssen. Diese Arbeit ermüdete mich sehr, und der Fabrikant mußte wohl gemerkt haben, daß diese Arbeit für mich nicht geeignet war, denn er bestimmte, daß ich von nun an das zur Verarbeitung bestimmte Papier abzuzählen habe. Diese Arbeit war reinlich und gefiel mir viel besser. Allerdings, wenn nichts zu zählen war, mußte ich auch wieder alle anderen Arbeiten machen.
Die Fabrik war ziemlich weit von meiner Wohnung entfernt, und ich konnte mittags nicht nach Hause gehen. Da blieb ich mit den anderen Arbeiterinnen im Arbeitssaale; wir holten uns aus dem Gasthause Suppe oder Gemüse, für den Nachmittag hatten wir Kaffee mit. Ich setzte mich immer abseits und las in einem Buche. „Der Raubritter und sein Kind" war damals meine Lektüre, es waren 100 Hefte. Die anderen lachten über mich und spotteten über die „Unschuld", da ich bei ihren Gesprächen verlegen wurde.
Sehr oft wurde von einem Herrn Berger gesprochen, der Reisender der Firma war und jetzt zurückerwartet wurde. Alle Arbeiterinnen schwärmten für ihn, so daß ich neugierig war, den Herrn zu sehen. Ich war zwei Wochen dort, als er kam. Alles war in Bewegung, und man sprach nur vom Aussehen des bewunderten Reisenden. Mit der gnädigen Frau kam er in den Saal, in dem ich arbeitete. Er gefiel mir gar nicht. Am Nachmittag wurde ich in das Kontor gerufen; Herr Berger schickte mich um etwas und machte dabei eine alberne Bemerkung über meine „schönen Hände". Als ich zurückkam, war es schon dunkel, und ich mußte einen leeren Vorraum passieren, der nicht erleuchtet war und sich daher im Halbdunkel befand, da er nur Licht durch die Glastür erhielt, die in den Arbeitssaal führte. Herr Berger befand sich in dem Raum, als ich kam. Er nahm mich bei den Händen und frug mich teilnehmend nach meinen Verhältnissen. Ich antwortete ihm wahrheitsgetreu und erzählte von unserer Armut. Er sprach einige mitleidige Worte, lobte mich und versprach, sich für mich zu verwenden, damit ich mehr Lohn bekomme. Begreiflicherweise war ich hochbeglückt über

diese Aussicht, die sich mir eröffnete, hatte ich doch nur zwei Gulden und fünfzig Kreuzer Wochenlohn, wofür ich täglich zwölf Stunden arbeiten mußte. Ich stammelte einige Dankesworte und versicherte, daß ich mich seiner Fürsprache würdig erweisen werde. Ehe ich noch recht wußte, wie es geschah, hatte mich Herr Berger geküßt. Mein Erschrecken versuchte er mit den Worten zu dämpfen: „Es war ja nur ein väterlicher Kuß." Er war sechsundzwanzig Jahre alt und ich fast fünfzehn, von Väterlichkeit konnte also nicht viel die Rede sein.

Außer mir eilte ich an meine Arbeit. Ich wußte nicht, wie ich das Vorgefallene zu deuten hatte, den Kuß hielt ich für etwas Schimpfliches, aber Herr Berger hatte so mitleidig gesprochen und mir mehr Lohn in Aussicht gestellt! Zu Hause erzählte ich zwar von dem Versprechen, den Kuß verschwieg ich aber, da ich mich schämte, vor meinem Bruder davon zu reden. Mutter und Bruder freuten sich aber, daß ich einen so einflußreichen Protektor gefunden hatte.

Am nächsten Tag wurde ich von einer Kollegin, einem jungen blonden Mädchen, das mir am sympathischsten von allen war, mit Vorwürfen überhäuft. Sie warf mir vor, ich hätte sie bei dem Reisenden verdrängt; wenn bisher etwas für ihn zu tun oder etwas zu holen war, habe sie das getan; er habe sie geliebt, beteuerte sie unter Tränen und Schluchzen, und nun sei durch mich alles zu Ende. Auch die anderen Arbeiterinnen stimmten dem zu; sie nannten mich eine Heuchlerin, und die gnädige Frau selber fragte mich, wie mir die Küsse des „schönen Reisenden" geschmeckt hatten. Durch die Glastür war der Vorgang vom Abend vorher beobachtet worden, und er wurde in dieser, für mich kränkenden Weise gedeutet.

Ich war gegen die Sticheleien und Spottreden wehrlos und sehnte die Stunde herbei, wo ich nach Hause gehen konnte. Es war Samstag, und als ich meinen Lohn in Empfang genommen hatte, ging ich mit der Absicht nach Hause, am Montag nicht mehr zurückzukehren.

Als ich zu Hause davon sprach, wurde ich sehr gescholten. Es war sonderbar. Meine Mutter, die immer so bedacht war, mich zu einem anständigen Mädchen zu erziehen, die mir immer Lehren und Ermahnungen gab, mit Männern nicht zu reden, „nur von dem, der der Mann würde, dürfe man sich küssen lassen", schärfte sie mir ein, war in diesem Falle gegen mich. Ich wurde überspannt genannt. Ein Kuß sei nichts Schlechtes, und wenn ich noch dazu mehr Lohn bekommen würde, so wäre es leichtsinnig, die Stelle aufzugeben. Schließlich wurden wieder meine Bücher für meine „Überspanntheit" verantwortlich gemacht und meine Mutter wurde über meine „Starrköpfigkeit" so böse, daß alle die geliehenen Herrlichkeiten, „Das Buch für Alle", „Über Land und Meer", „Chronik der Zeit" — denn „so weit" war ich schon in der Literatur — zur Tür hinausgeworfen wurden. Ich suchte dann wohl wieder alles zusammen, aber an dem Abend wagte ich nicht zu lesen, obwohl ich sonst an einem Samstag länger lesen durfte.

Das war ein trauriger Sonntag! Ich war niedergeschlagen und wurde noch obendrein den ganzen Tag gescholten.

Am Montag weckte mich die Mutter wie gewöhnlich und schärfte mir, als sie in ihre Arbeit ging, ein, keine Dummheiten zu machen, sondern daran zu denken, daß in einigen Tagen Weihnacht sei. Ich ging fort, ich wollte mich überwinden und doch in die Fabrik gehen; bis ans Tor kam ich, dann kehrte ich um. Ich hatte so eine namenlose Angst vor unbekannten Gefahren, daß ich lieber hungern wollte, als Schande ertragen. Denn als Schande erschien mir alles, was vorgefallen war, der Kuß und die Vorwürfe der Kolleginnen. Zudem war mir erzählt worden, daß eine der Arbeiterinnen immer in besonderer Gunst bei dem Reisenden stand, und zwar wechsele das; wenn eine Neue komme, die ihm besser gefalle, dann trete diese an die Stelle der vorhergehenden. Nach allen Andeutungen war ich dazu ausersehen, diese Stelle nunmehr einzunehmen. — Davor fürchtete ich mich sehr. Ich hatte in den Büchern so viel von Verführung und gefallener Tugend gelesen, daß ich mir die schrecklichsten Vorstellungen machte. Ich ging also nicht hin.

Was aber beginnen? Zuerst suchte ich wieder Arbeit; ich hätte alles unternommen, was sich geboten hätte, aber drei Tage vor Weihnachten nimmt man keine neuen Arbeitskräfte. Ich irrte in den Straßen umher, und als es Abend wurde, ging ich zur gewöhnlichen Stunde nach Hause. Ich hatte nicht den Mut einzugestehen, daß ich nicht in der Fabrik war. Die beiden folgenden Tage machte ich es ebenso. Alle Bemühungen, Arbeit zu finden, waren erfolglos. Namenlose Verzweiflung bemächtigte sich meiner, dann hoffte ich wieder, daß irgendein Zufall mir helfen würde. Es handelte sich ja um kaum zwei Gulden, da es keine ganze Arbeitswoche war.

Ich hatte so viel von der Allmacht Gottes gelesen, von der Hilfe zur rechten Zeit, von der belohnten Tugend und ähnlichen Dingen, daß ich mir einredete, auch für mich werde es Hilfe geben. Darum kniete ich vor dem Altar im heißen Gebet, dann ging ich wieder suchenden Blickes auf die Straße; ich konnte ja wieder eine Börse finden und mehr Geld nach Hause bringen, als erwartet wurde. Wo die Frauen dichtgedrängt bei den Fischständen standen, um für den Abend einzukaufen, ging ich hin. Obwohl ich mir Fische immer als etwas ganz Herrliches vorgestellt hatte, kam mir jetzt, in meiner Verzweiflung, kein Verlangen danach. Nur Geld wollte ich haben. Tolle Gedanken, vor deren Ausführung ich aber zurückschreckte, durchschwirrten meinen Kopf. Es kam der Nachmittag. Die Leute eilten mit ihren Paketen heimwärts, um ihren Lieben glückliche Stunden zu bereiten. Es war schon überall Feierabend und auch ich wurde daheim erwartet. Wo sollte ich aber Geld hernehmen?

Da kam mir noch ein Gedanke. Ich hatte eine Tante, die bei einer Gräfin bedienstet war; diese Tante war für uns der Inbegriff aller Vornehmheit, ihre Stelle bei der gräflichen Dame verschaffte ihr diesen Nimbus. Die „Stadttante", das hatte für uns immer etwas Feierliches, und wenn sie uns manchmal besuchte, so erwiesen wir ihr höchste Ehrerbietung. Sie galt als sehr fromm, und die Ordenskirche, in die sie immer ging, erhielt von ihr viele Spenden. Von ihr erhoffte ich jetzt Hilfe. Ich traf sie nicht zu Hause, sie war in der Kirche. Ich suchte sie dort, sie war schon fort. Ich kniete nieder beim Altar und betete unter Weinen und Schluchzen, Gott und die Heiligen mögen das Herz meiner Tante für mich günstig stimmen. Wenn ich jetzt bedenke: Kaum zwei Gulden hätte ich gebraucht und all mein Kummer und meine Herzensnot wären vorüber gewesen. Damals wußte ich noch nicht, wieviel Geld unnütz verschwendet wird, wie viele Menschen im Überflusse leben, während andere sich in Dürftigkeit verzehren. Zu jener Zeit kannte ich diese Unterschiede noch nicht, oder ich dachte über ihre Ungerechtigkeit nicht nach. Ich hielt alles für eine unabänderliche Einrichtung, die von Gott so verfügt sei.

Diese Stunden und das ganze Leid meiner Kindheit und Jugendzeit habe ich nie vergessen. Und noch immer, trotz der vielen

Jahre, die seither verflossen sind, kann ich an weinenden Kindern nicht vorübergehen, ohne sie um die Ursache ihrer Tränen zu fragen. Immer erinnere ich mich in solchen Fällen an meine eigenen Tränen, und wie ich nach Mitleid gedürstet habe. Auch als schlechtbezahlte Arbeiterin habe ich manchen Stundenlohn an fremde weinende Kinder verschenkt, die mir auf der Straße ihre Not erzählt haben. — —
Ich habe kein Mitleid gefunden. Meine fromme Tante, die ich endlich doch angetroffen habe, bewirtete mich zwar mit Kaffee und Kuchen, als ich aber endlich wagte, meine Bitte auszusprechen, blieb sie hart und unerbittlich. Sie ermahnte mich, jetzt bestimmt nach Hause zu gehen, es sei ja Weihnachtsabend, da werde man mich schon erwarten. Ich bat und weinte, es rührte sie nicht, mit frommen Sprüchen versagte sie mir jede Hilfe; jeder Mensch müsse in Demut tragen, was er sich selbst auferlegt habe, war ihr letztes Wort. So stand ich wieder auf der Straße. Es waren nur mehr wenig Leute zu sehen, die Fenster aber erstrahlten im hellen Lichterglanz und manche geputzte Tanne konnte ich sehen.
Auf keinen Fall wollte ich nach Hause gehen. Was sollte ich denn sagen? Ich fürchtete und schämte mich. Mein Gebaren der letzten Tage erschien mir jetzt als großes Unrecht. Ich stellte mir das Entsetzen meiner Mutter vor, meiner armen, geplagten Mutter, die mit jedem Kreuzer rechnen mußte, und die auf mich so große Hoffnungen setzte. Konnte ich ihr so viel Schmerz und Enttäuschung bereiten? Meine Reue und meine Angst wurden immer größer. Hätte ich mich doch überwunden und wäre ich in der Fabrik geblieben, sagte ich mir. Jetzt kam mir selber alles wie Übertreibung vor, meine Angst vor dem Reisenden, meine Scham vor den Arbeiterinnen und die Besorgnis um meine Anständigkeit. Nunmehr fühlte ich nur, wie schön es wäre, wenn ich mit meinem Arbeitslohn nach Hause gehen könnte. Ich schlug den Weg zur Donau ein und hatte die Vorstellung, daß es leichter sein müsse, in das Wasser zu springen, als mit meiner Schuld heim zu gehen.
Als ich durch eine der vornehmsten Straßen eilte, dem neuen Ziele, dem Wasser zu, wobei mir ununterbrochen die Tränen flossen und Schluchzen meinen Körper erschütterte, wurde ich von einem eleganten Herrn angesprochen. Er fragte mich, wohin ich so spät noch gehe und warum ich weine. Das mußte die

Rettung sein; das war sicher Gottes Fügung! Alle Hoffnung kam wieder über mich, und ich erzählte meinen Kummer. Zwei Gulden müßte ich haben, sonst könne ich nicht nach Hause gehen. Wie lieb und gut sprach der Herr. Zehn Gulden wollte er mir geben, nur müsse ich mit ihm gehen, da er kein Geld bei sich habe. Ich wußte nicht, was mich behütete, aber trotz meiner Not ging ich nicht mit in seine Wohnung. Bei dem Hause, in das er mich führen wollte, angelangt, bat ich warten zu dürfen, bis er mit dem Gelde komme. Als er mir zuredete und mich hinein zu ziehen versuchte, riß ich mich los und lief davon. Es war eine so namenlose Furcht über mich gekommen, die Blicke, mit welchen der Herr mich ansah, hatten mich so erschreckt, daß ich, ohne mich zu besinnen, davonstürzte, in der Richtung nach meiner Wohnung. Dort traf ich meinen Bruder, der mich schon lange Zeit suchte und soeben in die Fabrik gehen wollte, um nach mir zu fragen.

Soll ich noch erzählen, wie dieser Weihnachtsabend weiter verlief? Wie weder Mutter noch Bruder in meinem Innern lesen konnten, wie sie meine Beweggründe nicht verstehen und mir auch nicht verzeihen konnten? Sie nannten mich schlecht und faul. Mich faul! In einem Alter, wo andere Kinder mit der Puppe spielen und in der Schulbank sitzen, wo sie gehütet und gehegt werden, um keinen Stein unter ihre Füße zu bekommen, in diesem Alter mußte ich schon hinaus, um das harte Joch der Arbeit zu schleppen. In einem Alter, wo andere noch die ganze Seligkeit der Kindheit durchkosten, hatte ich schon das kindliche Lachen verlernt und war erfüllt und durchdrungen von dem Gefühl, daß arbeiten das mir bestimmte Los sei.

Die Last dieser Kindheit ist viele Jahre auf meinem Gemüt gelegen und hat mich zu einem frühernsten, dem Frohsinn abgewandten Geschöpfe gemacht. Viel mußte kommen, etwas Großes mußte in mein Leben treten, um mir überwinden zu helfen.

Ich fand wieder Arbeit, ich ergriff alles, was sich bot, um meinen Willen zur Arbeit zu zeigen und habe noch manches durchgemacht. Endlich aber wurde es doch besser. Ich wurde in eine große Fabrik empfohlen, die im besten Rufe stand. 300 Arbeiterinnen und etwa 50 Arbeiter waren beschäftigt. Ich kam in einen großen Saal, in dem 60 Frauen und Mädchen arbeiteten. An den Fenstern standen 12 Tische und bei jedem saßen 4 Mäd-

chen. Wir hatten die Ware, die erzeugt wurde, zu sortieren, andere Arbeiterinnen mußten sie zählen und eine dritte Kategorie hatte den Stempel der Firma aufzubrennen. Wir arbeiteten von sieben Uhr früh bis sieben Uhr abends. Zu Mittag hatten wir eine Stunde Pause, am Nachmittag eine halbe Stunde. Obwohl in der Woche, in der ich zu arbeiten begann, ein Feiertag war, an dem nicht gearbeitet wurde, erhielt ich den vollen Arbeitslohn, der Anfängerinnen gezahlt wurde. Das waren vier Gulden. So gut war ich noch nie bezahlt worden. Außerdem wurde mir in Aussicht gestellt, daß ich bei guter Verwendbarkeit nach einigen Monaten fünfzig Kreuzer Zulage bekommen werde. Ich erhielt sie schon nach sechs Wochen, und nach einem halben Jahre hatte ich schon fünf Gulden Wochenlohn; später bekam ich sechs Gulden.
Ich kam mir fast reich vor. Ich rechnete, wieviel ich mir im Laufe einiger Jahre ersparen würde und baute Luftschlösser. Da ich an außerordentliche Entbehrungen gewöhnt war, hätte ich es für Verschwendung gehalten, jetzt mehr für die Ernährung auszugeben. Wenn ich nur keinen Hunger spürte, aus was die Nahrung bestand, kam für mich nicht in Betracht. Nur schön anziehen wollte ich mich. Wenn ich am Sonntag in die Kirche ging, sollte niemand in mir die Fabrikarbeiterin erkennen. Denn meiner Arbeit schämte ich mich. Das Arbeiten in einer Fabrik war mir immer als etwas Erniedrigendes erschienen. Als ich noch Lehrmädchen war, hatte ich immer sagen gehört, die Fabrikmädchen seien schlecht, liederlich und verdorben. In den kränkendsten Worten wurde von ihnen gesprochen, und ich hatte mir diese irrige Meinung auch angeeignet. Jetzt ging ich selbst in eine Fabrik, wo so viele Mädchen waren.
Die Arbeiterinnen waren freundlich, sie unterwiesen mich in meiner Arbeit in liebenswürdigster Weise und führten mich in die Gebräuche des Betriebes ein. Die Mädchen des Sortiersaales galten als die Elite des Personals. Der Fabrikant selbst wählte sie aus, während die Aufnahme für den Maschinensaal den Werkführern überlassen blieb. In den anderen Räumen waren Frauen und Männer zusammen, in meinem Saal war ausschließlich weibliches Personal. Männer wurden nur als Hilfskräfte verwendet, wenn die schweren Ballen mit sortierter, gezählter und gebrannter Ware in den Hofraum expediert wurden. Mittags konnten wir unser Essen in der Fabrik einnehmen. Bei

schönem Wetter saßen oder lehnten wir auf den Warenballen in dem mit Glas gedeckten Hofraum. Im Winter durften wir in den Maschinensaal gehen. Im Sortiersaal, wo es viel bequemer gewesen wäre, durften wir nicht bleiben, weil die Waren den Geruch von unseren „Speisen" angenommen hätten.

Die in der Nähe der Fabrik wohnenden Arbeiterinnen gingen nach Hause, und diese hatten es am besten, da sie warmes und besseres Essen bekamen. Einige Wochen ging ich zu Bekannten essen. Das war eine wahre Qual. Ich hatte 25 Minuten rasch zu gehen, dann verschlang ich eiligst das heiße Essen und eilte wieder an meine Arbeit, bei der ich immer atemlos und wie gehetzt anlangte. Das hielt ich nicht lange aus, und ich blieb lieber wieder in der Fabrik.

Wie traurig und entbehrungsreich das Los der Arbeiterinnen ist, kann man an den Frauen dieser Fabrik ermessen. Hier waren die anerkannt besten Arbeitsbedingungen. In keiner der benachbarten Fabriken wurde so viel Lohn gezahlt, man wurde allgemein beneidet. Die Eltern priesen sich glücklich, wenn sie ihre der Schule entwachsenen 14jährigen Töchter dort unterbringen konnten. Jede war bestrebt, sich vollste Zufriedenheit zu erwerben, um nicht entlassen zu werden. Ja, verheiratete Arbeiterinnen bemühten sich, ihre Männer, die jahrelang einen Beruf erlernt hatten, in dieser Fabrik als Hilfsarbeiter unterzubringen, weil dann die Existenz gesicherter war. Und selbst hier in diesem „Paradies" ernährten sich alle schlecht. Wer in der Fabrik über die Mittagsstunde blieb, kaufte sich um einige Kreuzer Wurst oder Abfälle in einer Käsehandlung. Manchmal aß man Butterbrot und billiges Obst. Einige tranken auch ein Glas Bier und tunkten Brot ein. Wenn uns vor dieser Nahrung schon ekelte, dann holten wir uns aus dem Gasthaus das Essen. Für fünf Kreuzer entweder Suppe oder Gemüse. Die Zubereitung war selten gut, der Geruch des verwendeten Fettes abscheulich, wir empfanden oft solchen Ekel, daß wir das Essen ausgossen und lieber trockenes Brot aßen und uns mit dem Gedanken an den Kaffee trösteten, den wir für den Nachmittag mitgebracht hatten.

Oft passierte der Fabrikherr den Hofraum, wenn wir dort unser Mittagessen einnahmen. Manchmal blieb er stehen und fragte, was es „Gutes" gebe. War er besonders gut gelaunt oder war die Arbeiterin, die er anredete, hübsch und verstand sie zu klagen, dann schenkte er ihr Geld, damit sie sich etwas Besseres kaufen könne. Das empörte mich immer; es erschien mir beschämend und reizte mich auf.

Wir versuchten es auch, in eine Auskocherei zu gehen. Da erhielt man für acht Kreuzer Suppe und Gemüse. Für weitere acht Kreuzer kauften sich manchmal zwei zusammen ein Stück gekochtes Fleisch. Ich ging auch einige Zeit in die Auskocherei, als ich noch einmal krank wurde und der Arzt wieder gute Nahrung für das wichtigste erklärte. Nachdem sich aber mein Zustand gebessert hatte und ich kräftiger geworden war, tat mir diese große Ausgabe wieder leid. Ich wollte ja Geld ersparen, um jederzeit einen Notpfennig zu haben.

Überhaupt konnten sich nur jene Mädchen besser ernähren, die an ihrer Familie eine Stütze hatten. Das waren aber nur wenige. Viel öfter hatten die Arbeiterinnen ihre Eltern zu unterstützen oder sie mußten Kostgeld für Kinder bezahlen. Wie aufopfernd waren diese Mütter! Kreuzer um Kreuzer sparten sie, um es den Kindern zu verbessern und um der Kostfrau Geschenke machen zu können, damit diese den Kindern gute Pflege angedeihen lasse. Manche Arbeiterinnen mußten auch oft für den arbeitslosen Mann sorgen und sich doppelte Entbehrung auferlegen, weil sie allein die Kosten des Hausstandes zu bestreiten hatten. Auch den viel verlästerten Leichtsinn der Fabrikmädchen lernte ich kennen. Gewiß, die Mädchen gingen tanzen, sie hatten Liebesverhältnisse; andere stellten sich um drei Uhr nachmittag bei einem Theater an, um abends für dreißig Kreuzer einer Vorstellung beiwohnen zu können. Sie machten im Sommer Ausflüge und gingen stundenlang zu Fuß, um die paar Kreuzer Fahrgeld zu ersparen. Das bißchen Atmen in der Landluft mußten sie dann tagelang mit müden Füßen bezahlen. Das alles kann man Leichtsinn nennen, wenn man will, auch Vergnügungssucht, Liederlichkeit, wer aber hat den Mut dazu?

Ich sah bei meinen Kolleginnen, den verachteten Fabrikarbeiterinnen, Beispiele von außerordentlichem Opfermut für andere. Wenn in einer Familie besondere Not ausgebrochen war, dann steuerten sie die Kreuzer zusammen, um zu helfen. Wenn sie zwölf Stunden in der Fabrik gearbeitet hatten und viele noch eine Stunde Weges nach Hause gegangen waren, nähten sie noch ihre Wäsche, ohne daß sie es gelernt hatten. Sie zertrennten ihre

Kleider, um sich nach den einzelnen Teilen ein neues zuzuschneiden, das sie in der Nacht und am Sonntag nähten.
Auch die Mittags- und die Jausenpausen wurde nicht der Ruhe gewidmet. Das Einnehmen der kargen Mahlzeit war rasch besorgt, dann wurden Strümpfe gestrickt, gehäkelt oder gestickt. Und trotz allen Fleißes und aller Sparsamkeit war jede arm und zitterte bei dem Gedanken, die Arbeit zu verlieren. Alle demütigten sich und ließen sich auch das schlimmste Unrecht von den Vorgesetzten zufügen, um ja nicht diesen guten Posten einzubüßen, um nicht brotlos zu werden.
Manchem Mädchen geschah das Unglück, daß einer der Vorgesetzten ihr seine besondere Gunst schenkte. Plötzlich änderte er sein Verhalten. Sie konnte nichts mehr recht machen, sie avancierte nicht und bekam nicht mehr Lohn, dafür erhielt sie Verweise. Es wurde ihr mit Entlassung gedroht und so ein armes Mädchen war dann wie eine Gehetzte, bis sie es nicht mehr ertragen konnte und selber ging.
Von einigen, denen es so ergangen war, gingen dann Gerüchte um. Eine flüsterte es der anderen zu: Man habe sie in bestimmten Gassen in auffallenden Kleidern gesehen, oder sie habe sich zum Fenster hinausgelehnt, um Männer anzulocken. Da wurde dann immer über die Betreffende der Stab gebrochen und auch ich war entrüstet. Keine dachte daran, ob es denn anders gewesen wäre, wenn das Mädchen gleich zu Anfang den Widerstand aufgegeben und die Gunst des Vorgesetzten gewürdigt hätte?
Von einer geheimen und einer öffentlichen Prostitution wußte ich damals noch nichts, nicht einmal das Wort hatte ich je gehört. Später, als ich Ursache und Wirkung besser beurteilen konnte, habe ich auch über diese Mädchen anders zu denken angefangen, besonders als ich im Laufe der Jahre, die ich in der Fabrik arbeitete, manche ältere Arbeiterin kennen lernte, von der erzählt wurde, welchen Beziehungen zu einem Vorgesetzten sie ihre bevorzugte Stellung verdankte. Oder wenn andere einem Werkführer Szenen machten, weil er sie plötzlich zu drangsalieren begann, da er ihrer überdrüssig geworden war und sie am liebsten fortgehabt hätte, um ungehindert eine neue „beglücken" zu können.
Damals dachte ich über all das nicht nach, ich war nur immer bestrebt, meine Arbeit recht zu tun und mit niemandem in Be-

rührung zu kommen. Zudem ereigneten sich in dem Saal, in dem ich arbeitete, solche Dinge nicht; von unserem Vorgesetzten gab es kein freundliches, kein menschliches Wort. Er war ein Tyrann von der schlimmsten Sorte und als eine Herde von Sklavinnen muß er die Arbeiterinnen betrachtet haben. Eine Beschwerde über ihn wagte niemand. Er galt als der bevorzugteste Angestellte des Unternehmens, dem er ohne Zweifel mit großer Treue ergeben war. Daß er selber einst Arbeiter in derselben Fabrik gewesen war, hatte er wohl schon ganz vergessen. —
Ich wollte meine Mutter nie verlassen und wollte es durchsetzen, daß sie nicht mehr arbeiten sollte. Ich sparte ebensosehr, wie meine Kolleginnen und wenn ich einen Tag ein paar Kreuzer mehr ausgab, so hungerte ich am nächsten buchstäblich. Daß ich mir kein Vermögen ersparen konnte, sah ich nun schon ein, aber für meine Mutter wollte ich sorgen und einen Notpfennig wollte ich haben, um sie im Falle der Erkrankung vor dem Krankenhaus zu behüten, da sie gegen dieses eine große Abneigung hatte. Gleich den anderen Arbeiterinnen pries ich mich glücklich, in dieser Fabrik zu sein und ich verhütete alles ängstlich, was mir hätte Tadel zuziehen können.
„Ein guter Herr", das war die allgemeine Meinung über meinen „Brotgeber". Wie gewinnbringend die Ausbeutung der menschlichen Arbeitskraft ist, kann man aber gerade an diesem Fabrikanten sehen; er, der wirklich den Arbeitern mehr gönnte, als die meisten anderen Unternehmer, er, der den Arbeitern und Arbeiterinnen, wenn sie krank waren, durch viele Wochen den Lohn fortbezahlte, er, der bei einem Todesfall ansehnliche Beträge an die Hinterbliebenen schenkte und der auch sonst nie eine Bitte abschlug, wenn sich jemand in der Not an ihn wendete, er war dennoch reich geworden durch die produktive Arbeit der in seiner Fabrik arbeitenden Männer und Frauen.
Wie ich trotzdem in dieser Fabrik Sozialdemokratin wurde, werde ich im weiteren Verlaufe erzählen. Vorläufig hielt ich mich nicht mehr für arm. Ganz königlich freute ich mich immer auf das herrliche Sonntagsmahl. Für zwanzig Kreuzer kauften wir Fleisch und ich mußte kochen. Später als mein Lohn größer war, wurde es „noch" besser und ich bekam auch ein Gläschen gezuckerten Weines zu trinken.
Nur eines fehlte mir jetzt zur vollständigen Zufriedenheit. Alle

meine Kolleginnen waren gefirmt worden; sie erzählten, wie herrlich es dabei zugegangen sei und was sie von der Firmpatin für Geschenke bekommen hatten. Ich war aber nicht gefirmt worden, da meine Mutter zu stolz war, jemanden zu bitten, meine Patin zu sein. Sie selbst konnte mir nicht das erforderliche weiße Kleid und was sonst dazu gehörte, kaufen, so gerne sie es auch gewollt hätte; so hatte ich immer verzichten müssen. Wenn in den Zeitungen stand, daß sich in den Firmungstagen für irgend ein armes Kind ein Pate oder eine Patin gefunden hatte, so riet mir meine Mutter, ich solle auch mein Glück versuchen und mich zur Kirche stellen, oder ich müsse warten, bis ich genug verdiene, um mir alles selbst kaufen zu können.
Als ich sechzehn Jahre alt war und mir der erste Mann vom Heiraten sprach, da wandte ich allen Ernstes ein: Aber ich bin ja noch nicht gefirmt. Dieses Sakrament mußte nach meiner Anschauung eine richtige Katholikin empfangen haben, ehe sie an die Ehe denken durfte. Jetzt war ich siebzehn Jahre alt und wollte nicht länger warten. Eine junge Kollegin, die mit einem jungen Manne in besseren Verhältnissen verlobt war, wollte meine Patin werden. In einem Abzahlungsgeschäft kaufte ich mir ein schönes lichtes Kleid, elegante Schuhe, einen seidenen Sonnenschirm, feine Handschuhe und einen, das ganze krönenden, blumengeschmückten Hut. Das waren Herrlichkeiten! Dazu die Fahrt im offenen Wagen, die Zeremonie in der Kirche mit dem bischöflichen Backenstreich, dann ein Ausflug, ein Gebetbuch und einige nützliche Geschenke. Nun kam ich mir erst ganz erwachsen vor.
Die Mutter ging jetzt auch nicht mehr arbeiten, sie verdiente zu Hause etwas und besorgte die Wirtschaft. Wir hatten ein Zimmer mit zwei Fenstern genommen und mit uns wohnte wieder der jüngste Bruder, aber ohne Schlafkollegen. Wenn ich nun am Sonntag las, konnte ich bei einem Fenster sitzen, das zwar nur in einen engen Hof ging, aber ich war doch überglücklich. Ich las jetzt schon bessere Bücher, auch Klassiker. Großen Eindruck machten auf mich die *Lenauschen* Gedichte. „Anna" habe ich auswendig gelernt, dann „Klara Hebert" und die „Albingenser". Für *Wielands* „Oberon" hatte ich eine große Schwärmerei; auch *Chamissos* „Löwenbraut" lernte ich auswendig. Goethe begeisterte mich damals noch nicht, ich fand ihn „unmoralisch" und einzelne Epigramme verwarf ich vollständig als

„unsittlich". Erst einige Jahre später waren es die „Wahlverwandtschaften", die mich bestimmten, immer mehr von *Goethe* zu lesen. Diese, dann „Iphigenie" und die „Natürliche Tochter" habe ich am häufigsten gelesen.
Auch körperlich war ich kräftiger und widerstandsfähiger geworden. Ich war bleich, aber welche meiner Kolleginnen war es nicht? Trotz meiner tatsächlichen Gesundheit konnte ich die Erinnerung an die früheren krankhaften Zustände nicht los werden. Diese düsteren Schatten der Vergangenheit verfolgten mich und manchmal litt ich ganz entsetzlich darunter. Aus den unscheinbarsten Dingen schloß ich, ich würde wieder krank werden. Ein Zucken des Augenlides, ein Flimmern vor den Augen sah ich schon als Vorboten des gefürchteten Zustandes an. Da kam ich oft tagelang aus dem Angstgefühl nicht heraus; schreckerfüllt wachte ich bei Nacht auf und klammerte mich an die Mutter. Diese litt mit mir. Nachbarinnen wußten allerlei Ratschläge, „Sympathiemittel", wie man all die abergläubischen Dinge nennt, die oft angewendet werden. Ich war oft wochenlang melancholisch, woraus meine Kolleginnen auf geheimen Liebeskummer schlossen. Ihnen erzählte ich niemals die Ursache meiner Traurigkeit, ich wollte nicht darüber reden, ich bildete mir ein, wenn ich nur von meiner Krankheit reden werde, so wäre das genug, um sie herbeizuführen.
Da in meiner Umgebung viel davon gesprochen wurde, daß man durch eine Wallfahrt Erlösung von allen erdenklichen Sorgen erbitten könnte, so wollte auch ich dieses Mittel versuchen. Ich wollte an dem Gnadenorte recht inbrünstig beten um vollständige Befreiung von der gefürchteten Krankheit, die ich immer drohend vor mir sah, und um ein Zeichen, das mir die Gewährung meiner Bitte verheißen sollte. Zu Fuße gingen wir nach dem drei Stunden entfernten Wallfahrtsorte. Ich war von den frömmsten Empfindungen beseelt.
Nur zu einem konnte ich mich schwer entschließen. Es galt als wichtig, zu beichten und zu kommunizieren, bevor man sich dem wundertätigen Bilde nahte. Davor hatte ich aber immer eine unüberwindliche Abneigung. Dennoch habe ich ohne etwas zu essen den weiten Weg gemacht, da man die Hostie nur nüchtern empfangen darf.
Als ich im Beichtstuhl kniete, wußte ich nicht, was ich sagen sollte; der Priester wartete auf mein Sündenbekenntnis, mir

aber fiel nichts Sündhaftes ein, das ich begangen haben sollte. Endlich stellte der Priester Fragen an mich, darunter solche, die mich verwirrten und verletzten. Ich antwortete auf alle mit nein und wurde mit einer geringen Buße entlassen. Diese betete ich ab, die Kommunion empfing ich aber nicht. Ich konnte mich, trotz aller Frömmigkeit, nicht zum Glauben an die Wunderwirkung der Hostie zwingen, obwohl ich noch an Gott und an eine göttliche Allmacht und auch an die Heiligen und ihre Fürsprache glaubte. Vor den Äußerlichkeiten hatte ich aber immer ein instinktives Gefühl der Abneigung und des Zweifels empfunden. Um so andächtiger betete ich vor dem gekreuzigten Jesus, der in einer Nische wie in einem Grabe lag. Bei der Anbetung war ein entsetzliches Gedränge. Alle rutschten auf den Knien, um die von Nägeln durchbohrten Stellen des hölzernen Erlösers zu küssen. Ich tat es auch und drückte meine Lippen auf die gleichen Stellen, die an diesem Tage schon Hunderte und aber Hunderte, Kranke und Gesunde, vor mir berührt hatten.

In den Kreuzgängen staunte ich alle die Wunder an, die diesem Gnadenorte schon gedankt wurden. Wächserne, silberne und goldene Hände waren in großer Zahl „geopfert" worden, zum Dank für die Heilung einer schon verloren geglaubten Hand. Krücken zur Erinnerung an die Heilung eines lahmen Beines. Zahllose Bilder stellten Rettungsszenen dar; auf einem stürzte ein Kind vom hohen Stockwerk und kam durch das wundertätige Eingreifen der heiligen Jungfrau heil und unversehrt unten an. Auf einem anderen Bilde wurde ein Kind aus den Flammen gerettet, durch *Maria*, die Himmelskönigin, natürlich nicht durch die Unerschrockenheit des Feuerwehrmannes. Auch Bilder, wo scheugewordene Pferde ein Kind niederrannten, das wieder durch der Heiligen Hilfe unverletzt blieb, konnte ich anstaunen. Dank für die Rettung aus Todesgefahren jeder Art; Dank für die Rettung vor Siechtum und Dank für die Rettung vom Bankrott; und auch Dank für den Abschluß einer glücklichen Heirat. Für alle diese wunderbaren Taten hatten die Glücklichen reiche Geschenke dargebracht; auf Widmungen konnte man alle diese wundersamen Dinge lesen.

Ich kann nicht sagen, daß ich frei von Zweifeln blieb, hatte ich selber doch nur zu oft vergebens um Hilfe gebetet. Aber ich kaufte auch meine Opferkerze, ohne zu wissen, daß wenn man wirklich will, daß sie geopfert wird, man dabeistehen muß, bis

sie verbrannt ist. Erst später erlangte ich Kenntnis, daß eine Kerze wiederholt verkauft wird und daß an diesen Opferungen nicht nur die Kerzenfabrikanten ein Geschäft machen, sondern auch die Kirche Zinsen und Zinseszinsen daran verdient.
Die „Hauptattraktion" des Wallfahrtsortes ist ein Gnadenbild der „Muttergottes". Zu dem Bilde gelangt man über eine Stiege, die man nur auf den Knien rutschend berühren darf. Auf jeder Stufe betet man ein Vaterunser, nur so soll man Erfüllung des Wunsches erlangen, den man an die Gnadenreiche richtet. Ich sah die Frauen von Stufe zu Stufe rutschen und tat es auch. Wie war diese Maria geschmückt! Silber, Gold und Perlen — in von mir nie geschauter verschwenderischer Fülle und Pracht konnte ich da bewundern. Alles funkelte und glänzte an ihr. Dieser Maria durfte man aber nicht nahe kommen, durch ein Gitter war sie samt ihren Kostbarkeiten vor jeder Berührung geschützt. Nur aus ehrfürchtiger Entfernung konnte man zu der Wunderbaren anbetend aufschauen. Diesen Glanz vor Augen sollte ich in frommem, andächtigem Gebet meinen Wunsch darbringen. Kein Gedanke soll auf die Außenwelt gerichtet sein, ganz in Gott und Maria soll sich das Innere des Hilfe heischenden Menschen befinden. Was Wunder, daß ich mit bangen Zweifeln von der Wallfahrt heimkehrte! Hatten doch meine Blicke so sehr auf der glänzenden Ausstattung der Maria geweilt, daß ich, wie ich fühlte, die rechte Andacht nicht zustande gebracht hatte.
Die Wallfahrt blieb auch ohne Wirkung, meine Angst hatte sich nicht vermindert. Ich wollte es noch einmal versuchen und wir gingen nach einem Gnadenort, dem man noch mehr Wunderkraft zusprach. Er war entfernter, man hatte also Gelegenheit, während des Weges, mehr Sünden abzubüßen. An einem heißen Sonntag im Juli machten wir uns um 4 Uhr früh auf den Weg. Fünf Stunden hatten wir zu gehen. Wir gönnten uns unterwegs keinen Tropfen Wasser; ich wollte entbehren, wollte Buße tun, um der Gnade teilhaftig zu werden. Müde, hungrig und durstig, über und über mit Staub bedeckt, kamen wir an. Tausende von Menschen sammelten sich im Laufe des Vormittags an. Nicht nur die Kirche, auch die Gasthäuser waren mit Menschen überfüllt. Das Gedränge beim Gottesdienst in der Kirche, wo die Wallfahrer mit Fahnen ihren Einzug hielten, war so groß, daß von einer wirklichen Andacht keine Rede sein konnte. Es war ein fortwährendes Kommen, Gehen, Stoßen und

Drängen. Dann wieder Hilfegeschrei und noch größeres Gedränge, da man die in der furchtbaren Atmosphäre ohnmächtig Gewordenen hinausschaffen mußte. Krüppel, die sich mühsam auf Krücken schleppten, andere Unglückliche, die vor den halberblindeten Augen Schirme trugen; kranke Kinder auf den Armen ihrer Mütter, hochschwangere Frauen, die um ein gutes Wochenbett baten, daneben andere, die sich von der Wallfahrt Fruchtbarkeit erhofften. Sie alle in diesem wilden Stoßen, Zerren und Schelten. — Nachher überfüllte Restaurants, wo zügellos getrunken und gelärmt wurde. Ich war abgestoßen und angewidert und machte keine Wallfahrt mehr mit. In meinem Glauben war ich zwar noch nicht erschüttert, aber dunkel hatte ich die Vorstellung, daß man daheim würdiger beten könne, als in einer Umgebung, die eher an das Getriebe bei einem Kirchweihfest im Dorfe, denn an ein Gotteshaus erinnerte.

Ich las nicht nur gerne Romane und Erzählungen, ich hatte, wie schon erwähnt, angefangen, auch Klassiker und andere gute Bücher zu lesen. Auch an öffentlichen Ereignissen nahm ich lebhaften Anteil. Ich war knapp fünfzehn Jahre alt, als über Wien der Ausnahmezustand verhängt wurde. Eine der Kundmachungen, die begann: „Mein lieber Graf Taaffe", war in der Gasse angeschlagen, in der ich arbeitete. Soviel ich mich erinnere, verbot sie auch das Beisammenstehen von mehreren Personen. Ich las höchst interessiert diese Proklamation und kam aufgeregt zu meinen Kolleginnen. Ich kann heute nicht mehr sagen, welche Stimmung mich da überkommen hatte, aber sehr gut weiß ich noch, daß ich auf unsren kleinen Arbeitstisch stieg und eine Anrede an die „Schwestern und Brüder" hielt, in der ich Mitteilung von der Verhängung des Ausnahmezustandes machte. Ich verstand ja eigentlich von der Sache nichts, hatte niemanden, der mit mir darüber redete und war überhaupt, bewußterweise, noch gar nicht demokratisch gesinnt. Damals schwärmte ich ja noch für Kaiser und Könige und hochgestellte Personen spielten in meiner Phantasie keine geringe Rolle. Aber alles, was Politik hieß, interessierte mich lebhaft. So machte ich sehr oft an Sonntagen Besuche bei einem Bekannten meiner Mutter, einem alten Manne, weil mir dieser von Kriegen und historischen Vorkommnissen erzählte. Das mexikanische Kaiserdrama des österreichischen Erzherzogs Max wurde immer wieder erörtert.

Schon als Lehrmädchen habe ich mir oft nichts zu essen gegönnt, um mir eine Zeitung kaufen zu können. Aber nicht die Neuigkeiten interessierten mich, sondern die politischen Leitartikel. Jetzt, wo ich einen beständigen Verdienst hatte, kaufte ich mir eine dreimal wöchentlich erscheinende Zeitung. Es war ein streng katholisches Blatt, das über die sich bemerkbar machende Arbeiterbewegung sehr abfällig urteilte. Seine Tendenz war, zur patriotischen und religiösen Gesinnung zu erziehen. Zwei Anschauungen rangen in mir um die Oberhand. Ich nahm warmen Anteil an allen Vorgängen in den fürstlichen Familien und war über Handlungen der Erzherzoge und über die Zustände der Prinzessinnen besser unterrichtet, als über Dinge, die meine nächste Umgebung betrafen. Ich trauerte mit Spanien um Alfons XII. und das Bild, das meine Zeitung von Maria Christine brachte, wie sie sich mit ihrem Säugling im Arme den Untertanen zeigte, hob ich wie eine Reliquie auf. Um Alexander von Battenbergs willen wünschte ich Rußland Krieg und Niederlage und auch der Bulgarenfürst befand sich lange in meiner Bildergalerie. Der Tod des Kronprinzen von Österreich ging mir so zu Herzen, daß ich tagelang weinte. Aber nicht nur die Geschicke der Dynastien erschütterten mich, auch die politischen Verwicklungen hielten mich in Spannung. Die in meiner Zeitung erwogene Möglichkeit eines Krieges mit Rußland versetzte mich in patriotische Begeisterung. Ich sah meine Brüder schon ruhmbedeckt vom Schlachtfelde heimkehren und mich selber hätte ich am liebsten in der Rolle einer „Heldin von Wörth" gesehen, von der ich in einem Roman gelesen und die von Wilhelm I. mit dem „Eisernen Kreuz" ausgezeichnet wurde.
Daneben las ich die Geschichte der Französischen und der Wiener Revolution, die mir von dem Vater einer Kollegin geliehen wurde. Zu einer einheitlichen Auffassung konnte ich mich aber noch lange nicht durchringen. Ja, als eine besonders starke antisemitische Strömung im politischen Leben bemerkbar wurde, sympathisierte ich vorübergehend mit dieser Richtung. Eines hatte mich dazu bewogen. Ein Flugblatt: „Wie gelangt Israel zu Macht und Herrschaft über alle Völker der Erde" hatte mir's angetan. Da gelangte ich nebst vielen anderen Greueltaten, die dem Volke Israels angedichtet wurden, auch zur Kenntnis des Märchens vom Ritualmord. Ich las weiter, daß die Juden die „Töchter der Gojims" (Christen) schänden wollen, um die eige-

Abbildung 1: Heimarbeiterinnen (um 1900)

Abbildung 2: 24 qm für 6 Personen (um 1900)

Abbildung 3: 29 qm für 12 Personen (um 1900)

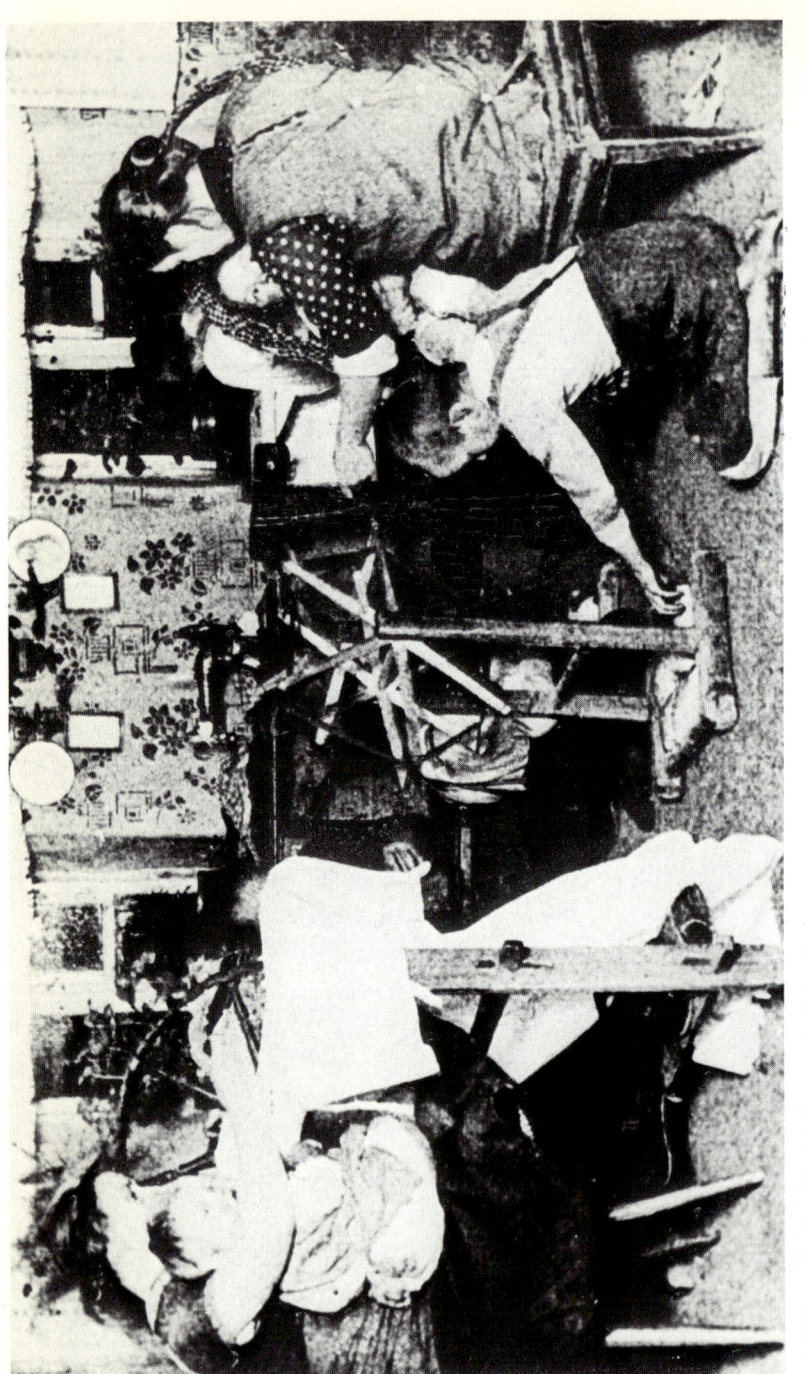

Abbildung 4: Handstrickerinnen in Meierhof

Abbildung 5: Kleinhändler in der Wohnküche

Abbildung 6: Arbeitsstube eines Zwischenmeisters für Blusen (um 1910)

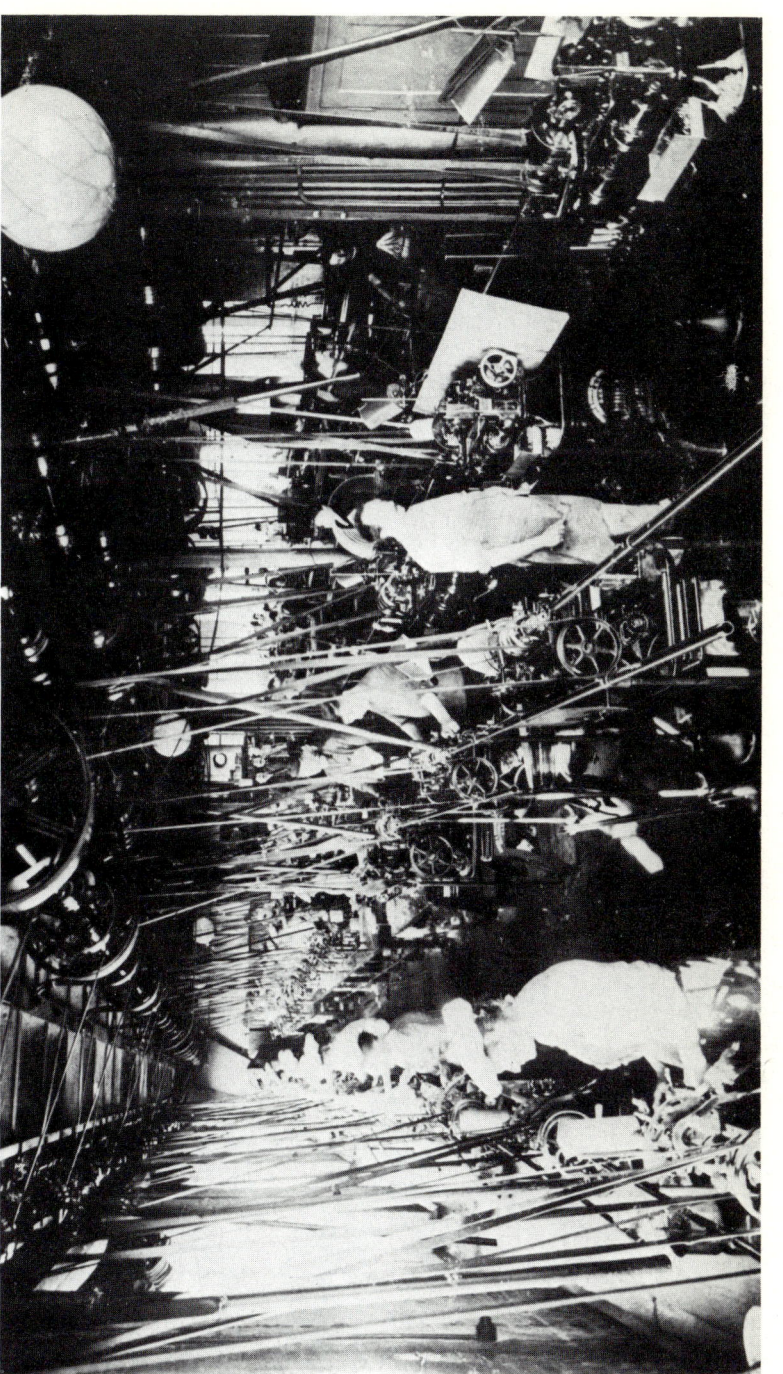

Abbildung 7: *Frauen an Drehbänken (1900)*

Abbildung 8: Max Liebermann: Die Konservenmacherinnen (1879). Museum Leipzig

nen Frauen und Töchter zu schonen. Diese Behauptung beeinflußte mich am meisten. Ich wollte auch beitragen zur Abwehr der jüdischen Anschläge und beschloß, dem jüdischen Geschäfte, wo ich bisher meine Kleider gekauft hatte, meine Kundschaft zu entziehen. Meine Kolleginnen beredete ich zu gleichem Handeln. Um diese Zeit betätigte sich auch eine anarchistische Gruppe. Einige mysteriöse Morde, die sich ereigneten, wurden den Anarchisten zugeschrieben und die Polizei benützte sie, um die aufstrebende Arbeiterbewegung zu drangsalieren. Das alles verfolgte ich mit brennendem Interesse. Alle anderen Dinge, von denen man sagt, daß um ihretwillen Frauen Zeitungen lesen, ließen mich kalt, ich überflog sie kaum. — Die Anarchistenprozesse verfolgte ich aber mit leidenschaftlicher Anteilnahme. Ich las alle Reden, und da, wie das immer zu geschehen pflegt, *Sozialdemokraten,* die man eigentlich treffen wollte, unter den Angeklagten waren, so lernte ich deren Anschauungen kennen. Ich war begeistert. Jeder einzelne Sozialdemokrat, den ich aus der Zeitung kennen lernte, erschien mir wie ein Held. Daß ich selber ihre Mitkämpferin werden könnte, fiel mir gar nicht ein. So hoch und erhaben erschien mir alles, was ich von ihnen las, daß es mir phantastisch vorgekommen wäre, auch nur daran zu denken, daß ich unwissendes, unbekanntes und armes Geschöpf auch einmal tätigen Anteil an ihren Bestrebungen nehmen könnte.
Es kam zu Arbeiterunruhen; die Arbeitslosigkeit hatte großen Umfang angenommen, ganze Gewerbe stockten und die Polizei glaubte die Unzufriedenheit und zunehmende Not mit Schikanen unterdrücken zu können. Sie löste Fachvereine auf und konfiszierte die Kassen. Das steigerte selbstverständlich die Empörung und es kam zu demonstrativen Umzügen. Als sich diese wiederholten, rückte Militär in die „bedrohten" Straßen. „Gewehr bei Fuß" und „hoch zu Roß" wurden sie aufgestellt. Ich stürmte abends aus der Fabrik in höchster Erregung auf den Schauplatz der Ereignisse. Das Militär schreckte mich nicht, ich wich erst vom Platze, als „geräumt" wurde.
Später wohnten wir mit einem meiner Brüder, der geheiratet hatte, zusammen. Zu ihm kamen Kollegen, darunter einige intelligente Arbeiter. Sie lasen das Fachblatt ihrer Branche und auch ich hatte Interesse daran. Einer dieser Arbeiter war besonders intelligent und mit ihm sprach ich am liebsten. Er hatte

viele Reisen gemacht und konnte manches erzählen. Er war der erste Sozialdemokrat, den ich kennen lernte. Er brachte mir viele Bücher und erklärte mir den Unterschied zwischen Anarchismus und Sozialismus. Von ihm hörte ich auch zum erstenmal, was eine Republik sei — und trotz meiner früheren dynastischen Schwärmereien entschied ich mich für die republikanische Staatsform. Ich sah alles so nahe und greifbar, daß ich förmlich die Wochen zählte, die bis zur Umwälzung des Staats- und Gesellschaftswesens noch vergehen mußten.

Von diesem Arbeiter erhielt ich das erste sozialdemokratische Parteiblatt. Er kaufte es nicht regelmäßig, sondern nur wenn er gerade dazu kam, wie dies leider so viele machen. Ich aber bat ihn jetzt, jede Woche die Zeitung zu bringen und wurde selbst ständige Käuferin. Die theoretischen Abhandlungen konnte ich nicht sofort verstehen, was aber über die Leiden der Arbeiterschaft geschrieben wurde, das verstand und begriff ich und daran lernte ich erst mein eigenes Schicksal verstehen und beurteilen. Ich lernte einsehen, daß alles, was ich erduldet hatte, keine göttliche Fügung, sondern von den ungerechten Gesellschaftseinrichtungen bedingt war. Mit grenzenloser Empörung erfüllten mich die Schilderungen von der willkürlichen Handhabung der Gesetze gegen die Arbeiter. Die Aufhebung des Sozialistengesetzes in Deutschland, unter dem die Sozialdemokraten so schwer zu leiden gehabt hatten, wurde von mir mit großem Jubel begrüßt, obwohl ich noch außerhalb der Partei stand und von niemand gekannt wurde. Selbst in Versammlungen war ich noch nicht gewesen, ich wußte gar nicht, daß Frauen in Versammlungen Zutritt hatten, außerdem widersprach es ganz meiner bisherigen Auffassung, allein in ein Gasthaus zu gehen. Mied ich doch fast jedes Vergnügen, jede Zerstreuung, um nur in keine Gesellschaft zu kommen, die meinen Empfindungen nicht zusagte. Auch meine Mutter schärfte mir immer ein: „Ein braves Mädel wird zu Hause gesucht." So saß ich denn immer daheim, mit einem Buche oder einer Handarbeit beschäftigt, während ich noch halb unbewußt, schon mächtige Sehnsucht nach dem Verkehr mit gleichgesinnten und gleichdenkenden Menschen empfand.

In der Fabrik war ich eine andere geworden, seit sich meine Gedanken von der früheren, schwermütigen Sentimentalität etwas freigemacht hatten. Früher hatte ich mich abgesondert, damit zwischen mir und meinen Kolleginnen nicht zuviel Intimität entstehe. Zuerst hatte man das für Scheu und Schüchternheit gehalten, dann, als es nicht anders wurde, für Stolz. Da ich aber immer gefällig war und mich nie ausschloß, wenn es sich um irgendwelche gemeinsame Hilfeleistung zugunsten einer Kollegin handelte, gewöhnte man sich an mein Wesen. Auch die Arbeiter, mit denen die Mädchen in den Pausen im Hofraum scherzten, ließen mich schließlich meine eigenen Wege gehen. Man nannte mich wohl auch stolz, wenn ich mich an den Unterhaltungen nicht beteiligte und es vermied, mit den Männern zu reden. „Die meint wohl auch, daß sie einen Grafen bekommt," wurde öfter gesagt.

Jetzt wo ich ein Ziel vor mir hatte und wo ich ganz durchdrungen war von dem Gedanken, daß alle Menschen das wissen müßten, was mir bewußt geworden war, jetzt gab ich meine Zurückhaltung auf und erzählte meinen Kolleginnen alles, was ich über die Arbeiterbewegung las. Früher hatte ich auch manchmal erzählt, wenn man mich darum gebeten hatte. Aber statt Ohnets „Hüttenbesitzer" oder vom Schicksale irgend einer Königin erzählte ich jetzt von Unterdrückung und Ausbeutung. Ich erzählte von den angesammelten Reichtümern in den Händen weniger und führte als Kontrast die Schuhmacher an, die keine Schuhe, die Schneider, die keine Kleider hatten. Ich las in den Pausen die Artikel der sozialdemokratischen Zeitung vor und erklärte, was Sozialismus sei, so gut ich es eben verstand. Mit Leidenschaft verteidigte ich meine Sache, als man die Anarchisten mit den Sozialisten auf eine Stufe stellte.

Meine Tätigkeit blieb nicht unbemerkt; die Vorgesetzten wurden aufmerksam und man sprach von mir. Ich war aber ängstlich bemüht, keinen berechtigten Anlaß zu einem Tadel zu geben. Früher war ich so wie die anderen, oft zu spät gekommen, jetzt gewöhnte ich mir Pünktlichkeit an. Meine Arbeit machte ich peinlich gewissenhaft, es war in mir instinktiv die Ansicht gereift, daß man, wenn man einer großen Sache dienen wolle, auch in kleinen Dingen seine Pflicht tun müsse. Ich hatte das damals noch nicht genau auszudrücken verstanden, aber tatsächlich war ich von dieser Anschauung beherrscht. Wenn ich in den Pausen mit Wärme und Lebhaftigkeit den Inhalt meiner Zeitung vortrug und zu erklären versuchte, so kam es manchmal vor, daß

einer der Kontorbeamten vorüberging und kopfschüttelnd zu einem anderen sagte: „Das Mädel spricht wie ein Mann."
Meine Zeitung holte ich mir jetzt jede Woche selbst. Als ich das erstemal den Verkaufsraum des sozialdemokratischen Blattes betrat, war mir zumute, als betrete ich ein Heiligtum. Und wie ich meine ersten zehn Kreuzer für den Wahlfonds der deutschen Sozialdemokratie unter dem Motto „Fester Wille" ablieferte, da fühlte ich mich schon als ein Glied der großen Kämpferschar, obwohl ich noch keinem Vereine angehörte und außer dem Freunde meines Bruders noch keinen Sozialdemokraten gesprochen hatte.
Da ich in meiner Zeitung immer las: „Werbet neue Abonnenten!" „Verbreitet Eure Zeitung," bemühte ich mich in diesem Sinne zu wirken. Als ich dann jede Woche nicht nur eine Zeitung, sondern zwei, dann drei und schließlich gar zehn Stück holen konnte, da war mein Hochgefühl mit nichts mehr zu vergleichen. Mein Weg um die Zeitung hatte immer etwas Feiertägiges für mich. Ich zog an diesem Tage mein schönstes Kleid an, so wie früher, wenn ich in die Kirche ging.
Obwohl in der sozialdemokratischen Zeitung über Religion wenig geschrieben wurde, so war ich doch von allen religiösen Vorstellungen frei geworden. Es war das nicht mit einem Male gegangen, es hatte sich langsam entwickelt. Ich glaubte nicht mehr an einen Gott und an ein besseres Jenseits, aber es kamen mir doch immer wieder Bedenken, ob es nicht vielleicht doch etwas gebe. An dem gleichen Tag, an dem ich mich bemüht hatte, meinen Kolleginnen zu beweisen, daß die Erschaffung der Welt in sechs Tagen nur ein Märchen sei, daß es einen allmächtigen Gott nicht geben könne, weil dann so viele Menschen nicht so harte Schicksalsschläge erdulden müßten, am Abend desselben Tages faltete ich doch wieder die Hände, wenn ich in meinem Bette lag und hob meine Augen zu dem Marienbild empor. „Vielleicht doch," dachte ich unwillkürlich immer wieder. Gesagt hätte ich es keinem Menschen, daß mich solche Zweifel quälten. Aber die Schilderungen über Sibirien und die schrecklichen Dinge, die aus der Petersburger Schlüsselburg in die Öffentlichkeit drangen und die ich aus meiner Zeitung erfuhr, benützte ich, um meinen Kolleginnen zu beweisen, daß es keinen Gott geben könne, der die Geschicke der Menschen beeinflußt.
Meine sozialdemokratische Überzeugung wurde immer bestimm-

ter und ich mußte in der Fabrik vieles erdulden. Mein unmittelbarer Vorgesetzter, der seine tyrannische Macht über unseren ganzen Saal ausübte, war immer brutal und mürrisch. Mir erschien er jetzt geradezu als ein Teufel. Er war der erste Mensch, den ich wirklich haßte und obwohl viele Jahre verflossen sind, seit ich seiner Machtsphäre entrückt bin, spüre ich noch heute allen Groll und allen Haß, wenn ich an ihn denke. Wenn im Laufe der Jahre in der Fabrik manches verschlechtert wurde, so war dies wesentlich ihm zuzuschreiben. Er konnte jeder, die sich seinen Groll zugezogen hatte, wenn auch nur deswegen, weil sie sich gegen einen ungerechtfertigten Tadel zu verteidigen versucht hatte, das Dasein in der Fabrik zur Hölle machen. Ich hatte ihm bisher nie Anlaß gegeben, sich mit mir besonders zu beschäftigen. Jetzt wurde das anders, denn auch er bemerkte meinen Einfluß auf meine Kolleginnen. Das gefiel ihm nicht und er begann mich zu beobachten. Er fing an meine Arbeit besonders zu kontrollieren; wenn er sich sonst begnügt hatte, einmal des Tages nachzusehen, und wenn er bei mir oft ganz darauf verzichtet hatte, so kam er jetzt zehnmal im Tage. Ich war keinen Augenblick sicher, ob er nicht kommen und in meiner Arbeit herumwühlen würde, um nach Fehlern zu suchen. Wenn ich aufstand, um mir ein Glas Wasser zu holen, so ging er hinter mir her und blieb stehen, bis ich getrunken hatte, um mir dann wieder zum Tische zurück zu folgen. Jeder Schritt, den ich tat, jede Bewegung, die ich machte, wurde von ihm verfolgt. Eines Tages sprach mich mein Arbeitgeber an, um mir mitzuteilen, daß mein Vorgesetzter mit mir unzufrieden sei. „Denken Sie daran, daß Sie für eine alte Mutter zu sorgen haben," sagte er zum Schlusse. Ich war so bestürzt und fassungslos, daß ich nicht sofort erwidern konnte. Als ich mich aber gefaßt hatte, suchte ich ihn wieder zu treffen und bat ihn, mir zu sagen, warum der Werkführer mit mir unzufrieden sei. Ich verwies darauf, daß meine Arbeit trotz der häufigen Kontrolle immer in Ordnung sei. Der Fabrikant, — als „Brotgeber" betrachtete ich ihn schon lange nicht mehr — sah mich einen Augenblick an, dann ging er mit den Worten: „Es ist gut, arbeiten Sie so wie bisher."

Von der „*Frauenfrage*" hatte ich noch immer keine Ahnung. Darüber stand nichts in der Zeitung und eine andere Presse als die sozialdemokratische las ich nicht mehr. Ich kannte auch keine

Frau, die sich für Politik interessiert hätte. Ich galt als eine Ausnahme und betrachtete mich selbst als eine. Die soziale Frage, wie ich sie damals verstand, hielt ich für eine Männerfrage und ebenso die Politik. Nur hätte ich gerne ein Mann sein mögen, um auch ein Anrecht auf die Beschäftigung mit Politik zu haben. Daß die Sozialdemokraten den Frauen die Gleichberechtigung mit dem Manne erkämpfen wollen, erfuhr ich zum erstenmal, als ich nach dem Hainfelder Parteitage der österreichischen sozialdemokratischen Arbeiterpartei das sozialdemokratische Programm las. Wie aber Frauen selbst an den Parteibestrebungen mitarbeiten könnten, wußte ich noch nicht. Da las ich eines Tages in der sozialdemokratischen Zeitung folgenden Artikel:
„Das Weib im XIX. Jahrhundert", so betitelt sich ein großes Fest, das zu wohltätigem Zwecke abgehalten wurde. Der Hauptpunkt der originellen Schaustellung war die „Vorführung der Erwerbstätigkeit der Frau". Es gehört die ganze Frivolität, die ganze gedankenlose Frechheit unserer „Wohltätigen", dazu, um den wundesten Punkt des ganzen Gesellschaftskörpers, um jene Eiterbeule, die in sich allein den ganzen Jammer der heutigen Menschheit zusammenfaßt und aufweist, zum Gegenstand eines „großen Festes" zu machen. „Das Weib im XIX. Jahrhundert", die Sklavin, die in doppelter Eigenschaft als Marktware verhandelt wird, als Lustobjekt und als Ausbeutungsobjekt, das Weib des XIX. Jahrhunderts, als Königin des Festes! — Die Erwerbstätigkeit des Weibes wurde vorgeführt; da sah man wohl die schmutzigen herabgekommenen Ziegelschlägerinnen, bewundert von den Verwaltungsräten der Aktiengesellschaft; oder die Spitzenklöpplerinnen mit ihrem Taglohn von 30 Kreuzern für 16stündige Arbeitszeit, bekomplimentiert von ihren Ausbeutern, den „Protektoren" der Spitzenindustrie; oder die Sklavinnen der Spinnereien und der Webereien und die Herren Ausbeuter machten wohl eben den Versuch, ihnen die Vorteile der Nachtarbeit klar zu machen; oder die armen Weiber, die in der Nagelschmiede stehen mit verschwielten und verbrannten Händen — — sie alle getreten, ausgebeutet, abgerackert und zu Tode gehetzt — — Oder hat sich die noble Gesellschaft einmal die Lehrerinnen „vorgeführt", die gelehrten Hausklavinnen, wie die Dienstboten in allen ihren Unterarten die ungelehrten Sklavinnen sind, beide der Gegenstand der ungezügelten Laune, der unverhohlenen Verachtung dieser wohltätigen Welt? Und

wie war ihnen die Erwerbstätigkeit „des Weibes im XIX. Jahrhundert" vorgeführt, welche *Prostitution* heißt, die Prostitution geheiligt durch die gesetzliche Ehe, und jene von Fall zu Fall, die Prostitution der Straße? — Wäre das ganze Spiel nicht gleißnerische Lüge, heuchlerischer Selbstbetrug gewesen, wäre ein einziger Strahl der nackten Wahrheit in den glänzenden Saal gedrungen, fürwahr, das Bild des „Weibes im XIX. Jahrhundert", wie es *wirklich ist,* hätte genügt, um die Gesellschaft aufzujagen aus ihrem Taumel, sie auseinander zu scheuchen in Scham und Entsetzen. — Aber sie sind blind! Und wo sie nicht blind sind, lieben sie die Verblendung. Wie könnten sie leben, ohne diese selbstgeschaffene Blindheit!"
Das las ich in der sozialdemokratischen Zeitung, in *meiner* Zeitung, wie ich sie mit freudigem Stolze nannte, und die Wirkung war unbeschreiblich. Ich schlief nicht; wie Schuppen war es mir von den Augen gefallen und ich grübelte über das Gelesene nach. Ich kam aus dem Zustand der Erregung nicht heraus und alles in mir drängte nach Betätigung. Ich konnte das Gelesene unmöglich für mich behalten, die Worte drängten sich mir förmlich auf die Lippen, wie ich reden wollte. Ich stieg zu Hause auf einen Stuhl und hielt eine Ansprache, wie ich es machen würde, wenn ich in einer Versammlung zu reden hätte. „Die geborene Rednerin" urteilte man. Ein Kollege meines Bruders brachte mir Bücher aus der Bibliothek des Arbeitervereines, in dem er Mitglied geworden war. Wie beneidete ich alle, die sich betätigen konnten. „Wäre ich doch ein Mann" wiederholte ich immer wieder. Daß ich auch als Mädchen in der sozialistischen Bewegung oder im politischen Leben überhaupt etwas leisten könnte, wußte ich damals noch nicht. Nie hörte oder las ich von Frauen in Versammlungen und auch alle Aufforderungen „meiner Zeitung" waren immer nur an die Arbeiter, an die Männer gerichtet. Als der *Pariser Sozialisten-Kongreß,* die Arbeitsruhe an einem Tag als Kundgebung für den *Achtstundentag* beschloß, stand ich noch immer allein und konnte gar nichts für „die Sache" tun. Das, was ich meinen Kolleginnen erzählte, die Verbreitung der Zeitung durch mich, erschien mir so nichtig und so geringfügig, daß es mir keine Befriedigung bot. Später lernte ich erkennen, von welch unschätzbarem Werte gerade diese Tätigkeit für die Ausbreitung des Sozialismus ist.
Aus der Bibliothek des Arbeitervereins erhielt ich viele Bücher,

die ernstes Nachdenken erforderten. Die „Neue Zeit" wurde meine Lektüre, ich las alle Jahrgänge, die in der Bibliothek vorhanden waren, nach. Aber ich wollte mich gründlich „bilden" und ließ mir auch Bücher bringen, die nicht sozialistisch waren. Ich arbeitete neun Bände Weltgeschichte durch und sogar das „Buch der Erfindungen" wollte ich studieren. Alle Bemühungen waren aber fruchtlos, ich konnte mich zu dieser trockenen Literatur nicht zwingen, nur der Abschnitt über die *Korkrinde* fesselte mich, da diese mit meinem Berufe im Zusammenhang war. Friedrich *Engels'* „Die Lage der arbeitenden Klassen in England" erschütterte mich tief und stärkte mein revolutionäres Empfinden. Eine kleine Broschüre: „Das Recht auf Faulheit" von Lafargue gefiel mir außerordentlich und als ich später in Versammlungen zu reden begann, gehörte sie zu meinem Material. Große Begeisterung empfand ich für Ferdinand *Lassalle*. „Die Wissenschaft und die Arbeiter", dann „Die Feste, die Presse und die Arbeiter" las ich immer wieder, um in den Inhalt einzudringen. Auch *Liebknechts* als Broschüre erschienene Festrede: „Wissen ist Macht" gehörte zu den ersten sozialistischen Schriften, die mich beeinflußten. Eine große Zahl revolutionärer Freiheitsgedichte lernte ich auswendig.

Obwohl ich mich so viel mit Sozialismus beschäftigte, war ich noch immer in keiner Versammlung gewesen, ich verfolgte aber mit brennendem Interesse alle Berichte und kannte die Namen aller Redner. Endlich wollte ich aber doch einer Versammlung beiwohnen. Als zufällig an einem Sonntag eine Versammlung stattfand, bei der der bekannteste und hervorragendste Führer sprechen sollte, ging mein Bruder mit mir hin. Es war im Dezember und eine trockene Kälte hatte seit Wochen geherrscht. Viele Leute waren arbeitslos und sehnsüchtig wurde der Himmel beobachtet, ob denn noch immer kein Schnee zu erwarten sei. „Auch der Herrgott vergißt die armen Leute," konnte man sehr oft aussprechen hören. An diesem für mich wichtigen Sonntag war der ersehnte Schnee gefallen. Man mußte sich förmlich durch die Schneemassen durcharbeiten. Die Versammlung war in einem großen Saale eines entlegenen Arbeiterbezirkes. Als wir kamen, standen die Menschen schon Kopf an Kopf; sie rieben sich die Hände und stampften mit den Füßen, um sich zu erwärmen. Ich hatte Herzklopfen und spürte, wie mein Gesicht glühte, als wir uns durch diese Menge drängten, um in die

Nähe der Rednertribüne zu gelangen. Ich war das einzige weibliche Wesen im Saale und alle Blicke richteten sich erstaunt auf mich, als wir uns durchdrängten. Den Redner konnte ich nur undeutlich sehen, denn er war in eine Wolke von Tabak- und Zigarrenrauch gehüllt. Er sprach über: „Die kapitalistische Produktionsweise".

Und wieder waren es neue Offenbarungen für mich. Was ich instinktiv gefühlt hatte, aber noch nicht auszudenken vermochte, hörte ich hier klar und überzeugend vortragen. Der Redner begann mit dem Hinweis auf den Schneefall und beleuchtete daran das Verkehrte und Sinnlose der „gegenwärtigen Gesellschaftsordnung". „Das was in einer vernünftigen Gesellschaft als Elementarereignis und Verkehrshindernis angesehen würde, wird heute als ein Glück gepriesen, durch das Hunderte Menschen vor dem Verhungern bewahrt werden; Menschen, die keine Arbeit haben, nicht weil sie nicht arbeiten wollen, sondern deshalb, weil durch die wahnsinnigen Gesellschaftseinrichtungen und eine kurzsichtige Gesetzgebung andere Menschen so lange arbeiten müssen, bis sie vor Erschöpfung zusammenbrechen."

Diese Einleitung blieb in meinem Gedächtnisse haften und meine Gedanken arbeiteten daran weiter. Die zweite Versammlung besuchte ich am Weihnachtstag; dort waren außer mir noch zwei Frauen anwesend. Der Redner sprach über „Klassengegensätze". Er sprach gut, wirkungsvoll, hinreißend. Ich hörte die leidensvolle Geschichte meiner eigenen Weihnachtsfeste schildern und im Gegensatz zu den Entbehrungen der Armen den Überfluß der Reichen. In mir drängte alles hinzurufen: „Das weiß ich auch, das kann ich auch erzählen!" Aber noch wagte ich kein Wort, ich hatte nicht einmal den Mut, Beifall zu spenden. Das hielt ich für unweiblich und nur für ein Recht der Männer. Auch wurde in den Versammlungen nur für Männer gesprochen. Keiner der Redner wendete sich auch an die Frauen, die allerdings nur sehr vereinzelt anwesend waren. Es schien alles nur Männerleid und Männerelend zu sein. Ich empfand es schmerzlich, daß man über die Arbeiterinnen nicht sprach, daß man sich nicht auch an sie wandte, um sie zum Kampfe aufzurufen. —

Die dritte Versammlung, die ich besuchte und die ich ihres Charakters wegen noch anführe, war eine Wählerversammlung. Die Polizei duldete keine Frauen in diesen politischen Versammlungen und doch wollte ich so gerne einer beiwohnen. Einmal

gelang es meinen Bitten, die Ordner zu überreden, mich einzulassen, doch mußte ich ganz rückwärts in einer Ecke bleiben. Zum erstenmal hörte ich hier vom sozialdemokratischen Standpunkt über den *Militarismus* reden. Und wieder fiel ein Teil meiner früheren Anschauungen in Trümmer. Bis dahin hatte ich den Militarismus als etwas Selbstverständliches und Unentbehrliches angesehen. Daß meine Brüder des „Kaisers Rock" getragen, hatte mich mit Stolz erfüllt und der wäre mir nicht als rechter Mann erschienen, der diese patriotische Pflicht nicht erfüllt hätte. Wenn ich mir in meinen Mädchenträumen den Mann vorstellte, der mein Gatte werden würde, dann gehörte auch die militärische Tauglichkeit zu den Eigenschaften, die er hätte besitzen müssen. Und jetzt fiel auch dieses Ideal. Als Volksbelastung wurde der Militarismus geschildert und ich mußte dem beistimmen. Der Krieg, ein Menschenmorden, nicht zur Verteidigung der Landesgrenzen vor einem bösen wilden Feind, sondern im Interesse der Dynastien, diktiert von Ländergier oder eingefädelt durch diplomatische Intrigen.
Alles, was ich hörte, kam mir so natürlich vor, daß ich mich nur wunderte, warum so wenige Menschen diese Dinge verstanden.

Mir war durch die Versammlungen eine neue Welt erschlossen worden und alles in mir drängte nach eigener Betätigung. Ich wollte mithelfen und mitkämpfen und wußte doch nicht, wie ich das anfangen sollte. Unter all diesen Einflüssen war ich aber eine ganz andere geworden. Menschen, die von meinen politischen Idealen nichts verstanden oder die davon nichts wissen wollten, erschienen mir direkt als Feinde. Ich wollte aber bekehren und wollte „politisieren". Ich begann mit meinen Brüdern und ihren Frauen in Gesellschaften zu gehen, die ich früher gemieden hatte. Man hatte mich stolz und hochmütig genannt und hatte mir auch Vorstellungen gemacht, nicht so ein Klosterleben zu führen, sondern meine Jugend zu genießen. Wenn ich manchmal mitging, kam ich mir wie ein Opferlamm vor. Jetzt ging ich gerne mit. Ich wollte Gelegenheit haben, über die Sozialdemokratie zu reden und war der Meinung, daß man mit Männern über Politik mehr reden könnte, als mit Frauen.
Wie sehr ich die politische Reife der Männer überschätzt hatte, erfuhr ich nur zu bald. Ich wollte für den Wahlfonds sammeln. Als ich einer lustigen Gesellschaft das auseinandersetzte, meinte

einer, ein Gewerbetreibender: „Für den Wahlfonds? Wer ist denn das? Ah, ich weiß schon, der verunglückte Wagenwascher." Und ich, das junge, politisch rechtlose Mädchen mußte den wahlberechtigten Männern erzählen, was der Wahlfonds sei und warum man für ihn sammeln müsse. Man wunderte sich allgemein, wo ich meine „Gescheitheit" hergenommen und wer mich das alles gelehrt habe. Auch in der Fabrik sammelte ich. Zuerst nur unter meinen engeren Kolleginnen, der Kreis wurde aber immer größer.

Dazu kam die Propaganda für die Arbeitsruhe am 1. Mai. Diese brachte mich in einen Zustand fieberhafter Aufregung; ich wollte dafür tätig sein und suchte nach Gesinnungsgenossen. Unter den Arbeitern war mir einer aufgefallen, der einen breiten Hut trug, von ihm hoffte ich, daß er Sozialdemokrat sei. Ich spähte nach einer Gelegenheit, um mit ihm zu reden und unternahm Dinge, die ich sonst nie getan hätte. Die Arbeiter wuschen sich vor Arbeitsschluß im Hofraum die Hände. Auch viele Mädchen gingen dorthin. Ich hatte es nie getan, um nicht die Reden hören zu müssen, die dort geführt wurden und die mich verletzten. Jetzt mischte ich mich unter sie und es gelang mir, den Besitzer des breiten Hutes anzusprechen. Ich hatte mich nicht getäuscht. Er war ein ernster, intelligenter Arbeiter und Mitglied des Arbeitervereins. Wie war ich froh, einen Gleichgesinnten in der Fabrik zu wissen! Er bei den Männern, ich bei den Frauen, es mußte gelingen, die Arbeitsruhe am 1. Mai durchzusetzen.

Und doch gelang es nicht. Die Leute hingen zu sehr an dem Fabrikanten und konnten noch nicht begreifen, daß die Arbeiter aus eigener Entschließung etwas unternehmen könnten. Allen, die am 1. Mai nicht zur Arbeit kommen würden, wurde die Entlassung angedroht. Noch am letzten April bemühte ich mich, die Arbeiterinnen meines Saales zu einer gemeinsamen Kundgebung für die Arbeitsruhe am 1. Mai zu bewegen. Ich schlug vor, alle sollten, wenn der „Herr" erscheine, aufstehen und ich würde ihm unser Ansuchen vortragen. Das gemeinsame Aufstehen sollte die Solidarität bekunden. Viele waren mit mir aufrichtig einverstanden, aber die alten Arbeiterinnen, die schon Jahrzehnte in der Fabrik arbeiteten, fanden, man dürfe das dem „Herrn" nicht antun. Und so blieben alle sitzen, als er kam. Nun wollte ich allein, nur für mich, die Freigabe erbitten, abends wurde aber mitgeteilt: Wer am 1. Mai nicht arbeitet, kann bis Montag zu Hause bleiben. Das schreckte mich. Ich war ein armes Mädchen, der 1. Mai fiel auf einen Donnerstag, konnte ich eine halbe Woche verlieren? Schließlich wäre ich davor nicht zurückgeschreckt, aber ich hatte Angst, dann überhaupt entlassen zu werden, wo aber war wieder so gute Arbeit zu bekommen? Und was sollte aus meiner alten Mutter werden, wenn ich längere Zeit arbeitslos bliebe? Die ganze trübe Vergangenheit stieg vor mir auf — und ich fügte mich. Ich fügte mich mit geballten Fäusten und empörtem Herzen.

Am 1. Mai, als ich in meinem Sonntagskleid zur Fabrik ging, sah ich schon Tausende von Menschen mit dem Maizeichen geschmückt in die Versammlungen eilen. Auch mein Bruder und sein Freund gehörten zu den Glücklichen, die feiern durften. Ich weiß nicht, welchen Schmerz ich mit jenem vergleichen könnte, der den ganzen 1. Mai nicht von mir wich. Wie wartete ich immer, daß die Sozialdemokraten kommen und uns im Sturme aus der Fabrik holen würden! Ich freute mich darauf, die anderen fürchteten sich. Die *Holzläden* vor den Fenstern durften den ganzen Tag nicht geöffnet werden, damit man nicht mit Steinen die Fenster einschlagen könnte. Bei der nächsten Lohnauszahlung bekam jeder Arbeiter, jede Arbeiterin ein gedrucktes Formular, auf dem zu lesen war: „In Anerkennung für die Pflichttreue meines Personals am 1. Mai erhält jeder Arbeiter zwei Gulden, jede Arbeiterin einen Gulden Belohnung."

Ich trug meinen Gulden, den ich dem Unternehmer am liebsten vor die Füße geworfen hätte, in die Redaktion für den „Fonds der Gemaßregelten vom 1. Mai".

Den nächsten 1. Mai feierte auch ich. Keinen Tag ruhte ich, ohne dafür Propaganda zu machen. Und wie ich noch heute, nach so vielen Jahren, mit Befriedigung empfinde, habe ich eine ganz gute Taktik eingeschlagen. Unter meinen Kolleginnen waren einige, die mit Werkmeistern verwandt waren und daher eine bevorzugte Stellung einnahmen. Diese hatte ich für den 1. Mai gewonnen, ich hatte sie für die Ziele, denen die Arbeitsruhe galt, begeistert und sie ließen sich in die Deputation wählen, die unserem Arbeitgeber das Ansuchen um Freigabe des Arbeiterfeiertages zu unterbreiten hatte. Es war eine kleine Revolution! Frauen, Töchter, Schwestern der Vorgesetzten für den 1. Mai! Auch mein Freund von der Männerabteilung hatte redlich seine

Pflicht getan und wir bekamen den Arbeiterfeiertag unter der Bedingung frei, daß wir allen jenen, welche nicht feiern wollten, den Lohnverlust zu ersetzen hatten. Wir plünderten unsere Sparkasse, die wir uns für Weihnachten angelegt hatten, da sich drei Kollegen gefunden hatten, die sich nicht schämten, sich den freien Tag von uns bezahlen zu lassen.
Kurz nachher hielt ich meine erste öffentliche Rede. Es war an einem Sonntagvormittag in einer Branchenversammlung. Ich sagte niemandem, wo ich hinging und da ich auch sonst öfter am Sonntagvormittag allein fortging, um eine Galerie oder ein Museum zu besuchen, so fiel mein Fortgehen nicht auf. Die Versammlung war von dreihundert Männern und von *neun* Frauen besucht, wie ich nachher aus dem Fachblatt erfuhr. Da in der betreffenden Branche die Frauenarbeit eine bedeutende Rolle zu spielen begann und die Männer das Angebot der billigeren weiblichen Arbeitskräfte schon spürten, so sollte in der Versammlung die Bedeutung der gewerkschaftlichen Organisation besprochen werden. Dazu war eine besondere Agitation unter den Arbeiterinnen entfaltet worden und obwohl Hunderte in einer einzigen Fabrik arbeiteten, waren im ganzen neun Frauen gekommen. Als der Einberufer das mitteilte und der Referent darauf Bezug nahm, fühlte ich große Scham über die Gleichgültigkeit meiner Geschlechtsgenossinnen. Ich nahm alle Ausführungen fast persönlich und fühlte mich davon getroffen. Der Redner schilderte das Wesen der Frauenarbeit und bezeichnete die Rückständigkeit, die Bedürfnislosigkeit und die Zufriedenheit der Arbeiterinnen als Verbrechen, die alle anderen Übel nach sich ziehen. Auch über die Frauenfrage im allgemeinen sprach er, und von ihm hörte ich zum erstenmal August *Bebels* Buch: „Die Frau und der Sozialismus" erwähnen.
Als der Referent geschlossen hatte, forderte der Vorsitzende auf, die Anwesenden sollen sich zu der wichtigen Frage äußern. Ich hatte das Gefühl, daß ich reden müßte. Ich bildete mir ein, alle Augen seien auf mich gerichtet, man warte, was ich zur Verteidigung meines Geschlechts zu sagen habe. Ich hob die Hand und bat um das Wort. Man rief schon „Bravo!" ehe ich noch den Mund aufgetan hatte, so wirkte der Umstand, daß eine Arbeiterin sprechen wollte. Als ich die Stufen zum Rednerpult hinaufging, flimmerte es mir vor den Augen und ich spürte es würgend im Halse. Aber ich überwand diesen Zustand und

hielt meine erste Rede. Ich sprach von den Leiden, von der Ausbeutung und von der geistigen Vernachlässigung der Arbeiterinnen. Auf letztere wies ich besonders hin, denn sie schien mir die Grundlage aller anderen rückständigen und für die Arbeiterinnen schädigenden Eigenschaften zu sein. Ich sprach über alles das, was ich an mir selber erfahren und an meinen Kolleginnen beobachtet hatte. Aufklärung, Bildung und Wissen forderte ich für mein Geschlecht und die Männer bat ich, uns dazu zu verhelfen.
Der Jubel in der Versammlung war grenzenlos, man umringte mich und wollte wissen, wer ich sei; man hielt mich zuerst für eine Branchengenossin und forderte mich auf, so wie ich gesprochen habe, solle ich für das Fachblatt einen Artikel an die Arbeiterinnen schreiben. Das war nun freilich eine böse Sache. Ich hatte ja nur drei Jahre die Schule besucht, von Orthographie und Grammatik hatte ich keine Ahnung und meine Schrift war wie die eines Kindes, da ich ja nie Gelegenheit gehabt hatte, sie zu üben. Doch versprach ich, mich zu bemühen, den Artikel zustande zu bringen.
Ich war wie in einem Taumel, als ich nach Hause ging. Ein unnennbares Glücksgefühl beseelte mich, ich kam mir vor, als hätte ich die Welt erobert. Kein Schlaf kam in dieser Nacht in meine Augen. — Den Artikel für das Fachblatt schrieb ich; er war klein und nicht gewandt im Ausdruck. Er lautete:

Zur Lage der in Fabriken beschäftigten Arbeiterinnen.

Arbeiterinnen! Habt Ihr schon einmal über Eure Lage nachgedacht? Leidet Ihr nicht alle unter der Brutalität und Ausbeutung Eurer sogenannten Herren? Viele Lohnsklavinnen arbeiten vom grauenden Morgen bis in die späte Nacht, während Tausende ihrer Mitschwestern arbeitslos die Tore der Fabriken und Werkstätten belagern, weil es ihnen nicht möglich ist, soviel Arbeit zu erhalten, um sich vor Hunger zu schützen und ihren Körper notdürftig zu bekleiden. Und wie weit reicht der Lohn selbst für so lange anhaltende Arbeit?
Ist es der unverheirateten Arbeiterin möglich, ein menschenwürdiges Dasein zu führen? Und erst die verehelichte Arbeiterin? Ist es ihr möglich, trotz anstrengender Arbeit für ihre Kinder in erforderlicher Weise zu sorgen? Muß sie nicht hungern und

darben, um für diese das Notwendigste herbeizuschaffen? So ist die Lage der weiblichen Arbeiter und wenn wir da müßig zusehen, wird sie sich nie zum Besseren wenden, im Gegenteil wir werden immer mehr getreten und ausgesogen.
Arbeiterinnen! Zeigt, daß Ihr noch nicht gänzlich versumpft und geistig verkümmert seid. Rafft Euch auf, erkennt, daß sich männliche und weibliche Arbeiter zum gemeinsamen Bunde die Hände reichen müssen. Verschließt Euer Ohr nicht dem Rufe, der an Euch ergeht. Tretet der Organisation bei, die auch die Frauen zum wirtschaftlichen und politischen Kampfe erziehen will.
Besucht Versammlungen, leset Arbeiterblätter, werdet ziel- und klassenbewußte Arbeiterinnen in den Reihen der sozialdemokratischen Arbeiterpartei."
Hier muß ich einen für mich freudigen Umstand erwähnen. Ich habe an einer Stelle erwähnt, daß mein ältester Bruder nach dem Tode unseres Vaters auf die Wanderschaft gegangen war. Wir hatten ihn viele Jahre nicht gesehen und waren auch später nur flüchtig zusammengetroffen. Mein Bruder war Sozialdemokrat geworden und war ein begeistertes Mitglied der Partei, schon lange bevor ich meine erste Rede gehalten hatte. Gerüchtweise hatten wir davon gehört, es war uns erzählt worden, daß er so seltsame Ansichten habe, er betrachte alle Menschen als seine Brüder, er sei Sozialist. Das war mir romantisch erschienen, dann hatte ich mich selber zu seiner Anschauung entwickelt. Unsere Mutter aber tadelte alles, was sie über seine Gesinnung hörte, ohne zu ahnen, daß unter ihren Augen die Tochter sich zu den gleichen Ideen emporgerungen hatte.
Bei einem Arbeiterfest, das ich besuchte, traf ich mit meinem ältesten Bruder zusammen und ich war hochbeglückt, auch in einem Mitglied meiner Familie einen vollständig Gleichgesinnten zu besitzen. Durch ihn lernte ich nun viele Personen kennen, die ich früher aus der Ferne schon bewundert hatte.

Eines Tages wurde ich in das Arbeitszimmer meines „Herrn" beschieden. Das ereignete sich zum erstenmal, trotzdem ich nun schon sieben Jahre in diesem Betriebe arbeitete. Herzklopfen hatte ich wohl, als ich, von den neugierigen Blicken meiner Kolleginnen gefolgt, dem Kontor zuschritt. Der Fabrikant erwartete mich mit der sozialdemokratischen Zeitung in der Hand. Unter einem Aufruf, für den Preßfonds zur Gründung einer sozialdemokratischen Frauenzeitung zu sammeln, stand auch *mein Name!* Der Unternehmer redete mich mit „Fräulein" an, was er sonst den Arbeiterinnen gegenüber nicht tat und fragte mich, ob ich diese Zeitung kenne und ob ich den Aufruf unterschrieben habe. Auf meine bejahende Antwort sagte er ungefähr: „Ich kann Ihnen keine Vorschriften machen, wie Sie Ihre freie Zeit verwenden wollen, um das eine bitte ich Sie aber: In meiner Fabrik unterlassen Sie jede Agitation für diese Zwecke. Ebenso verbiete ich Ihnen jede Sammlung zur Unterstützung Ihrer Bestrebungen. Ich will Ruhe und Frieden in meinem Hause haben." Zum Schlusse fügte er noch hinzu: „Eine Warnung will ich Ihnen noch auf den Weg geben; Sie sind jung und können nicht beurteilen, was Sie tun, merken Sie sich aber, die Politik ist ein undankbares Geschäft."

Trotzdem es mein Vorsatz war, die Worte des Fabrikanten zu beherzigen und mich in der Fabrik nicht agitatorisch zu betätigen, konnte ich das nicht vermeiden. Denn manches war schlechter geworden; viele Begünstigungen hatte man abgeschafft. In anderen Fabriken arbeitete man unter dem Einfluß der Maifeier nur mehr zehn Stunden, wir aber noch immer elf. Das sollte eine Strafe dafür sein, daß wir gewagt hatten, den 1. Mai zu feiern. Darin unterschied sich mein Arbeitgeber gar nicht von so vielen anderen Fabrikanten. Er fühlte sich als Herr und Brotgeber und die Arbeiter sollten alles seiner Großmut und Gnade zu danken haben. Weil wir einmal gewagt hatten, aus eigener Initiative eine Handlung zu vollführen, die nicht seine Billigung fand, mußten wir bestrafft werden. Erst als ich nicht mehr in der Fabrik war, wurde die Arbeitszeit um eine Stunde verkürzt, den Arbeitern und Arbeiterinnen wurde aber zugemutet, sich mit ihrer Unterschrift zu verpflichten, daß sie mit mir und den sozialistischen Bestrebungen nichts mehr zu tun haben wollten.

Vieles sah ich jetzt mit anderen Augen an als früher. Es arbeiteten in der Fabrik eine Anzahl Mädchen, die noch nicht das gesetzlich zulässige Alter erreicht hatten. War der Besuch des Fabrikinspektors zu erwarten — und merkwürdigerweise wußte man immer, wann dieser Besuch zu erwarten war — so wurde diesen Kindern eingeschärft, falls sie befragt würden, zu sagen, sie seien schon 14 Jahre alt. Früher hatte ich mir so wie die anderen gedacht: „Ein guter Herr, er nimmt Unannehmlichkeiten auf sich, weil er Mitleid mit den armen Leuten hat." Seit ich Engels': „Die Lage der arbeitenden Klassen in England" gelesen hatte, urteilte ich anders darüber. Jetzt hatte ich andere Begriffe über die Kinderarbeit und da ich gelernt hatte, meine eigene schreckliche Kindheit in den Werkstätten der Zwischenmeisterinnen und in den Fabriken objektiv zu betrachten, kam ich zu anderen Schlüssen. Zudem sah ich, daß gerade jene Arbeiterinnen, die schon als Kinder in die Fabrik eingetreten waren, die konservativsten, die jeder Aufforderung zur Solidarität Unzugänglichsten waren. Sie betrachteten sich als einen Teil der Fabrik, ohne daß sie erkannten, wie wenig von dem auch durch sie geschaffenen Reichtum auf sie entfiel. Sie waren die Demütigsten, die Kriechendsten, die nur das Gefühl der Dankbarkeit für den guten Herrn kannten, der ihnen auf Lebenszeit Brot gab. Meine und der mir gleichgesinnten Kolleginnen Bestrebungen sahen sie mit Haß und Abscheu an. — Was Wunder, daß ich jetzt am liebsten den Fabrikinspektor auf die Verwendung der dreizehnjährigen Kinder aufmerksam gemacht hätte! Und wie wurde gereinigt und geputzt, wenn der Beamte erwartet wurde. Ein förmlicher Reinlichkeitsfanatismus wurde entwickelt, während sonst Staub und Schmutz wochenlang ein üppiges Dasein führen konnten.

Meine kritischen Beobachtungen erstreckten sich auch auf andere Dinge. Wir gehörten jetzt einer Krankenkasse an und unser Vertreter im Vorstand war bisher immer vom Fabrikanten im Namen der Arbeiterschaft nominiert worden. Jetzt wußte ich, daß wir das Recht hatten, ihn zu wählen. Ich machte dieses Recht im Verein mit dem schon genannten Gesinnungsgenossen geltend. Und es kam wirklich zu einer Versammlung im Fabrikshof, die freilich ohne jede weitere Bedeutung verlief. Es ereigneten sich große Streiks; tausende Familienväter mußten unterstützt werden, um sie und ihre Frauen und Kinder vor dem Hunger zu bewahren. Die Organisationen hatten noch keine Fonds, die Arbeiterpresse forderte zu Sammlungen auf und auch ich hielt es für meine Pflicht, meine Kollegen und Kolleginnen um Beiträge zu ersuchen. Bei den meisten hatte ich Erfolg. Der Fabrikant erfuhr aber von den Sammlungen. Ich schien ihm unbequem zu sein, denn eines Tages sprach er mich wieder an. Er forderte mich auf, ihm etwas von mir Geschriebenes zu bringen, er wolle mich anderweitig verwenden. Es wurde mir angst und bange, wenn ich an meine unorthographische und häßliche Schrift dachte. Über das, was ich schreiben wollte, machte ich mir weniger Sorgen. Ich las eben Goethes Gedichte und schrieb eine Strophe aus „*Prometheus*" ab, die mir außerordentlich gefiel:

„Da ich ein Kind war,
Nicht wußte, wo aus noch ein,
Kehrt ich mein verirrtes Auge
Zur Sonne, als wenn drüber wär'
Ein Ohr, zu hören meine Klage,
Ein Herz wie mein's
Sich des Bedrängten zu erbarmen."

Ich wurde angewiesen, am nächsten Tag die Stelle einer erkrankten Kontoristin einzunehmen. Einige Jahre früher hätte ich mich darüber grenzenlos gefreut. Wie hätte ich gejubelt, nicht mehr Fabrikarbeiterin sein zu müssen. Alle Schwierigkeiten zu überwinden, wäre mir ganz leicht erschienen. Jetzt war ich empfindlicher geworden. Es bedrückte mich, eine Stelle zu bekleiden, zu der mir alle Vorkenntnisse fehlten. Ich verstand zwar das Kopfrechnen, aber dafür, wie man es mit dem Bleistift zu machen hat, fehlten mir alle Begriffe. Das bißchen Multiplizieren und Dividieren, das ich in der dritten Volksschulklasse erlernt hatte, war längst vergessen. Hätte ich aber Begeisterung für diesen Posten empfunden, so wäre mir um das Lernen nicht bange gewesen, aber die neue Stellung entfremdete mich meinen Kolleginnen. Ich konnte keine Propaganda mehr machen. Seit meiner ersten Rede war ich aber viel durch Versammlungen in Anspruch genommen. Oft mehrmals in der Woche und an jedem Sonntag waren Versammlungen, in denen ich reden mußte. Im Kontor hatte ich aber abends um eine Stunde länger zu tun, es war dann zu spät, um noch in die Versammlungen zu gehen. Im allgemeinen war ja meine Arbeitszeit kürzer geworden, ich hatte morgens erst um acht Uhr zu kommen und hatte mittags zwei Stunden frei, so daß ich nach Hause gehen konnte, auch bekam ich sofort um einen Gulden mehr bezahlt. Es gewährte mir aber keine Befriedigung, beglücken konnte mich nur die politische Tätigkeit. Als die erkrankte Kontoristin wieder gesund war, kam ich wieder in den Fabriksaal zurück, was mir lieber war als der Posten im Kontor, wozu ich gar keine Vor-

bildung hatte und niemanden, der mir gesagt hätte, wie ich das Versäumte nachholen könnte.
Ich war Gegenstand allgemeiner Aufmerksamkeit geworden. In den Zeitungen wurde über meine Reden geschrieben, die Polizei lud mich vor, um mich über die Anklagen zu vernehmen, die ich in den Versammlungen über bestimmte Fälle von Arbeiterinnenausbeutung und Dienstbotenmißhandlungen erhoben hatte. Die Agitation nahm mich immer mehr in Anspruch. Ich war Vorstandsmitglied einer Arbeiterinnenorganisation geworden und mußte an vielen Sitzungen teilnehmen. Ich war ganz erfüllt von meiner Tätigkeit und war zu jedem Opfer bereit. Gar oft mußte ich auf das Mittagessen verzichten, um abends das Sperrgeld zahlen zu können, wenn ich spät nach Hause kam. Da aß ich mittags um drei Kreuzer Suppe und ein Stück Brot dazu. Meine Mutter durfte aber nicht wissen, daß mich die Betätigung meiner Gesinnung Geld kostete. So mußte ich heimlich entbehren, um sie zu täuschen, denn hätte sie gewußt, daß es Geld erfordere, wenn ich in einer Versammlung eine Rede hielt, so wäre es mir noch schlimmer ergangen.
Die Bücher, die ich zum Lernen brauchte, lieh ich mir aus der Bibliothek des Vereins aus. Ich sprach über „Presse und Literatur", über „Zweck und Nutzen der Organisation", am liebsten aber über die „die Lage der Arbeiterinnen". Da sprach ich, was ich aus eigener Erfahrung wußte. Meine Leiden waren auch die Leiden der anderen. Da ich meine Tätigkeit unter so schwierigen Verhältnissen entfaltete, fühlte man um so mehr die Wahrheit, die aus meinen Worten sprach. Man fühlte aus ihnen die tiefste Not, die ich selber empfand. Wenn ich andere aneiferte, alle Hindernisse zu überwinden, so war das keine Phrase, weil ich selbst unausgesetzt im Kampf gegen ebenso schwere Widerstände war, gegen die materielle Not und gegen die seelische Pein, die ich durch meine Mutter zu erdulden hatte. Schon damals gab es die böswilligen Reden über die glänzende Lebenslage der sozialdemokratischen Führer. Meine Mutter hörte davon und und da man ihr erzählte, daß in den Zeitungen auch ich eine Führerin genannt werde, so machte das meine Lage nur noch schlimmer. Warum bezahlte man nicht auch ihre Tochter so glänzend? So frug sie. Zu vielen Notlügen mußte ich da meine Zuflucht nehmen, um sie günstiger zu stimmen. Dabei litt ich aber unter der geringen Ernährung und unter der doppelten

Anstrengung. Elf Stunden in der Fabrik arbeiten und zwei- bis dreimal in der Woche Sitzungen und Versammlungen besuchen, die damals, in der so stürmisch bewegten Zeit immer ziemlich spät zu Ende gingen. Am schlimmsten ging es mir einmal, als ich Samstag abend in einem sehr entlegenen Bezirk über die „Frauenfrage" einen Vortrag halten mußte und erst um zwölf Uhr nachts heimkam. Früh um fünf Uhr mußte ich aber schon wieder zu dem fast eine Stunde entfernten Bahnhof, um eine dreistündige Fahrt zu einer Versammlung in die Provinz zu machen. Wieder kam ich erst um Mitternacht nach Hause; wieder mußte ich eine Stunde gehen, ohne mich auch nur einmal im Tag satt gegessen zu haben. Zu Hause durfte ich davon nichts merken lassen; mit mühsam verhaltenen Tränen der Qual mußte ich es meiner Mutter noch so darstellen, als hätte ich an der Reise etwas verdient. Hätten meine Gesinnungsgenossen in der Provinz eine Ahnung gehabt, wie es um mich stand, dann hätte man meine Entbehrung gewiß nicht geduldet. Aber ich selber konnte nichts ausgeben, von anderen wollte ich aber nichts annehmen. Vielleicht erscheint diese Auffassung manchem übertrieben, sie war aber nur eine Folge meiner sonstigen Anschauungsweise. Am nächsten Tag mußte ich wieder müde und unausgeschlafen um sieben Uhr früh in der Fabrik sein. Als ich etwa eine Stunde gearbeitet hatte, erfaßte mich plötzlich ein Schwindel und ich fiel bewußtlos vom Stuhl. Ich wurde nach Hause gebracht und vom Arzte untersucht, der mir wieder gute Ernährung, frische Luft und viel Schlaf verordnete. Ich aber hatte nur den einen Wunsch, wieder gesund zu werden und genug lernen zu können, um meinen Aufgaben gewachsen zu sein. Seit ich wieder krank geworden, lebte ich in einem steten Zustand der Angst. Mitten in einer Rede begann es mir vor den Augen zu flimmern, ich glaubte das Bewußtsein werde mir schwinden und da bot ich wohl eine übermenschliche Energie auf, um meine Furcht zu bezwingen.

Als ich wieder in die Provinz fuhr, gelang es mir, meine Mutter zur Mitfahrt zu bewegen. Wenn ich sie bei mir hatte, quälte mich die Angst weniger, ich fühlte mich geborgener. Zum erstenmal hörte sie mich da in einer Versammlung vor Hunderten von Menschen sprechen. Sie hörte den Beifall, der mir gezollt wurde und hörte, mit welcher Anerkennung ernste Männer sich ihr gegenüber über mich äußerten. Sie weinte — aber nicht über den

Inhalt meiner Rede, wie so viele andere, sondern aus Mitleid, weil sie den Eindruck hatte, daß das laute anhaltende Sprechen meiner Gesundheit schädlich sei. Den Sinn meiner Worte vermochte sie nicht aufzufassen. Sie, die nie eine Zeile lesen gekonnt und deren deutscher Sprachschatz infolge der böhmischen Abstammung nicht reichhaltig war, konnte gar nicht fassen, was ich zum Ausdruck gebracht hatte. Das hat mich immer geschmerzt, daß ich bei meiner Mutter, die ich so sehr liebte, keine verständnisvolle Teilnahme fand.

In der Fabrik fühlte ich mich immer unbehaglicher. Auf aller Lippen lag förmlich die Frage: Wie lange noch? Auch die Staatsanwälte begannen mir immer mehr ihre Aufmerksamkeit zuzuwenden. Geheimpolizisten kamen in unser Haus, um sich nach mir zu erkundigen. Meine Mutter, die davon erfuhr, war sehr beunruhigt. Ich selber war ihretwegen besorgt. Was würde aus ihr werden, wenn man mich einsperren würde? Aber dennoch konnte ich von meiner Tätigkeit nicht lassen. Zu sehr war ich durchdrungen und begeistert von den sozialistischen Zielen. Einmal wurde mir eine Zeitung in die Fabrik geschickt, in der stand, daß die Staatsanwaltschaft meine Verhaftung angeordnet habe. „Was wird die Mutter sagen?" war mein erster Gedanke. Die Zeitung hatte übertrieben. Es war nur eine Untersuchung eingeleitet worden, die später wieder eingestellt wurde.

Als ich bald darauf ausersehen wurde, meine ganze Zeit der Agitation unter den Arbeiterinnen zu widmen und an einer Zeitung für Arbeiterinnen mitzuarbeiten, erhielt ich von dem Fabrikanten ein Zeugnis, das mir Fleiß und außerordentliche Verwendbarkeit nachrühmte. Er händigte es mir mit den Worten ein: „Ich wünsche Ihnen, daß Sie in Ihrem neuen Wirkungskreis ebensoviel Anerkennung finden mögen."

Ich war jetzt unendlich glücklich. Ich hatte den Wirkungskreis, der meine ganze Sehnsucht erfüllte, den ich aber für mich für unerreichbar gehalten hatte. Es war für mich das gelobte Land. Meine Mutter hatte keine Freude an meiner veränderten Lebensstellung. Ihr wäre es lieber gewesen, wenn ich in der Frabrik geblieben wäre und dann geheiratet hätte. Die alte Frau, die auf eine Kette von Leiden und Entbehrungen zurückblickte, die unter schrecklichen Verhältnissen alle zwei Jahr ein Kind geboren hatte, das sie dann sechzehn bis achtzehn Monate an ihren Brüsten nährte, um länger vor einem neuen Wochenbett bewahrt zu bleiben, diese Frau, die verkümmert und frühzeitig von harter Arbeit gebeugt war, konnte sich für ihre Tochter kein anderes Los vorstellen, als eine gute Ehe. Ihre Tochter gut zu verheiraten, war ihr Sinnen und Trachten und gar viel mußte ich ausstehen, als ich noch in die Fabrik ging, wenn ich mich gegen eine Ehe wehrte, die nur den Zweck gehabt hätte, mir mein Los zu erleichtern und mich von der Fabrik zu befreien. Heiraten und Kinder bekommen, sah sie als die Bestimmung des Weibes an. So sehr ihr anfangs die Lobreden, die sie über mich hörte, schmeichelten, ebensosehr änderte sich das, als sie einsah, daß ich mein ganzes Leben meinen Bestrebungen widmen wollte. Je mehr ich mich als Rednerin betätigte, um so unglücklicher wurde sie.

Obwohl sie nicht eigentlich religiös war, dazu hatte ihr das Leben zu hart mitgespielt, so hing sie doch sehr an dem Schein. Meine der Religion nun ganz abgewandte Anschauung erregte ihren Unwillen und sie sprach alles nach, was sie von unwissenden oder böswilligen Menschen über die Sozialdemokraten erzählen hörte. Sie kränkte und beleidigte mich unaufhörlich durch die bösen Reden über die Partei, der ich mich angeschlossen hatte. Da ich durch meine immer umfangreichere Tätigkeit auch öfter zu späterer Abendstunde nach Hause kam, was in ihren Augen ein anständiges Mädchen niemals durfte, so begann sie sich meiner zu schämen. Wenn ich müde und abgehetzt heimkehrte, erwartete sie mich, um mir eine Szene zu machen und um mir zu fluchen. Kam ich mit dem Gefühl der Befriedigung nach Hause, weil ich irgendwo nützlich gewirkt hatte, so wurde mir diese Freude verbittert durch den Hohn, den ich von meiner Mutter zu erwarten hatte. Ich lag oft stundenlang im Bett und weinte, weinte bittere Tränen, daß gerade mir das Schicksal so abhold war. Jetzt wo ich eine Tätigkeit hatte, die mich begeisterte, die mir Glück und Frohsinn gab, mußte ich leiden, weil meine Mutter zu alt war, um noch mit mir fühlen zu können.

Nie kam mir aber auch nur der Gedanke, mich von ihr zu trennen. Wir hatten miteinander so viel Leid getragen, wie sollte sie nicht bei mir sein, da so viele dunkle Schatten von mir gewichen waren? Denn jetzt, wo mein Leben so viel Inhalt bekommen hatte, begann ich die trüben Gedanken an die Vergangenheit immer mehr zu verlieren. Ich fühlte mich gesund und stark genug, um auch die schwersten Mühen meiner selbstgewählten Tätigkeit zu ertragen. Nur die Abneigung der Mutter lastete immer schwerer auf mir. Sie hemmte mich in meiner Entwicklung und wie an schweren Ketten hatte ich daran zu schleppen.

Da will ich eines Versuches dankbar gedenken, der gemacht wurde, meine Mutter umzustimmen und sie mit meiner Tätigkeit auszusöhnen.

Friedrich *Engels* bereiste den Kontinent und da lernte auch ich ihn kennen. Er war von gewinnender Freundlichkeit, so daß man gar nicht das Gefühl hatte, einem „ganz Großen" der Internationale gegenüber zu stehen. Da damals noch wenige Frauen in der Partei arbeiteten, die Führer aber die Mitarbeit der Frauen für nützlich hielten, so interessierte sich auch Friedrich Engels für meine Entwicklung. Da er mit mir sprach, so erzählte ich ihm auch von dem, was mir am meisten am Herzen lag, von meiner Mutter. Er wollte mir helfen und mir meinen Lebensweg erleichtern. Mit August *Bebel* kam er zu mir in meine bescheidene Vorstadtwohnung. Sie wollten der alten Frau begreiflich machen, daß sie auf ihre Tochter eigentlich stolz sein sollte. Aber meine Mutter, die nicht lesen und schreiben konnte und die von Politik nie etwas vernommen hatte, zeigte für die guten Absichten der beiden Führer kein Verständnis. Beide waren zwar in ganz Europa berühmt, ihre schriftstellerische und rednerische revolutionierende Tätigkeit hatte die Autoritäten der ganzen Welt in Bewegung gesetzt, an der alten armen Frau war sie aber spurlos vorübergegangen, sie kannte nicht einmal ihre Namen.

Als wir wieder allein waren, sagte sie geringschätzig: „So Alte bringst du daher." In ihren Augen handelte es sich bei jedem Manne, der kam, um einen Freier für mich, und da es ihr sehnlichster Wunsch war, mich verheiratet zu sehen, so wurde jeder daraufhin betrachtet. Unsere beiden Besucher, von denen der eine ein Greis war, während der andere mein Vater hätte sein können, schienen ihr nicht die rechte Eignung zum Gatten ihrer jungen Tochter zu haben. —

Gerne hätte ich den Wunsch meiner Mutter, zu heiraten, erfüllt, aber ich vermochte nicht meine Ideale aufzugeben, nur um versorgt zu sein und um ein vor Not geschütztes Leben führen zu können. Ich war in meinem Denken zu selbständig geworden, war zu sehr von der Anschauung durchdrungen, daß der Sozialismus nicht nur notwendig sei, sondern welterlösend wirken würde. Mein Glaube daran war unerschütterlich geworden und wenn ich an die Ehe dachte, so träumte ich von einem Manne, der meine Ideale teilen würde. Von ihm erwartete ich nicht nur das Glück, das gleichdenkenden, für ein gleiches Ziel strebenden Menschen beschieden sein kann, sondern auch Förderung meiner eigenen Entwicklung. Dieses Glück wurde mir beschieden. Ich bekam einen Mann zum Gatten, der meine Gesinnung teilte und dessen Charakter das Ideal erreichte, von dem ich geträumt hatte. Es gab für ihn keine größere Freude, als wenn er meine Begeisterung für die Partei sah, für die er schon lange, bevor ich von ihm wußte, Opfer gebracht und gelitten hatte. Er teilte alle meine Sorgen und meine Kümmernisse, er erleichterte mir meinen Weg wie er nur konnte. Manches persönliche Wohlbehagen gab er auf, um mir die Agitation unter den Arbeiterinnen zu ermöglichen. Die Frauen hatten keinen teilnehmenderen Freund als ihn und oft erzählte er mir, wie es ihn immer geschmerzt habe, wenn er Frauen, gar oft schwache, zarte Geschöpfe, auf den Knien im Schmutz herumrutschen sah, um den Fußboden zu reinigen. In bittern Worten sprach er von den Männern, die ihren halben Wochenlohn vertranken oder verspielten, indes Frau und Kinder zu Hause darbten. Er achtete nicht nur in der erwerbenden Frau die Arbeiterin, sondern auch in der im Haushalt tätigen sah er die Arbeitssklavin und er empörte sich über die Ungerechtigkeit, daß man ihre ermüdende und oft aufreibende Tätigkeit als Spielerei betrachte. Wenn ich morgens mit ihm zusammen von daheim fortging und schon unser Zimmer aufgeräumt hatte, während er beim Lesen einer Zeitung gesessen, sah er das nie als eine Selbstverständlichkeit an, sondern als eine über meine Pflicht gehende Leistung. Meine Mutter führte unsere Wirtschaft, aber in ihren festgewurzelten Anschauungen, daß die Frau ins Haus gehöre, vermochte sie nicht, ihre Verbitterung darüber zu unterdrücken, daß ich nicht ausschließlich „beim Herd" war. Um Verdrießlichkeiten vorzubeugen, mußte ich manche Stunde und auch manchen halben Tag der häuslichen Arbeit widmen, die andere ebensogut hätten besorgen können. Bei Nacht mußte ich dann nachholen, was ich dadurch an schriftlichen Arbeiten und an meiner Weiterbildung versäumt hatte. Meine Mutter hatte sich gegen *diese* Heirat sehr gesträubt. Sie verzieh mir nicht, daß ich mir einen Mann gewählt hatte, der dem Alter nach mein Vater hätte sein können. Aber sie konnte sich der Vortrefflichkeit seines Charakters und der Würde seines Wesens nicht entziehen. Sie achtete ihn sehr und hatte später wirkliche Sympathie für ihn. Wie oft saß der müde, gehetzte Mann stundenlang mit ihr und versuchte ihr klar zu machen, welch herrliche Sache der Sozialismus sei. Er erzählte ihr von Christus und seinem Wirken, um ihr alles begreiflicher zu machen. Sie stimmte ihm oft bei, aber am nächsten Tag sprach sie wieder wie am vorhergehenden. Sie war zu alt, um noch neue Anschauungen begreifen zu können.

Als ich im vierten Jahr unserer Ehe mein erstes Kind erwartete, beschäftigte ich mich viel mit dem Hauswesen und löste die Mutter beim Kochen ab. Jetzt erregte das ihre Eifersucht, was sie zuerst so ersehnt hatte. Sie sah sich durch mich verdrängt und wenn mein Mann anerkennend von meinen Fähigkeiten als Hausfrau sprach, so versuchte sie meine Kenntnisse herunterzusetzen. Es war rührend, wenn ihr mein Mann auseinandersetzte, wie ehrend es für ihre Tochter sei, daß sie ohne Schule und Unterricht alles gelernt habe, was andern mühsam beigebracht werde. Ich litt sehr unter diesen Verfolgungen meiner Mutter, die nicht einer Bösartigkeit entsprangen, sondern dem Schmerz über die Enttäuschung, die sie an mir erlebt hatte. Sie hatte so sehr nach meiner Verheiratung verlangt; sie hatte erwartet, daß ich dadurch eine Frau wie jede andere sein würde und daß meine Versammlungstätigkeit ein Ende finden werde. Nun war ich verheiratet, aber ich war nicht weniger tätig als früher und mein Mann lebte derselben Aufgabe. Wenn wir nachts heim kamen, erwartete sie uns in ihrem Bette sitzend und verzweiflungsvolle Klagen ausstoßend. Sie machte uns beiden schwere Vorwürfe. Mein Mann war so rücksichtsvoll und zartfühlend, daß er ihr nie ein hartes Wort sagte. Aber was litt auch er darunter und wie mußte er sich beherrschen.

Sie höhnte und spottete, als mich mein Mann bestärkte, mich von einem Lehrer unterrichten zu lassen, weil ich mich in Orthographie und Grammatik so schwach fühlte. Mein Mann aber bestärkte mich auch in meiner Lust, fremde Sprachen zu erlernen. Er war von dem Gedanken geleitet, daß ich mit erhöhter Bildung und vermehrtem Wissen dem Proletariat um so besser werde dienen können.

Als wir später Kinder hatten, meinte ich oft unter der doppelten Bürde zusammenbrechen zu müssen. Manchmal saß ich mit dem unruhigen Säugling im Arm beim Schreibtisch und schrieb Artikel, indes die ganze häusliche Arbeit noch zu tun war. Ich hatte außer meiner Mutter keine Hilfe im Hauswesen. Die Mutter war aber über siebzig Jahre alt und kränklich. Nach meines Mannes und meinem Willen hätte sie sich schon lange jeder Arbeit enthalten müssen. Sie wollte aber nicht dulden, daß jemand anders an ihre Stelle trete. Sie hatte immer Angst, als überflüssig zu erscheinen und klammerte sich immer mehr an ihren Wirkungskreis, dem sie doch nicht mehr gewachsen war. So mußte ich Tag und Nacht arbeiten. Als mein Kind vier Monate alt war, war ich so geschwächt, daß ich eines Tages, als ich mein Kind eben gestillt hatte, von einer Ohnmacht befallen wurde. Ich verzweifelte über den Ausspruch des Arztes, daß ich das Kind nicht mehr säugen dürfe. Ich erschien mir selbst minderwertig und beklagte mein Kind. Alles das hätte mir aber erspart bleiben können, wenn ich nicht eine mehr als zweifache Bürde zu bewältigen gehabt hätte. Da quälten mich die Gedanken, daß ich keine meiner Pflichten ganz erfüllen könne und ich hätte mich beim Anblick meines Kindes gern dafür entschieden, alles andere während der Zeit, wo es meiner am meisten bedurfte, ganz aufzugeben. Da war es mein Mann, der mich immer wieder ermutigte. Er stellte mir vor, daß ich später, wenn das Kind meiner eigenen Pflege nicht mehr unbedingt bedürfe, unglücklich sein würde, wenn ich mich jetzt, im Konflikt mit Mutter- und Berufspflichten, von der politischen Tätigkeit ganz zurückziehen würde.

Als nach der Geburt unsres zweiten Kindes diese Konflikte in erhöhtem Maße wiederkehrten, da war sich mein Mann schon bewußt, daß ihm keine lange Lebensdauer mehr beschieden sein würde. Er sah in mir die künftige alleinige Stütze und Erzieherin. Schon vor der Geburt unsres zweiten Kindes hatte er sich sehr krank gefühlt und sein baldiges Ende vorausgesehen. Er hat sich oft angeklagt, daß er in meinen Weg getreten und um mich geworben habe. Er sah mit klarem Blicke, wie schwer es für eine Frau sein würde, zu arbeiten und zwei Kinder zu erziehen. Aber selbst damals, unter den schweren Verhältnissen, in denen wir lebten, hatte er nie versucht, mich von meiner Pflichterfüllung in der Agitation abzuhalten. Wenn ich auf einige Tage zu Versamm-

lungen fort sollte, bat ich ihn oft: Sage doch einmal, du willst nicht, daß ich dich mit den Kindern allein lasse, dann werde ich leichter die Kraft finden, mich zurückzuziehen. Da antwortete er mit seiner einfachen Güte: „Persönlich und um der Kinder willen wünsche ich, daß du hier bleibst, aber als Parteigenosse wünsche ich, daß du dich nicht abhalten läßt, deine Pflicht zu tun." Wenn ich dann fort war, schrieb er mir täglich ausführliche Briefe über sein und der Kinder Befinden. Nichts vergaß er zu erwähnen, das geeignet war, mich zu beruhigen. Trotz der schweren Arbeitsbürde und der großen Verantwortung, die er zu tragen hatte, zwang er sich, die Zeit zu erübrigen, nach den Kindern zu sehen und über ihre Gesundheit zu wachen. Daher verkenne ich niemals, wie schwer für Mütter die öffentliche Betätigung ist, weil ich weiß, welch große Opfer es kostet. Was hat mein Mann alles entbehrt, um seiner Gattin eine Betätigung zu ermöglichen, die er als eine nützliche für die Arbeiterklasse angesehen hat. Aber daraus habe ich auch die Erfahrung geschöpft, wie glücklich und ungetrübt eine Ehe sein kann, wenn sie auf vollständiger Harmonie der Gesinnung beruht; wenn der Mann auch Anerkennung für die Leistungsfähigkeit der Frau hat und nicht nur verlangt, daß seinen Fähigkeiten von ihr Anerkennung gezollt werde.
Leider war unser Glück kein langes. Nicht einmal neun Jahre war es uns vergönnt, das Leben gemeinsam zu verbringen. Wie gerne hätte er gelebt, um eine vielleicht leichtere Zukunft mit seinen Kindern zu genießen. Es war ihm nicht beschieden. Ich selbst wußte schon lange, daß er bloß kurze Zeit leben würde. Schon im zweiten Jahr unsrer Ehe hat mich der Arzt auf seinen gefährlichen Zustand aufmerksam gemacht und mich auf ein möglicherweise plötzliches Ende vorbereitet. Ich sah all die Jahre, was er litt und zu Tode erschrocken fuhr ich oft aus dem Schlafe auf, wenn ich ihn stöhnen hörte und sich verfärbend nach Atem ringen sah. In höchster Angst sprang er oft von seinem Lager auf, von den furchtbarsten Schmerzen im Kopf gequält. Dann wieder packte ihn ein Krampf in den Füßen oder er konnte nicht schlafen, weil er eine furchtbare Leere im Kopf fühlte. All das erfüllte mich mit schwerer Sorge, die ich aber verbergen mußte.
Einmal, als ich wieder von einer größeren Agitationsreise zurückkam, die ich über seinen besonderen Wunsch unternommen

hatte, fand ich ihn bei meiner Heimkehr so krank, daß ich sofort den Arzt holte. Mein Mann hat das Krankenlager, auf das er sich erst nach vielem Zureden gelegt hatte, nicht wieder verlassen.

Ich hatte ihn als einen kranken, müden Mann kennen gelernt. Ich habe erzählt, daß ich mir schöne Kleider anzog, wenn ich mir als Fabrikarbeiterin die sozialdemokratische Zeitung holte. Dort sah ich meinen späteren Mann. Immer leidend, oft ein graues Seidentuch um den Hals geschlungen. Als wir uns öfter sahen, erzählte er mir von seinem einsamen Dasein, von seiner kalten Kammer, in der ihn fröstele und die ihm niemand heize. Von dem ungemütlichen Leben in Gast- und Kaffeehäusern, das für seinen kranken Körper so schädlich sei. — Damals hätte ich mir nicht träumen lassen, daß ich seine Gattin werden würde. Aber ich lernte ihn immer mehr achten und empfand herzliche Teilnahme und Sympathie. Seine weise Klugheit und sein energischer Charakter imponierten mir. Ohne daß er etwas dazu tat, entstand in mir immer mehr der Wunsch, sein Leben zu verschönern und ihn seiner freudlosen Einsamkeit zu entziehen. Er gab mir kluge, wie ich wohl erkannte, aufrichtig gemeinte Ratschläge für mein Verhalten in verschiedenen Lebenslagen und immer habe ich seinen Rat als gut und nützlich empfunden. Es war sonderbar; er war der erste Mann, für den sich meine Sympathie immer steigerte, je mehr ich ihn kannte. In meinen geheimsten Gedanken erwog ich die Frage, ob ich mit ihm glücklich sein könnte und Wochen vorher, ehe er noch ein Wort von Liebe zu mir gesprochen hatte, betrachtete ich mich als zu ihm gehörig. Nie habe ich bereut, diese Ehe geschlossen zu haben. Sie hat mich aus einem frühernsten Mädchen zu einer frohsinnigen Frau gemacht. Nur als ich mir der ganzen Gefahr, in der er ständig schwebte, bewußt geworden war, da kam wieder die Sorge, die heimlich nagende Sorge. Da ich vom Arzt wußte, daß jede Aufregung für ihn tödlich werden könnte, so befand ich mich in stetiger geheimer Bemühung, alles was ihm zur Erregung Anlaß geben könnte, von ihm fernzuhalten. Wie schwer und wie selten gelang mir das! Da er zu jenen außerordentlich pflichttreuen Menschen gehörte, die entschlossen sind, bis zum äußersten ihre Pflicht zu tun und auf sich keine Rücksicht zu nehmen, machten sich alle, die ihn umgaben, außer mir, keine Vorstellung von seinem schonungsbedürftigen Zustand.

Welche Nerven mußte aber gerade er haben, um den an ihn gestellten Aufgaben nachzukommen!
Wären wir in guten materiellen Verhältnissen gewesen, hätte er sich nur einmal eine gründliche Erholung gönnen und von den vielen Sorgen, die ihm aufgebürdet waren, ausruhen können, so hätte er wohl um einige Jahre länger leben können. Aber Ruhe, Schonung und Erholung gab es für ihn nicht, woran zum Teil auch sein übergroßes Pflichtgefühl für die ihm übertragene Aufgabe Schuld trug. So wurde ihm auch nicht das Glück zuteil, das zu erleben, wofür er täglich bereit war sein Leben hinzugeben, die wachsende Größe und Macht der Arbeiterklasse.

Meine Mutter fühlte die erste Zeit mit mir. Wie sehr sie meinen Mann schätzen und lieben gelernt, davon zeugt wohl ihr Ausspruch: „Hätte nicht ich sterben können und er wäre dageblieben." Sie versuchte mich zu trösten, oft mit dem Hinweis, daß ich wieder einen Mann, einen *jüngeren*, bekommen werde.
Ich aber hatte meine Kinder und suchte in dem Gedanken Stärke, daß es für niemanden ein vollkommenes Glück gebe. Und der Sozialismus hatte mir so viel gegeben, verlieh meinem Leben so viel Befriedigung, daß ich die Kraft hatte, über vieles ungebrochen hinwegzukommen. Einer großen Sache aus Begeisterung dienen, gibt so viel innere Freude und verleiht dem Leben einen so hohen Wert, daß man viel ertragen kann, ohne mutlos zu werden. Das lernte ich an mir erkennen. —

Wenn ich das Bedürfnis fühlte zu schreiben, wie ich Sozialistin geworden, so war es einzig der Wunsch, jenen zahlreichen Arbeiterinnen, die mit einem Herzen voll Sehnsucht nach Betätigung lechzen, aber immer wieder zurückschrecken, weil sie sich die Fähigkeit nicht zutrauen, etwas leisten zu können, Mut zu machen. So wie der Sozialismus mich verwandelt und stark gemacht hat, so würde er dies auch bei anderen vermögen. Je bewußter ich Sozialistin geworden war, um so freier und stärker hatte ich mich allen Anfeindungen gegenüber gefühlt. Mein Glaube an den Sozialismus war felsenfest geworden und nie kam ich in Versuchung, auch nur für einen Augenblick wankend zu werden.
Als ich einmal, nach meiner Verheiratung, eingesperrt war, es war wegen einer Kritik an der gegenwärtigen Institution der

Ehe, da dachte ich, als ich einsam in meiner kahlen Zelle saß, keinen Augenblick daran, zu bereuen. Im Gegenteil, wenn ich beim Spazierengehen in meiner einsamen Zelle in der Dämmerung auf und ab ging, was ich mit 14 Schritten bewältigen konnte, sann ich, wie ich die verlorene Zeit einbringen würde. Ich arbeitete an meiner sozialistischen Weiterbildung und las wissenschaftliche Bücher, wozu ich sonst keine Zeit hatte. Wenn mein Mann mich besuchen kam, so konnte ich nicht erwarten, das Parteiblatt zu lesen, das er mir heimlich zusteckte. Es war nicht angenehm in der Zelle mit dem Guckloch, durch das der Justizsoldat hereinsehen konnte, so oft es ihm beliebte. Wo ich mich fürchtete, wenn um sechs Uhr früh der Aufseher mit einem Gefangenen kam, um Wasser zu bringen; wo es mir den Schlaf raubte, wenn bei Nacht die Gasflamme brennen blieb, damit man mich durch das Guckloch jederzeit beobachten konnte. Beim Spaziergang im Hofe mußte ich zehn Schritte hinter den anderen Gefangenen gehen, damit sie mit mir, der „Politischen", nicht sprechen konnten. Und wenn doch eine zurückblieb, um mich anzusprechen und um den Grund meines Hierseins zu fragen, wie gemein und roh wurde sie da vom Aufseher beschimpft.

Auf meinem Lager vermeinte ich auf Steinen zu liegen und alle Glieder schmerzten mich von der Härte, aber nie kam mir ein Gedanke der Reue. Tiefgewurzelt war mein Vertrauen, daß der schöne Spruch Georg Herweghs, der so oft bei Arbeiterfesten die Wände schmückt, durch die sieghafte Kraft des proletarischen Befreiungskampfes verwirklicht werden wird:

> „Was wir begehren von der Zukunft Fernen?
> Daß Brot und Arbeit uns gerüstet stehn;
> Daß unsere Kinder in der Schule lernen
> Und unsere Greise nicht mehr betteln gehn."

Wer wahrhaft den Willen hat, mitzuhelfen, daß Herweghs Worte zur Wirklichkeit werden, darf vor keiner Schwierigkeit zurückweichen. Das Ziel ist ungemein schön, es leuchtet so verheißend, daß nichts so schwer sein kann, um nicht doch die Kraft zu finden, es zu überwinden. Wenn es mir gelingen wird, in diesem Sinne mit meiner bescheidenen Arbeit zu wirken, dann habe ich mein Ziel erreicht.

Erinnerungen

Aus meinen Kindheits- und Mädchenjahren
Aus der Agitation und anderes

Von
Adelheid Popp

> Wohl dir, wenn Tröstung sich dir bot,
> Gefaßt hinabzuschaun von deinen Flügen,
> Wenn Gegenwart und ihre Not
> Erinnrung als Ersatz dir kann genügen.
> Wenn nochmals du in heitrer Einsamkeit
> Hörst der Erinnrungsharfe Klang von weit,
> Nochmals beschwören kannst des Lebens Glühen
> In des Vergangenen todgeweihten Blühen.
> Henrik Ibsen.

Stuttgart
Verlag von J. H. W. Dietz Nachf. G. m. b. H.
1915

Vorwort

In dem vorliegenden Buche handelt es sich um Erinnerungen aus meinem Leben, und zwar nicht nur um eigene Erlebnisse, sondern auch um Vorgänge in der Gesellschaft, an deren Umgestaltung wir alle mitarbeiten. Oft ist das eine mit dem andern verwoben, um ein einheitliches Ganzes zu erzielen.
Ungern habe ich mich entschlossen, so viel Persönliches von mir zu erzählen; da aber mein Leben mit der Geschichte der Arbeiterinnenbewegung in Österreich so innig verknüpft ist, war das nicht zu umgehen. Nicht aus Unbescheidenheit sage ich das, sondern ich stütze mich auf die allgemein bekannte Tatsache, daß im Anfang einer jeden Bewegung die Personen, die in ihr wirken, stärker hervortreten. Soll daher von der Arbeiterinnenbewegung in Österreich, ihrem Werden und Entstehen gesprochen werden, so kann ich nicht vermeiden, auch von mir zu sprechen.
Meine Erinnerungen sind auch als eine Ergänzung und Fortsetzung der „Jugendgeschichte einer Arbeiterin"* anzusehen. Als dieses Büchlein seinerzeit erschienen war, wurde mir so viel freundliche Anerkennung zuteil, und der Wunsch, mehr aus meinem Leben zu erfahren, wurde so vielfach geäußert, daß ich mich zur Abfassung der vorliegenden Erinnerungen entschlossen habe.
Ich war mir der Schwierigkeit einer solchen Arbeit bewußt und habe mir daher bei der Schilderung meiner persönlichen Erlebnisse mancherlei Entsagung auferlegt, da die meisten Personen, mit welchen ich gemeinsam wirkte, oder zu denen ich sonst in Beziehungen trat, noch unter uns weilen und wirken.
Wenn die Leserinnen und Leser dieses Büchleins finden sollten, daß damit der Arbeiterinnenbewegung ein wenn auch nur kleiner Dienst erwiesen worden ist, so bin ich dafür überreich belohnt.

Die Verfasserin.

Wien, 1. September 1915.

---

* Jugendgeschichte einer Arbeiterin. Mit einem Vorwort von August Bebel. Verlag von Ernst Reinhardt in München. Preis 1,50 Mark.

Inhaltsverzeichnis

Vorwort 99
Einleitung: Die Frau im öffentlichen Leben 101
- I. Märchenerzählungen — Träume — Schule und Schulbücher — Das verlorene Buch — der einsame Park — Der Krampus — Der Kegelbub 105
- II. Akrobaten — Marionettentheater 116
- III. Der erste Christbaum 119
- IV. Holzspäne — Die Gemeindepfründnerin 120
- V. In der Fabrik — Kolleginnen — der Schmelzer Friedhof in Wien — Ein Liebesbrief — Sebastian Schattenbauer 122
- VI. Die Arbeiterbewegung — Agitationserlebnisse 134
- VII. Der Streik — Freispruch 139
- VIII. Beteiligung der Frauen an politischen Demonstrationen 143
- IX. Dienstmädchen und Arbeiterbewegung 146
- X. Organisation der Arbeiterinnen — Achtstundenbewegung — Im Isergebirge — Versammlung zum 1. Mai — Arbeiterwohnungen — Putzsucht — Alkoholismus 149
- XI. Der Alkoholiker 158
- XII. Vom Alkoholiker zum Mörder 161
- XIII. Noch einmal die Agitation — Der Klerikalismus .. 164
- XIV. Die Heiligkeit der Ehe und Familie 171
- XV. Die Berufstätigkeit der Frau — Erziehung der Kinder 179
- XVI. Der Haushalt jetzt und in der Zukunft 183
- XVII. Die neue Frau 185

Einleitung:
Die Frau im öffentlichen Leben

Die Betätigung im öffentlichen Leben hat unstreitig neben vielen Mühen, Aufregungen und Beschwerden auch große Reize. In der proletarischen Bewegung ist außerdem das öffentliche Wirken mit dem Bewußtsein verbunden, daß man einer unendlichen Zahl von armen, gedrückten Menschen die Erkenntnis beizubringen vermag, welch großes Unrecht sie ihr ganzes Leben lang erlitten haben. Bei den Frauen hat das noch eine besondere Bedeutung, weil sie bisher selten zu den ihre Klassenlage erkennenden Menschen gezählt wurden. Die ersten Frauen, die sich der Aufgabe hingaben, auf ihre Mitschwestern einzuwirken, wurden wie ein Wunder angestaunt. Sie fanden aber nicht nur Bewunderung, es wurden ihnen auch Mißbilligungen und selbst Verdächtigungen zuteil. Das kommt auch heute noch vor.
Weil es eine seltene Erscheinung ist, wenn Frauen auf der Tribüne des Versammlungssaales erscheinen und unter Männern wie unter Gleichen verkehren, finden Menschen mit alten Anschauungen vieles daran auszusetzen. Nicht nur das Traditionelle „Die Frau gehört ins Haus", sondern auch moralische Bedenken wirken mit. Das Neue begegnet immer Mißtrauen. So auch die bei einer öffentlichen Tätigkeit unvermeidliche Erscheinung, daß Frauen und Männer kameradschaftlich miteinander verkehren. Das ist aber anders nicht möglich. Gleiche Ideen, gleiche Anschauungen in einer bestimmten Sache führen die Menschen zusammen. Die Betätigung im öffentlichen Leben führt oft zu einer engen Bundesgenossenschaft zwischen Menschen, die sich, als Mann und Frau betrachtet, ganz ferne stehen und es auch meist nicht anders wünschen würden. Es gibt aber überall Leute, die allem, was sie sehen, gern eine andere Deutung geben. Auf keinem anderen Gebiet aber ist die Sucht, Dinge zu sehen, die unbegründet sind, so groß als auf diesem. Um so schlimmer, wenn die in Betracht kommende weibliche Person jung ist. Jedes anerkennende Wort, jedes Lob aus männlichem Munde wird nur zu gern anders gedeutet, als es gemeint ist. Wie viele Kränkungen werden dadurch verursacht, daß man den harmlosesten Dingen einen falschen Sinn zu unterlegen sucht. Am unheilvollsten wirkt der Zuträgerdienst. Es

sind schlechte Freunde, die da meinen, durch Zuträgereien ein freundschaftliches Werk zu vollbringen, ganz gleich, ob es sich um einen Mann oder eine Frau handelt.

So wie die Frau im öffentlichen Leben überhaupt die schwierigere Aufgabe hat, so auch auf dem Gebiet der Agitation. Ihr obliegt die Pflicht, Haltung und Ton so zu treffen, daß die Mitwelt keine Veranlassung zum Tadel hat. Denn über die Frau richtet man bei aller Freiheit der Anschauung weit härter als über den Mann. Für die Frau gilt vieles als nicht schicklich, was als männliches Vorrecht betrachtet wird. Die Redensart, daß sich die Frau, die im öffentlichen Leben steht, über solche Vorurteile hinwegsetzen muß, kann nur gelten, soweit die eigene Person in Betracht kommt, wenn aber ihr Verhalten als Maßstab für die Beurteilung der Frau im öffentlichen Leben überhaupt gelten soll, so ist das anders. Die Wirkung ihrer Tätigkeit wird sehr oft davon abhängen, wie sie persönlich eingeschätzt wird. Der glänzendste Verstand versagt oft, wenn der Charakter, ob mit Recht oder Unrecht, gering geachtet wird. Auch das gilt für die Frau viel mehr als für den Mann.

Als das politische Leben noch nicht so weite Kreise umfaßte wie jetzt, kam es viel häufiger vor, daß einzelne Wortführer über alle Maßen bewundert wurden; Frauen ebensosehr wie Männer, wenn sie nach der Meinung der Mitwelt Leistungen vollbrachten, die über dem Durchschnitt standen. Natürlich bewunderte man dann, wie es ja auch heute noch der Fall ist, in der Frau den *männlichen* Geist, die *männliche* Energie und die *männliche* Tatkraft. Die Betreffende mochte in ihrem Innersten das weiblichste Wesen sein. „Sie ist wie ein Mann", war allgemein die Redensart für anerkannte weibliche Leistungen auf politischem Gebiet. Eine „berühmte Persönlichkeit" zu sein, mag viele freudige Augenblicke bereiten, es hat aber immer auch einen großen Nachteil. Vor allem für Frauen, die die Aufmerksamkeit, die sie durch ihre Betätigung erregen, peinlich empfinden. Und selbst wenn sie sich über die Anerkennung, die man ihnen entgegenbringt, freuen, so müssen sie die Freude mehr zu unterdrücken verstehen als der Mann, weil man bei den Frauen als Eitelkeit bezeichnet, was beim Manne als etwas ganz Selbstverständliches angesehen wird.

Besonders gelten alle diese Dinge für die in der sozialdemokratischen Bewegung wirkenden Frauen, da ihnen die Aufgabe zufällt, bahnbrechend für die Frauen ihrer ganzen Klasse zu wirken. Daß diese Pflicht für Frauen, die aus dem Proletariat kommen, keine leichte ist, weiß jeder, der die Verhältnisse kennt, unter welchen die proletarische Jugend lebt, und wie ihre Erziehung beschaffen ist.

Schon die Kindheit ist meist von düsteren Schatten umlagert, die frühe Jugend muß schon der Arbeit gewidmet sein. Das wenige, was in der Schule erlernt wurde, kann später kaum mehr vermehrt werden. Die harte Notwendigkeit, frühzeitig zu verdienen, verschlingt alle Kraft.

Zu Anfang der Arbeiterbewegung war das noch weit schlimmer als heute. Man kannte keinen Arbeiterschutz, wußte nichts von beschränkter Arbeitszeit und nichts vom Verbot der Nachtarbeit. Alles das sind Errungenschaften, die erst unter dem Einfluß der Arbeiterbewegung zustande kamen. Noch in den letzten Jahrzehnten des neunzehnten Jahrhunderts konnte man ungehindert durch Schutzgesetze und Gewerbeinspektion seine Arbeitskraft bei einem Arbeitstag ohne Ende und für geringfügigsten Lohn verkaufen. Man pries es als Glück, wenn man nach Arbeitsschluß in der Werkstätte noch Arbeit mit nach Hause nehmen konnte, um den Verdienst zu vermehren. Die Sonntagsruhe wurde nur eingehalten, wenn keine dringende Arbeit vorhanden war. Die Ansprüche an das Leben waren gering, sparen galt als die größte Tugend. Daß man an Unterernährung zugrunde gehen könne, ohne direkt zu hungern, war noch nicht in das Bewußtsein der Arbeiterbevölkerung eingedrungen. Auch diese Erkenntnis blieb der späteren Aufklärungsarbeit vorbehalten.

Die Kultur, die heute fast für jeden großstädtischen Arbeiter einen Begriff darstellt, war noch vor einigen Jahrzehnten den unteren Volksschichten etwas Unbekanntes. Das Ziel war daher nicht, sich das Recht zu erkämpfen, an der Kultur teilzunehmen, sondern angestrebt wurde, sich von der Arbeiterklasse loszulösen und in die Schichten der Besitzenden emporzusteigen. Rastlose Arbeit und grenzenloses Sparen waren Vorbedingungen zu diesem Ziel. Beim weiblichen Geschlecht sicherlich noch weit mehr als beim männlichen. Es ist fast als ein Wunder zu betrachten, daß sich aus dieser Welt dennoch Frauen entwickeln konnten, die dem zündenden Funken des Sozialismus erreichbar waren. Schon das allein spricht für die Größe des sozialistischen Gedankens.

Es soll versucht werden, durch die Schilderung des Lebens, der Erziehung und der Umgebung der ärmeren Klassen, aus denen die Frauen, die als die ersten in der Arbeiterinnenbewegung wirkten, hervorgegangen sind, zu zeigen, welch mühevolles Werk der Selbsterziehung sie vollbringen mußten, um sich die Befähigung anzueignen, Erweckerinnen ihrer Mitschwestern zu werden. Die Zahl ist nicht gering, die dieser Aufgabe gewachsen waren. Aber viele sind namenlos geblieben und sind wieder in dem großen Strom untergegangen; sie erlagen den widrigen Geschicken. Aber es soll nicht versäumt werden, ihrer hier dankend zu erwähnen.

Und so unternehme ich denn den Versuch, an einigen Bildern zu zeigen, wie die Welt ist, in der die Kinder des Proletariats heranwachsen, von wo sie kommen, ehe sie den Weg zu ihrer eigenen Welt, zum Denken und Empfinden der modernen Arbeiterklasse, finden.

I. Märchenerzählungen — Träume — Schule und Schulbücher — Das verlorene Buch — Der einsame Park — Der Krampus — Der Kegelbub

In früheren Zeiten war die ganze Gedankenwelt der Arbeiter eine andere als heute. Heute gibt es schon viele Arbeiter, die ihre freien Stunden mit dem Lesen von Zeitungen, oft auch von Büchern ausfüllen.
Sie nehmen Anteil an allem, was die Arbeiterklasse des In- und Auslandes bewegt. So war das früher nicht. Man erzählte sich Geister- und Räubergeschichten, wie sie die Handwerksburschen mit nach Hause zu bringen pflegten. Ähnlich war es auch in den Kreisen, in denen ich meine Kindheit verlebte. In den vielen Geschichten, die erzählt wurden, spielten Geister, Räuber, Hexen und Zauberer die Hauptrolle.
Das Märchen vom Ritter *Blaubart*, dem Frauenmörder, kannte ich in verschiedenen Variationen. Es wurde sehr häufig erzählt und erfüllte uns alle mit Grauen.
Um Gewißheit zu haben, ob noch alle Zuhörer wach seien, wurde vom Erzähler von Zeit zu Zeit das Wort „Fleisch" gesprochen. Die Zuhörer mußten antworten „Beiner". Taten das alle, dann wurde weitererzählt. Blieb einer die Antwort schuldig, so wußte man, er war eingeschlafen und es war Zeit, Schluß zu machen.

Besonders gern wurde folgende Geschichte erzählt:
Drei Brüder zogen aus, um das Glück zu suchen. Auf dem Wege trafen sie einen schwarzgekleideten Mann, der sie nach dem Ziel ihrer Wanderung fragte. Er versprach, sie reich und glücklich zu machen, wenn sie alles tun würden, was er verlange. Würden sie das nicht tun, so seien ihm ihre Seelen verfallen. Die drei Brüder waren bereit, auf alle Bedingungen einzugehen, durch die sie reich werden konnten. Der Schwarzgekleidete gebot den Brüdern, von nun an nichts anderes zu sprechen als die drei Sätze: „Wir alle drei", „um das Geld" und „das ist uns recht". Selbst wenn ihnen der Galgen drohen würde, dürfe kein anderes Wort über ihre Lippen kommen. Zur rechten Zeit werde er kommen und sie belohnen. Nachdem dieses Bündnis geschlossen war, zogen die Brüder weiter. Als es Nacht war, kehrten sie

in einer im Wald gelegenen Schenke ein. Hier hatten sie die erste Probe zu bestehen.
Auf die Frage nach ihren Wünschen antworteten sie: „Wir alle drei", „um das Geld", „das ist uns recht". Man betrachtete sie als sonderbare Käuze, da aber in diesem Falle die Antworten stimmten, erhielten sie für ihr Geld zu essen und zu trinken, was ihnen recht war.
Ebenso ging es, als es sich um das Nachtlager handelte. Man wies ihnen Bänke im Gastzimmer an, und da sie nicht verwöhnt waren und auch nicht viel Geld hatten, begnügten sie sich mit dem harten Lager. Gegen Mitternacht wurden sie durch ein Geräusch geweckt. Sie sahen, daß der Wirt mit einem Beil bewaffnet in das Nebenzimmer schlich, in dem ein jüdischer Händler untergebracht war. Da sie außer den drei Sätzen nichts sprechen durften, wollten sie nicht ihr Glück und ihre Seelen gefährden, und sie verhielten sich ruhig. Sie konnten aber vor Entsetzen nicht mehr einschlafen.
Am Morgen kam der Wirt mit seinen Dienstleuten und beschuldigte sie, daß sie den Händler ermordet hätten. Ihre Antworten: „Wir alle drei", „um das Geld" stimmten wieder; nur als sie auf die Drohung: „Ihr kommt an den Galgen" antworteten: „Das ist uns recht", hielt man sie für verrückt. Sie wurden in das Gefängnis geworfen und vor Gericht gestellt. Auch hier blieben sie standhaft. „Wer von euch hat den Mord vollbracht?" „Wir alle drei." „Warum?" „Um das Geld." Das war ganz logisch, und das Todesurteil ward ausgesprochen, das auch mit der Antwort: „Das ist uns recht" entgegengenommen wurde. Der Galgen wurde am Marktplatz errichtet, und die schaulustige Menge versammelte sich, als die Brüder zum Richtplatz geführt wurden. Noch einmal fragte man sie um das Motiv der Tat. Ein Priester wollte ihnen die Beichte abnehmen und sie auf das Sterben vorbereiten. Aber nichts war aus den Brüdern herauszubringen als: „Wir alle drei", „um das Geld", „das ist uns recht". Schon machte sich der Henker bereit, seine Arbeit zu vollziehen, als, in eine Staubwolke gehüllt, ein Reiter sichtbar wurde, der in hoch erhobener Hand ein weißes Tuch flattern ließ. Es war der schwarzgekleidete Mann, der den Brüdern am ersten Tag ihrer Wanderschaft begegnet war.
Der Schwarzgekleidete löste sein Wort ein. Da die Brüder standhaft geblieben waren, mußte er ihre Seelen aufgeben. Er

gebot ihnen jetzt, zu reden, und sie erzählten, was sie in der Wirtsstube beobachtet hatten. An ihrer Stelle wurde der Wirt gehenkt. Jeder der Brüder erhielt aber einen Beutel mit Goldstücken. Nun hatten sie ihr Glück gefunden und kehrten in das Elternhaus zurück.

Meine Phantasie wurde durch das Erzählen solcher Geschichten ungeheuer beeinflußt. Ich sah die Dinge, die man erzählte, wirklich vor mir. Räuber, Teufel und Gespenster spukten in meinem Kopf herum. Bei Nacht wachte ich oft auf und sah, wie sich die Gestalten vor mir bewegten, von denen man erzählt hatte. Als ich einmal abends etwas zu holen hatte, mußte ich an dem Garten vorüber, bei dessen Eingang zwei Pappelbäume standen. Ich sah zwei mächtige Gestalten vor mir auftauchen, die ihre Arme gespenstisch hin und her bewegten. Auch die Köpfe bewegten sich. Sie schienen auf mich zuzukommen, und der pfeifende Wind hörte sich wie ein Höllengeräusch an. Ich flog mehr als ich lief, riß die Tür auf, und mit dem Ruf: „Räuber, Räuber!" stürzte ich halb bewußtlos in das Zimmer. Alle eilten hinaus, um die Räuber zu fangen, aber niemand wurde gefunden. Man schalt mich wegen meiner Furchtsamkeit, mit der ich alle so erschreckt hatte. Am nächsten Tag konnte ich mich überzeugen, daß es die Pappelbäume am Eingang des Gartens waren, vor denen ich davongelaufen war.

Wenn man von der Jugend der Proletarierkinder spricht, kann man an den Demütigungen und Kränkungen nicht vorbeigehen, die ihre jungen Seelen erdulden müssen. In einer Zeit, wo es nicht als selbstverständliche Pflicht der Gesamtheit betrachtet wird, die Kinder, die ihren Eintritt in die Schule vollziehen, mit allem auszustatten, was in diesem neuen Abschnitt des Lebens erforderlich, ist es unvermeidlich, daß die Anschaffung der Lehrbücher für Eltern und Kinder eine Quelle neuer Sorgen sind. So ein Lesebuch mag auch nur einen kleinen Betrag kosten, für die arme Familie ist er doch oft unerschwinglich. Da muß nun bei allen Honoratioren und einflußreichen Leuten gebeten und gebettelt werden. So war es bei mir. Sechsunddreißig Kreuzer kostete das Lesebuch. Ich bekam es von der Schule, nachdem Bittschriften mit Befürwortungen von Armenrat und Pfarrer überreicht waren. Da widerfuhr mir ein nach meiner damaligen Lebenslage großes Unglück. Mein Weg zur Schule dauerte eine halbe Stunde.

Ich mußte eine lange Dorfstraße durchwandern, dann eine Allee mit großen alten Bäumen passieren, um das Schulgebäude zu erreichen. Eines Tages tobte ein so furchtbarer Sturm, daß die schweren Äste der Bäume sich beugten. Nebst vielen anderen Kindern war auch ich am Vormittag zu Hause geblieben, um nicht durch einen Baumast oder einen lockeren Dachziegel zu verunglücken. Mittags aber wollten wir gemeinsam zur Schule gehen. Ich bekam von meiner Mutter den Auftrag, am Nachhauseweg Brot zu kaufen; das Geld mußte ich in ein Taschentuch gebunden mitnehmen. Meine Freundinnen und ich kämpften mit aller Anstrengung gegen den Sturm; oft hielten wir uns an den Häusern fest, um nicht umgeworfen zu werden. Beim Bäckerladen blieb ich zurück, um das Geld im voraus zu erlegen; als ich es aus meiner Schürze losband, kam ein heftiger Windstoß herangebraust, der mich zuerst an den Laden und dann zu Boden schleuderte. Taschentuch und Schulpack entfielen meinen Händen. Niemand hörte meine Hilferufe. Das Geheul des Sturmes übertönte mein Schreien, und meine Mitschülerinnen waren mir weit voraus. Nur mit Mühe konnte ich mich erheben. Ich hatte mir das Knie an einem spitzen Stein verletzt und konnte nur mühsam weitergehen. Mich an den Häusern forttastend, ging ich den Weg zurück, den ich gekommen war. Taschentuch, Geld und Schulpack waren fort. Letzterer war beim Sturz aufgegangen, und der Wind hatte alles über die Dächer der niedrigen Häuser fortgetragen. Als ich, zum Teil auf allen vieren kriechend, heim kam, war der Schrecken meiner Mutter nicht gering. Nicht so sehr über meine Verletzung, denn diese wurde im ersten Augenblick nicht für so bedenklich angesehen, als sie war. Aber die dreißig Kreuzer für Brot und die Schulbücher waren weg. Nach der Schule kamen meine Freundinnen und brachten mir das Lesebuch in ganz durchnäßtem Zustand, sie hatten es am Nachhauseweg im Graben gefunden. Manche Blätter waren stellenweise ganz zerrissen. Aber über diese Klippe sollte ich vorläufig noch hinüberkommen, denn das Fieber, das sich einstellte, hinderte mich am Schulbesuch. Obwohl es bei armen Leuten nicht üblich ist, wegen jeder scheinbaren Geringfügigkeit einen Arzt zu rufen, wurde es in diesem Falle doch getan. Drei Wochen nahm die

Heilung in Anspruch, und auch dann konnte ich nur mühsam gehen. Der erste Tag, an dem ich wieder das Zimmer verließ, war mein Namenstag, und eine gutherzige Nachbarin spendete mir aus diesem Anlaß eine warme Wurst, die mich überaus beglückte, während meine Mutter mich mit einem mürben Kipfel beschenkte.

Nach Weihnachten ging ich zum erstenmal wieder in die Schule. Mein Herz pochte vor Bangigkeit, was mir wohl wegen des beschädigten Lesebuchs geschehen würde. Und das Unglück schreitet schnell. Wir hatten sofort am ersten Vormittag Lesestunde, und als ich zum Lesen aufgerufen wurde, hielten wir gerade an einer Seite, die in meinem Buche durch das Wasser unleserlich geworden war.

Wie grausam und schadenfroh Kinder sein können, habe ich damals erfahren. Ich wollte mir damit helfen, daß ich aus dem Buch meiner Sitznachbarin las, aber eine Mitschülerin, die den Vorgang bemerkte, streckte eiligst die Finger in die Höhe und rief: „Bitt, Fräul'n, die Dworschak hat das Buch zerrissen!" Und nun ging das Strafgericht los. Von der Lehrerin gerufen, berichtete ich weinend und stotternd mein Mißgeschick. Die Lehrerin hielt mir vor, daß ich das Eigentum der Schule beschädigt habe, und sie ließ mich während der ganzen Unterrichtszeit in der Ecke stehen. Dann mußte ich mit ihr zum Oberlehrer, und dieser befahl mir, am nächsten Tag ein anderes, neues Buch zu bringen. Kaum wagte ich meiner Mutter diese Mitteilung zu machen, war es doch schon schwer, von der armen Frau, die sich um ihren und ihrer Kinder Lebensunterhalt so plagen mußte, einen Kreuzer für ein Schreibheft zu erlangen. Der Entschluß meiner Mutter war rasch gefaßt: Es gibt kein neues Buch.

In der Schule begannen nun für mich schlimme Zeiten. Obwohl ich früher immer Vorzugsschülerin gewesen, konnte ich jetzt nichts recht machen. Die Lehrerin, die ich bis dahin als Ideal verehrt hatte, mußte wohl sehr beschränkten Verstandes gewesen sein und konnte vom sozialen Elend keinen Begriff gehabt haben, sonst hätte sie unmöglich so ungerecht sein können.

Als wir dann zu einem Lehrer versetzt wurden, war es nicht besser; auch dieser junge Mann stand nicht höher als die Lehrerin. Noch heute klingt mir sein Wort: „Gesindel" im Ohr, als er die Geschichte von meinem zerrissenen Lesebuch hörte.

Anfangs Dezember war das Unglück geschehen, im Februar hatte ich noch immer kein Lesebuch, denn das vom Wasser aufgeweichte war mittlerweile ganz zugrunde gegangen. Es wurde mir mit dem „Sitzenbleiben" gedroht, wenn ich nicht ein neues Buch brächte. Da kam meine Mutter auf den Gedanken, sich an einen reichen Bürger des Orts zu wenden, der auch Mitglied des Ortsschulrats war. Er war Getreidehändler und bewohnte ein stattliches Haus. Als ihm von meiner Mutter die Bitte vorgetragen wurde, sagte er weder ja noch nein, sondern beschied sie, daß ich selber kommen solle. Wie oft mußte ich nun diesen Weg machen, bis endlich der reiche Mann — es war mittlerweile April geworden — für mich zu sprechen war. Als ich hinkam, waren durch ein Versehen die beiden großen Hunde von der Kette frei und liefen im Hof herum. Sie sprangen wütend auf mich los, als ich durch das nicht verschlossene Tor eintrat. Als der eine seine Pfoten auf meine Schultern legte, stieß ich einen furchtbaren Schrei aus. Im selben Augenblick erschien der Herr Ortsschulrat und Getreidehändler auf der Treppe und rief die Hunde zu sich. Er war gerade zurecht gekommen, um mich vielleicht vor einem schlimmeren Unglück zu bewahren, als es der Sturz durch den Sturm gewesen war. Sein Mitleid war wohl erweckt worden, als ich am ganzen Körper zitternd vor ihm stand; denn als ich ihm gesagt hatte, wer ich sei, gab er mir ohne weitere Umschweife den Betrag für ein neues Buch.
Aber es war zu spät. Obwohl ich immer fleißig gewesen, hatte ich mir doch das Wohlwollen der Lehrpersonen verscherzt. Sie hielten es für boshafte Starrköpfigkeit, daß mich meine Mutter so lange ohne Buch gelassen, und ließen es mich entgelten. Ich bekam in „Fleiß" die schlechteste Note, was zur Folge hatte, daß ich nach den damaligen Regeln der Dorfschule die Klasse wiederholen mußte, die meine letzte überhaupt sein sollte.

Die Schilderung von den Reizen verschlossener Schloßgärten vermag auf die Phantasie stark zu wirken. Auch ich kannte solche Gärten. Mein Weg zur Schule führte mich täglich an ihnen vorüber. Beim verwitterten steinernen Standbild des Johannes von Nepomuk meines Heimatortes, dort, wo man von der Landstraße in das Dorf einbiegt, mußten auch wir

Schulkinder einbiegen, um das Gebäude zu erreichen, wo uns die ersten Kenntnisse beigebracht wurden. Im Winter lagerte alles im tiefen Schnee. Da lockten die rechts und links von der Straße liegenden Schloßgärten nicht, da lud uns der zugefrorene Mühlteich verlockender zum Schleifen ein. Wenn aber der Schnee schmolz und es grün zu werden begann, da erwachte unsere Sehnsucht.

Wir wußten eigentlich nicht, wer die Besitzer der im Frühlingsschmuck wundervoll prangenden Gärten waren. *Nie war jemand darin zu sehen.* Wir aber durften nicht hinein, nur durch die Lücken des Zaunes durften wir die Köpfe pressen, um etwas von der Herrlichkeit zu erhaschen. Einmal war es uns gelungen, an dem Gartenzaun einige lose Bretter zu entdecken. Bald glückte es uns, sie so weit zu lockern, daß wir durchschlüpfen konnten. In der Mitte des Parkes gab es einen Hügel, der wie geschaffen war für unsere Lust. Eine mußte abwechselnd aufpassen, ob niemand in Sicht sei, und die anderen stellten sich auf die Höhe des Hügels, um von dort herunterzutollen. Was war das für eine Herrlichkeit! Mehr als dieser Park lockte uns aber der andere, gegenüberliegende. Durch diesen gab es einen Durchgang. Bei der Kirche, die dem Pfarrhaus schräg gegenüberlag, war der Eingang geöffnet. Weiter unten war dann das große Tor. Durch den Park floß der Mühlbach. Im März, wenn die Veilchen blühten, da zog es uns mit unwiderstehlicher Gewalt zu diesen Herrlichkeiten. Unzählige der lieblichen blauen Blümchen bedeckten den Rasen. Wundervolle Düfte verbreiteten sie um sich her. Mit welcher Liebe blickten wir auf diese anmutigen Kinder des Lenzes.

Einmal hatten wir wieder den Durchgang benützt. Alle hatten schon die Hände mit Veilchen voll, soviel wir fassen konnten, und wir gingen daran sie zu binden. Auf einmal tönte der Schreckensruf: „Der Wächter kommt!" Ja, da kam er, drohend den Stock schwingend. Wir sprangen alle angsterfüllt auf, um zu fliehen, dem Johannes zu. Die mühselig gepflückten Veilchen fielen zur Erde, die Schultasche in der Hand flohen wir dahin. Der Wächter uns nach, er kam näher und näher. Ich allen voran. Da plötzlich tauchte vor mir das Wasserwehr auf. Zischend schoß das gestaute Wasser darüber hinweg. Ein Blick nach dem näher kommenden Wächter, dann ein Wurf, und die Schultasche flog weit hinüber über den Bach und den hohen

Bretterzaun, der hier den Park abschloß. Dann folgten meine Holzpantoffel im mächtigen Bogen nach, und ich kletterte über das Wehr, mich mit den Händen fest an der schmalen Holzstange haltend, die hinüberging. Zwischen Wehr und Zaun war eine schmale Lücke, durch die ich mich zwängte, um in Sicherheit zu gelangen.

Was habe ich damals für Schläge bekommen, als meine Mutter von meinem gefährlichen Tun vernahm. Es hätte ja nur ein geringes bedurft, und ich wäre im Mühlbach gelegen. Meine Gefährtinnen waren durch meine tolle Tat vor dem Stocke des Wächters gerettet worden, denn dieser war starr vor Entsetzen stehen geblieben. Ich habe dann keine Veilchen mehr im Schloßpark gepflückt und war keine „verbotenen" Wege mehr gegangen. Warum aber hatte man uns zu verbotenem Tun gereizt? Warum hatte man uns die unschuldige Freude nicht gegönnt, da doch niemand Schaden davon gehabt hätte?

Der Krampus, eine Art Ungeheuer in Teufelsgestalt, spielt in der Weihnachtszeit im Leben der armen Kinder eine weit größere Rolle als in dem der reichen. Für die letzteren kommt weit mehr der Nikolo in Betracht, der den Sack mit Äpfeln, Nüssen und dem Backwerk schleppt, als der Krampus mit Rute und klirrenden Eisenketten. Ich hatte wochenlang, ehe der Krampus erschien, immer eine furchtbare Angst. Das geringste Versehen, das mir unterlief, rief die Drohung hervor: Na warte, jetzt kommt bald der Krampus! In Gedanken sagte ich schon lange vorher alle Gebete her, die ich kannte, um auf den strengen Herrn Krampus einen guten Eindruck zu machen. Als der Tag gekommen war und er an unserer Tür rasselte und die Mutter öffnete, erschien ein riesig großer Mann mit der Bischofsmütze und einem Bischofskleid aus Papier, so daß er aussah wie der heilige Nikolaus. Er trug einen Sack bei sich, aus welchem er mir, als ich zitternd in die Knie sank und das Vaterunser stammelte, einige Äpfel gab. Sein Begleiter aber, der Krampus, nahm die Buben her. Er sah zum Fürchten aus. Ganz schwarz war er, und aus dem Munde hing ihm eine rote Zunge heraus. Zwei mächtige Hörner saßen ihm an der Stirne, in der linken Hand schleppte er eine schwere Kette, die, um mehr zu klirren, auch an seinem Fuß befestigt war. In der rechten Hand hielt er eine Rute, mit der er die Buben tüchtig prügelte, als sie die

Fragen des heiligen Nikolaus nicht zufriedenstellend beantworteten. Sie wurden gefragt, ob sie jeden Tag früh, mittags und abends beteten und ob sie jeden Sonntag in die Kirche gingen. Als sie beim Aufsagen des Vaterunsers und des Glaubens stockten, fielen die Rutenstreiche heftig auf sie nieder. Die Eltern hielten es für notwendig, ihren Kindern solche Denkzettel zu geben. Sie betrachteten das als eine heilsame Lehre für das sittliche Verhalten ihrer Kinder.

Wenn man von der freudlosen Kindheit der Proletarierjugend spricht, dann darf man auch der kleinen Buben nicht vergessen, die beim Kegelaufsetzen gelegentlich Verdienst finden.
Erzieherisch wirkt diese Beschäftigung allerdings nicht, denn man darf nicht übersehen, daß beim Kegelschieben viel Alkohol getrunken wird, so daß bei diesem sonntägigen Vergnügen die friedliche Stimmung oft schon in den ersten Nachmittagsstunden dahin ist. In Dorfwirtshäusern ist das oft zu beobachten. Die Stimmung wird immer reizbarer, in den harmlosesten Bemerkungen werden beabsichtigte Beleidigungen gewittert, und man bestrebt sich, die in der Einbildung erlittenen Beschimpfungen zu übertrumpfen.
Neun- bis zehnjährige Knaben sind Sonntag um Sonntag Zeugen solcher Szenen. Aber der Kegelbub kann unter Umständen an so einem Sonntag eine für arme Leute ganz hübsche Summe verdienen, und da müssen erziehliche Bedenken zurücktreten. Um einen Gulden zu verdienen, müssen Mütter ihre Knaben zu Zeugen all der unflätigen Äußerungen und der tätlichen Brutalitäten werden lassen, die sich nur zu oft ereignen. Wird so ein Kind zum Mittrinken aufgefordert, so findet es Anerkennung, wenn es einen guten Zug tut. Man fragt nicht, ob so ein schwächlicher, bleicher Knabe auch ordentlich gegessen hat, ob er sich überhaupt auch nur einmal in der Woche sattessen kann. Aller Genuß vereinigt sich für diese Menschen im Alkohol. Wenn aber dann die Gesichter zu glühen beginnen und die Augen den stieren gläsernen Ausdruck der Betrunkenen annehmen, dann wird dem Kegelbuben manchmal bange, ob bei der kommenden Rauferei nicht die Geldstücke, die für ihn bereits auf dem Teller liegen, auch zum Opfer fallen werden.
Auch einer meiner Brüder war so ein Kegelbub. Einmal an einem Sonntagnachmittag kam er in höchster Aufregung vom

Gasthaus nach Hause gestürzt. Gleichzeitig hörte man aus der Ferne wüstes Geschrei. Mein Bruder kam ins Haus geflogen, Blut rieselte ihm aus dem offenen Hemdärmel. Ehe er unsere Fragen, was denn geschehen sei, beantwortet hatte, verlangte er, man möge das große Tor schließen, denn „der g'flickte Rudl haut alles z'samm und sticht alles nieder". Das große Hoftor knirschte in den Angeln, als man es zuzog, der Schlüssel wurde zweimal umgedreht. Die vordem so belebte Straße war im Nu wie ausgestorben, denn alles floh in die Häuser. Den g'flickten Rudl fürchtete jeder. Immer näher kam das Geschrei, immer sichtbarer konnte man von den Fenstern aus den Menschenhaufen wahrnehmen, der sich heranwälzte. Allen voran der berüchtigte Raufbold mit dem offenen Messer in der Hand.

Der Anlaß zu dem Wutausbruch des Raufboldes war gewesen, daß sein Mädel, die schmucke Milli, auf der Kegelbahn erschienen war. Seine vom vielen Trinken erregte Stimmung hatte ihn verleitet, sich gegen das sehr beliebte Mädchen einige Roheiten zu erlauben, und da hatte sich die Milli zu einem andern Burschen gesetzt; denn Milli konnte sich erlauben, wählerisch zu sein. Groß und schlank gewachsen, angetan mit einem rosa Waschkleid, darüber eine weiße Latzschürze, über die weißen Strümpfe schwarze Kreuzbandschuhe, das schwarze Haar kunstvoll aufgesteckt, große Perlmutterringe in den Ohren, war sie tatsächlich eine stattliche, schöne Erscheinung. Sie war eine geschickte, gutbezahlte Arbeiterin.

Man konnte sich nicht genug darüber wundern, wie sich dieses hübsche Mädchen gerade den häßlichen, blatternarbigen, oft abgestraften Professionsraufer zum Liebsten erwählt hatte. Alle Vorstellungen, die man ihr machte, blieben aber fruchtlos. Just den Rudl wollte sie haben. Da er sie aber jetzt beleidigt hatte, ließ sie ihn das fühlen und zog ihm einen anderen vor. Das wurde sein Verhängnis. In sinnloser Wut, berauscht vom Alkohol, hatte er sein Messer gezogen und es dem von Milli begünstigten Burschen in die Rippen gestoßen. Milli flüchtete nach Hause, Rudl ihr nach, und alles, was im Wirtshaus war, schloß sich an. So kam es, daß sich eine große Menschenmasse heranwälzte. Als es endlich gelang, die Gendarmerie aufzutreiben, wurde er mit vereinten Kräften überwältigt. Vier Monate Kerker und ein Jahr Polizeiaufsicht verhängten die Richter über ihn. Als er nach Verbüßung seiner Strafe wieder im Dorfe

auftauchte, war er trotz alledem wieder überall der Herr. „Wenn er getrunken hat, weiß er halt nicht, was er tut, man darf ihn nicht reizen," sagten die Leute. Auch Milli war dieser Meinung und verteidigte ihn mit aller Beredsamkeit. Ihre Meinung war, daß man für das, was man im Rausche tue, nicht verantwortlich gemacht werden könne.
Der Kegelbub hatte bei der Rauferei einen kleinen Ritzer abbekommen, und davon stammte das Blut, das aus seinem Arm geflossen war. Trotz der Schrecken, die er mitgemacht hatte, blieb ihm das Kegelaufsetzen auch in Zukunft nicht erspart. Jeden Sonntagnachmittag mußte er auf der Kegelbahn zubringen, bis der Herbst herankam. Dann gab es anderen Verdienst. Da hielten die Herren Hasenjagden ab, und die Schulbuben wurden als Treiber aufgeboten.
Auch über diese Verwendung der Kinder ließe sich manches sagen. Die Eltern, die ihre Kinder veranlassen, sich für einige Kreuzer zu solcher Arbeit zu verdingen, darf man nicht verurteilen. Wo der Verdienst so karg ist, daß bei größtem Fleiße und aller Mühe nicht genug erworben werden kann, um die unerläßlichsten Bedürfnisse zu bestreiten, da schwinden alle Rücksichten auf die Schonung der Jugend, denn die zwingendste Notwendigkeit ist die: genug Brot zu schaffen, um nicht hungern zu müssen. Darum ist die Jugend der Proletarierkinder auch heute noch, trotz aller Schutzgesetze, in vielen Fällen eine traurige und bemitleidenswerte. Denn Beschäftigungen wie die genannten fallen nicht unter die Arbeiterschutzgesetze, sie gelten nicht als Arbeit, sondern werden gewissermaßen als ein Vergnügen betrachtet, dem man sich freiwillig hingibt. Man muß aber Einblick in die sozialen Verhältnisse der Arbeiterklasse haben, um beurteilen zu können, daß diese Freiwilligkeit eine erzwungene ist. Solange die Gesellschaft nicht so weit ist, daß sie die Verwendung der Kinder zu solchen Arbeiten verbietet, kann sie sich keine humane nennen. Ein solches Verbot kann aber erst ausgesprochen werden, wenn die Grundlage geschaffen ist, auf der die Eltern so viel verdienen können, daß sie die Ernährung und Erziehung ihrer Kinder bis zum erwerbsfähigen Alter zu bestreiten in der Lage sind. Solange das nicht der Fall ist, steht für tausende Kinder aller Kinderschutz, alle Jugendfürsorge nur auf dem Papier.

II. Akrobaten — Marionettentheater

Lawn-Tennis, Kricket und Skisport kennt die proletarische Jugend wie manches andere nur vom Zusehen. Durch die Fürsorge aufgeklärter Lehrer und Kinderfreunde hat sich ja auch auf dem Gebiet des Jugendspiels im letzten Jahrzehnt eine merkbare Wandlung vollzogen. Aber die übergroße Mehrheit der Arbeiterjugend kann noch immer nicht daran teilnehmen. Dort, wo man öffentliche Spielplätze auch heute noch nicht kennt, findet die Jugend andere Vergnügungen. In kleine Provinzstädte und Dörfer kommen ab und zu Zeltwagen angefahren, die in ihrem Innern vollständig als Wohnungen eingerichtet sind. Es sind wandernde Künstlertruppen, die heute hier und morgen dort ihre Kunstbude aufschlagen. Leute, die nie Gelegenheit haben, in ein wirkliches Theater zu gehen oder einen großen Zirkus zu besuchen, finden da Befriedigung ihrer Schaulust, und da sie es anders nie gesehen, gewährt ihnen die Sache auch Genuß.

Auch ich gehörte in meiner Jugend zu den begeisterten Zuschauern dieser Produktionen. Obwohl die billigsten Sitzplätze nur fünf Kreuzer kosteten, mußte ich mich doch mit einem Stehplatz begnügen. Ins „Stehparterre" kam dann in den Pausen einer der beliebten Künstler oder Künstlerinnen, um einzusammeln. Da erfüllte es mich immer mit Entrüstung, daß so viele Leute den Kreis verließen, um nichts hergeben zu müssen. War aber das Einsammeln vorüber, so erschienen sie wieder und behaupteten ihren Platz. Freilich, Freigebigkeit konnte auch ich mir nicht leisten; hatte ich einmal einen Kreuzer gegeben, dann mußte auch ich weichen, obwohl ich dies beschämend fand. So mag es auch anderen ergangen sein. Die Truppe hatte auch ihre „Stars". „Signor Ludovico" und „Signora Marietta", so hießen meine Lieblinge auf dem Programm. Die Hauptanziehung für mich war die Nummer: „Der Doppelriesenluftsprung mit verbundenen Augen und einen Sack über den Kopf". Die ersten Künstler der vornehmsten Residenzbühnen, die ein ganzes Vermögen als Jahresgage bekommen, können nicht mehr bewundert, geliebt und verehrt werden, als von mir der Mann bewundert wurde, der den „Doppelriesenluftsprung" machte. Karl Moor, Don Carlos, Hamlet und wie alle die Heldengestalten der Bühne heißen, können nicht mit mehr Herzklopfen erwartet werden, als von mir das Auftreten des Signor Ludovico. Dieser Signor hieß zwar im bürgerlichen Leben nur Ludwig, und die Signora Marietta verfertigte in den Stunden, in welchen sie nichts in der Arena zu tun hatte, künstliche Blumen. Sie wohnten in einer sehr ärmlichen, schmutzigen Vorortsgasse. Wenn sie sich des Flitters entledigt hatten und man sie auf der Straße sah, machten sie einen sehr bescheidenen Eindruck. Allerdings wußte ich damals nicht, daß die oft lebensgefährliche Kunst, die sie übten, ihnen kaum so viel eintrug, um sich ein nahrhaftes Mittagessen zu kaufen. Von all dem ahnte ich nichts, als ich Signor Ludovico verehrte und pochenden Herzens auf seine Glanzleistung, den Doppelriesenluftsprung wartete. Wenn er zum Trapez trat, oder wenn er in einer Pantomime mitwirkte, ergriff mich eine solche Begeisterung, wie sie später, als ich Gelegenheit hatte, die berühmten Künstler und Künstlerinnen der großen Bühnen zu sehen, kaum stärker gewesen sein kann. Ich hielt den Atem an vor Angst um meinen Helden, wenn er sich anschickte, den gefährlichen Sprung zu tun. Die Furcht schnürte mir die Kehle zu, während sich meine Augen keinen Augenblick wegwandten. Ich kann die Entfernung nicht angeben, die bei diesem Sprung durchmessen werden mußte. Aber sie war groß. Die Kunst bestand darin, daß der Betreffende ein Trapez erklomm, sich oben die Augen verband und einen groben Sack über den Kopf zog. Dann ließ er sich durch die Luft sausen, um das weit entfernte andere Trapez zu erreichen. Während der Sekunde, die das in Anspruch nahm, herrschte lautlose Stille. Wenn dann der Sprung vorüber war, folgte noch ein Augenblick des Bangens, ob der Mann noch im Besitz seiner graden Glieder war. Dann aber brach ein Beifallsturm los, so frenetisch, wie er wirklichen Künstlern auch nicht größer gezollt werden kann. So wie jetzt junge Leute, die die großen Theater besuchen, sich eine berühmte Tragödin oder einen Heldentenor, einen Komiker oder eine Primadonna als Vorbild erwählen, dem sie nachstreben möchten, so zog es mich zur Arena, dem einzigen Kunsttempel, den ich kannte. Engel und Helden mußten sie alle sein, die ich da auf der kleinen Bühne mit Flitter behängt und mit Schminke angestrichen bewunderte. Ich zerbrach mir den Kopf, wie ich das große Glück erreichen könnte, mit dem Signor und der Signora bekannt zu werden. Aber Ansichtskarten gab es damals noch nicht, die

Mode, Autogramme zu sammeln, war noch unbekannt, so blieb mir nichts übrig als der Wunsch, in den Kreis der Begnadeten zu treten, die die Gabe hatten, ihren Mitmenschen Gefühle höchster Begeisterung und erschütterndster Teilnahme einzuflößen.

Die wandernden Marionettentheater sind eine zweite Anziehungskraft für die Jugend meines Kreises und meiner Zeit gewesen. Vor Weihnachten war es einmal, als Plakate angeschlagen wurden, die die Aufführung des „Zauberschleiers" ankündigten. Es wurde viel erzählt, wie interessant dieses Stück sei. Engel und Feen, gar wundersam anzusehen, kämen in Fülle darin vor. Im stillen hoffte ich auf das Glück, den „Zauberschleier" ansehen zu können. Fünf Kreuzer kostete der billigste Platz. Da es zur Weihnachtszeit war, wo man sich die von Generation zu Generation erhaltene Mythe erzählte, daß derjenige, der in der Nacht, in der das Jesuskind geboren wurde, goldene Schweinchen an den Wänden zu sehen bekomme, ein großes Glück zu erwarten habe, suchte ich in der Weihnachtsnacht sehnsüchtig nach den verheißungsvollen goldenen Schweinchen. Aber die Ferkel aus Gold, die mir den „Zauberschleier" und natürlich auch andere Herrlichkeiten verheißen sollten, ließen sich nicht sehen. Dennoch sollte ich in das Theater kommen. Meine Mutter ging am Nachmittag des zweiten Weihnachtsfeiertags in die Kirche. Ich bekam den Auftrag, für jemanden einen Botengang zu verrichten, und erhielt dafür fünf Kreuzer. In meiner Sehnsucht nach dem „Zauberschleier" vergaß ich, daß ich keine Erlaubnis hatte, das Theater zu besuchen, und trotzdem lief ich in das Honoratiorengasthaus, in welchem sich der Kunsttempel befand. Bis über die Knöchel versank ich im Schnee der Dorfstraße, ein scharfer Wind trieb mir die weißen Flocken stechend in das Gesicht. Alles das machte mir aber nichts, denn ich sollte ja den „Zauberschleier" sehen. Und die Vorstellung ging vorüber. Das Herz voll jubelnder Begeisterung stürmte ich nach Hause. „Schön war's, Mutter", mit diesen Worten stürzte ich zur Tür hinein.
Noch heute sehe ich plastisch das Bild vor mir, das unsere Stube bot. In der Mitte des Zimmers stand der Ofen, davor stand die Mutter und schälte Kartoffeln, die wir zum Abendessen bekommen sollten. Links neben dem Ofen stand ein Bett,

und hinter dem Ofen befand sich der große Tisch, an dem wir zu essen pflegten. Über dem Tisch hing an einem Strick eine Hängelampe herunter. Ein Arbeiter, der bei uns wohnte, stand neben der Tür, zu der ich hereinstürzte; er hielt mich fest und flüsterte mir zu, ich solle die Mutter um Verzeihung bitten. Noch ehe ich mich besinnen konnte warum, stand meine Mutter mit der Rute neben mir, und die Streiche fielen auf mich nieder. Ich entwand mich und kroch unter das Bett, um mich vor den Schlägen zu schützen, aber die Mutter schlug unter das Bett, wohin sie gerade traf. Dann befahl sie mir, hervorzukommen und auf den Knien um Verzeihung zu bitten. Ich mußte es tun, weinend vor Schmerz. Meine Hände waren von den Rutenstreichen mit Striemen bedeckt. Mein Vergehen bestand darin, daß ich ohne zu fragen in das Theater gegangen war und fünf Kreuzer ausgegeben hatte. Als ich nicht aufhörte zu weinen und zu schluchzen, wurde meine Mutter doch von Mitleid erfaßt und nahm mich auf ihren Schoß. Als sie meinen Kopf an ihre Brust lehnte, war mein Glücksempfinden vielleicht doch noch größer als beim „Zauberschleier" im Marionettentheater. Aber nie habe ich die Berechtigung dieser Züchtigung anerkannt, nie habe ich die bittere Erinnerung daran verwinden können.
Meine Mutter war nicht hart, aber da wir wegen unserer Armut vielfach auf Wohltaten angewiesen waren, beurteilte sie meine „Verschwendungssucht" so außerordentlich streng. Da sie selbst, um fünf Kreuzer zu verdienen, eine Stunde arbeiten mußte, erschien ihr die Aufwendung dieses Betrags für ein Vergnügen als Leichtsinn.

III. Der erste Christbaum

Das Weihnachtsfest ist auch für die ärmsten Kinder ein Tag der Sehnsucht und der Wünsche! Leider gehen sie nicht in Erfüllung oder doch in einer Weise, durch die eine reine Freude nicht aufkommen kann. Auch bei uns gab es Weihnachtsgeschenke. Aber für Menschen, die immer arbeiten und sich plagen, ist das Empfangen von Wohltaten für ihre Kinder ein drückendes und auch erbitterndes Gefühl. Die von wohltätigen Damenhänden erzeugten Pulswärmer und Wollsachen können zwar vor Kälte schützen, aber sie erzeugen keine innerliche Wärme.

Daher hatte auch ich erst dann die ersten reinen und unverfälschten Weihnachtsfreuden, als ich sie mir von dem selbstverdienten Lohne bereiten konnte. Ich war siebzehn Jahre alt, als ich mir den ersten Weihnachtsbaum anzündete, aber ich freute mich, als wäre ich noch ein Kind. Wochenlang kaufte ich an jedem Sonnabend für den Weihnachtsbaum ein. Silber, Gold, buntes Papier, Nüsse, Zuckerwaren. Mit seligen Gefühlen trug ich „meinen Weihnachtsbaum" nach Hause, und mit reiner Freude schmückte ich ihn! Die goldenen Schweinchen waren zwar immer noch nicht erschienen, aber die Arbeit hatte mir Gelegenheit gegeben, teilzunehmen an den Freuden, von welchen ich bis dahin ausgeschlossen war.

Erst als ich mit dem Sozialismus vertraut wurde, erkannte ich, daß ein paar vergoldete Nüsse am Weihnachtsbaum und die paar Kleidungsstücke, die man seinen Lieben nach wochenlangem Darben kaufen kann, noch nicht die Erlösung bedeuten. Ich lernte begreifen, daß der Messias, der vor neunzehn Jahrhunderten gekommen sein soll, noch nicht Glück und Erlösung für alle gebracht hat. Aber gleich vielen tausenden Schicksalsgenossen lernte ich auf einen neuen Messias vertrauen und hoffen, auf einen Erlöser, der nicht in Menschengestalt ans Kreuz geschlagen werden kann. Ich lernte auf den Erlöser hoffen, der in den Köpfen und Herzen von Millionen wohnt, der sich aus dem Innersten der Menschen heraus die Welt erobert, um sie so umzugestalten, daß sie dem Glücke aller dient. Dieser Erlöser zaubert nicht verheißungsvolle goldene Schweinchen um mitternächtige Stunde an die Wände, aber er gibt den Menschen die Kraft, über die Macht des Goldes zu siegen und die Bahn frei zu machen für die Freuden aller. Ich lernte an den Sozialismus glauben, und die Weihnachtsidee, die so lange mein Denken beherrschte und mein Sehnen ausgemacht hatte, trat weit zurück vor dem Verlangen, den Sozialismus im Heim der Armen und Unterdrückten als Befreier begrüßen zu können.

IV. Holzspäne — Die Gemeindepfründnerin

Um die Mittagsstunde drängten sich Frauen und Kinder nach dem großen Zimmerplatz am äußersten Ende des Dorfes. Dort bekam man für wenige Kreuzer billiges Holz, Späne, wie sie

beim Spalten und Zurichten der großen Stämme absplittern. Man durfte nur um die Mittagsstunde kommen, wenn die Arbeiter zum Essen gingen. Es kamen fast nur Kinder, da die Frauen in der Wirtschaft zu tun hatten. Schlag zwölf Uhr, wenn die Arbeiter Axt und Säge aus der Hand legten, durften wir den Platz betreten. Eigentlich stürmten wir ihn. Alles lief und stürzte über die Balken, und mit den Händen raffte man eine möglichst große Menge Späne zusammen. Das Herumarbeiten in den Holzspänen war keine vergnügliche Arbeit. Die Haut wurde zerkratzt, und Splitter bohrten sich in das Fleisch. Was mußten wir armen barfüßigen Kinder da oft ausstehen! Wenn sich ein großer Holzspan in die Ferse bohrte und nicht sofort herausziehen ließ, mußte der Nachhauseweg mit dem Bündel Holz am Rücken auf den Zehenspitzen gemacht werden. Natürlich gingen nur die Kinder der ganz armen Leute dieses Brennmaterial zu holen. Ich mußte es auch für andere Leute holen, die ihre eigenen Kinder nicht dazu anhalten wollten, wofür ich ein Mittagessen bekam. Wenn man das Bündel fertig hatte, stellte man sich bei der blumengeschmückten Veranda des Herrenhauses auf. Über die Treppe schwebte dann die gnädige Frau in einem duftigen schönen Kleide und befühlte mit ihren schlanken weißen Fingern den Inhalt der Bündel und bestimmte den Preis.
Unter den Käuferinnen der Holzspäne befand sich auch eine alte Frau, die nicht mehr arbeiten konnte und von einer Gemeindepfründe lebte. Man sah sie nie ohne Strickstrumpf. Es schien, als könne sie es nicht ertragen, einmal ihre Hände ruhen zu lassen. Wenn sie das Bündel mit den Spänen um den Hals gebunden hatte, zog sie den Strumpf hervor und bewegte unaufhörlich die Nadeln. Es war eine sonderbare Frau, durchdringend konnte sie einen durch ihre Brille ansehen, hinter welcher ein Paar Augen gar wundersam glänzten. Sie war eine leidenschaftliche Romanleserin. Besonders gerne las sie Romane, die von königlichen Personen handelten. Wie oft erzählte sie uns die Geschichte der Maria Antoinette von Frankreich! Unzählige Verwünschungen fielen da gegen die Männer der französischen Revolution, die die habsburgische Kaisertochter auf das Blutgerüst geschickt hatten. „Unsere Erzherzogin" wurde Maria Antoinette von der alten Frau genannt. Auch von dem österreichischen Erzherzog Max, der als Kaiser von Mexiko erschos-

sen wurde, erzählte sie. Das Schicksal seiner Witwe, der belgischen Prinzessin Charlotte, schien sie selbst erlebt zu haben, so beweglich und erschütternd konnte sie davon sprechen. In der bescheidenen Kammer, die die Frau bewohnte, hatte sie einige beim Trödler gekaufte Kupferstiche hängen. „Maria Antoinettes Abschied von Wien" und ihr „Einzug in Frankreich", dann ein Bild, das die Kaiserin Charlotte auf den Knien vor Napoleon III. zeigte, wie sie ihn um Hilfe für Max bat, und eines, das die Hinrichtung des Erzherzogs in Mexiko darstellte. Auch die schottische Königin Maria Stuart auf ihrem Wege zum Schafott befand sich in der Bildergalerie der alten Frau.

Obwohl sie die Frau eines kleinen Handwerkers gewesen war, die nie Gelegenheit gehabt, mit Personen zu verkehren, die ihre Bilder darstellten, hatten sich ihre Gedanken doch weit über ihre Armut und ihre Umwelt erhoben. Sie lebte geistig in Regionen, die mit der wirklichen Welt, in der sie lebte, nichts zu tun hatten. Sie hatte sich eine gewählte Sprechweise angewöhnt und eine gewisse Erhabenheit in Haltung und Gebärde angenommen, wie sie geborene Prinzessinnen gar oft nicht besitzen mögen. Trotz des Bündels, das sie am Rücken trug, ging sie erhobenen Hauptes daher.

Wenn wir sie umringten, um ihren Erzählungen zu lauschen, schien sie sich als Kaiserin zu fühlen, die Hof hielt. Ihr ganzes Wesen drückte Stolz aus. Ein Tuch pflegte sie gleich einem Krönungsmantel von ihren Schultern wallen zu lassen, und dann hielt sie Ansprachen, in welchen sie sich als Kaiserin bezeichnete. Nach Jahren fand ich ihren Namen in einer Zeitung. Es wurde gemeldet, daß sie der psychiatrischen Klinik zur Beobachtung überwiesen worden war, weil sie sich einbildete, die Kaiserin Charlotte zu sein.

V. In der Fabrik — Kolleginnen — Der Schmelzer Friedhof in Wien — Ein Liebesbrief — Sebastian Schattenbauer

Wenn die jungen Mädchen, die nach unserem heutigen Willen Kämpferinnen für eine schönere Zukunft werden sollen, in eine Fabrik eintreten, was ja das Los der größeren Anzahl der

Proletariertöchter ist, so kommen sie in eine Umgebung, die nicht geeignet ist, ihre Erziehung zu vervollständigen. Die Eindrücke, die man in den Arbeitsstätten bekommt, sind auch heute noch selten solche, daß man Gewinn für die geistige Entwicklung daraus schöpfen kann. Die Aufsichtspersonen wachen darüber, daß genug gearbeitet wird. Das Sprechen ist sehr oft mit Geldstrafe bedroht. Da hascht man nach Augenblicken, in welchen man einige Worte flüstern kann. Was die Leute, die nie einen ganzen langen Tag arbeiten mußten, von den ethischen Gefühlen reden, die durch die Arbeit hervorgerufen werden, ist unter den heutigen Verhältnissen nur Geschwätz. Man muß es selbst erlebt haben, um beurteilen zu können, was es bedeutet, zehn bis elf Stunden im Tag unausgesetzt bewacht zu werden. Jedes Bewegen der Lippen, jede Gebärde wird mit brüsker Zurechtweisung geahndet. Nur die Pausen sind es, die Gelegenheit bieten, daß sich die Arbeiterinnen kennen lernen und ihre Gedanken austauschen.

Ich will aus meiner Erinnerung einiges von dem Leben in Fabriken erzählen, um einigermaßen ein Bild von dem Gedankenleben der Arbeiterinnen zu geben.

Das Essen selbst nahm in der Regel den geringsten Teil der Mittagspause in Anspruch. Entweder brachte man sich das Essen von zu Hause mit, oder man holte es sich aus einem der umliegenden Lebensmittelgeschäfte. Dann begann die Erholung. Bei uns bestand sie darin, daß die eine den Strickstrumpf hervorzog und dazu das neueste Heft eines Kolportageromans las, in einer anderen Gruppe wurde die Fortsetzung des Romans aus dem „Abendblatt" vorgelesen. Eine Kollegin hatte ich, die nach sogenannter höherer Bildung strebte. Trotz ihrer vierundzwanzig Jahre war sie noch nie in einem Theater gewesen. Dennoch kannte sie die Namen und die Geschichte aller berühmten Schauspieler und Schauspielerinnen. Sie wußte genau, welche Stücke gespielt wurden und wie die Kritik sie aufgenommen hatte. Die Theaterrubrik der Zeitung, die sie las, ersetzte ihr vollständig den Theaterbesuch. Sie hatte gar nicht das Gefühl, daß sie etwas entbehre. Tatsächlich wußte sie vom Theater mehr als manche andere, die doch ab und zu von der Galerie den Vorgängen auf der Bühne folgen konnte. Diese theaterkundige Arbeiterin hatte ein schweres Los. Sie arbeitete an einem Gasofen und hatte auf Korke den Namen der Firma zu brennen. Die zarten Glieder des kleinen, schwächlichen Mädchens waren den ganzen Tag an dem erhitzten Gasofen tätig. In dem Raume, in welchem sie mit drei anderen zusammen arbeitete, herrschte eine unangenehm heiße Luft. Kopfschmerzen und Appetitlosigkeit waren die Berufskrankheiten, die sich diese Arbeiterinnen bei einem Wochenlohn von sechs Gulden zuzogen.

Eine andere Kollegin, die verheiratet war, war wieder auf dem Gebiet der kirchlichen Einrichtungen sehr sachkundig. Als Mitglied eines religiösen Frauenvereins hatte sie lange unter der Glaubenslosigkeit ihres Mannes gelitten. Er war ein flotter Mensch gewesen, der sich über das ewige Beten seiner Frau lustig gemacht hatte. Sie aber hatte nichts unversucht gelassen, um ihn zu ihren Anschauungen zu bekehren. Als er arbeitslos wurde und auf die Unterstützung seiner Frau angewiesen war, ließ sie ihn das nicht fühlen. Sie kam ihm lieb und gut entgegen, aber jeden Morgen, ehe sie in die Fabrik ging, betete sie in der Kirche für die Bekehrung ihres Mannes. Sie besuchte auch die Abendandachten, und am Sonntag ging sie zweimal beten. Es war sicherlich der glücklichste Tag ihres Lebens, als sie uns erzählen konnte, ihr Mann werde bei der österlichen Auferstehungsfeier die Kirchenfahne tragen.

Während unserer einstündigen Mittagspause unterhielten wir uns von allem, was unser Leben ausmachte. Theater, Kirche, Romane, die sonntägigen Vergnügungen und persönliche Erlebnisse boten den Stoff. Art fand sich zu Art. Wenn es nach dem bisher Gesagten fast aussehen mag, als spiele sich das Leben in den Fabriken nur „bürgerlich gesittet" ab, so ist nicht zu übersehen, daß es unter dreihundert Frauen und Mädchen verschiedene Neigungen gibt. Außer jenen unter uns, die über das Los der Arbeiterin hinausstrebten und gern etwas „Besseres" sein wollten, gab es auch solche, die sich mit Stolz als Arbeiterinnen bekannten und nicht geneigt waren, etwas anderes scheinen zu wollen. Auch sie beschäftigten sich mit Handarbeiten, lasen Romane und gingen ins Theater, aber ihre Note war doch eine andere.

Da war die Tini. Sie war ein zierliches Geschöpf von außerordentlicher Lieblichkeit; ihre Wangen wie Milch und Blut, das aschblonde Haar kunstvoll gewellt, die weißen Hände sorgsam gepflegt. In der Kleidung aber zeigte sie die Arbeiterin.

Während die Hochhinausstrebenden zierliche schwarze Schürzen trugen, trug die Tini mit Vorliebe breite blaue Leinenschürzen, die damals von Fabrikmädchen gerne getragen wurden. Ein hübsches Tuch hatte sie kokett um die Schultern geschlungen, Rock und Bluse waren nach dem Schnitt gearbeitet, wie er für Arbeiterinnen Gebrauch war. Durch ihre Schönheit fiel sie trotz ihrer Kleidung auf. Sie hatte einen Freund, der sie von der Fabrik abzuholen pflegte. Mit einem Pfiff gab er ihr das Zeichen, daß er sich auf dem Posten befinde. Eilig trippelte sie dann zu ihm hinüber, wo sie sich laut begrüßten. Er war in Haltung, Kleidung und Benehmen der Typus des Wiener Strizzi. Er schlug Tini, was sie am nächsten Tag, über ihn schimpfend, erzählte. Mit neunzehn Jahren hatte sie schon zwei Kinder, die sie allein erhalten mußte, weil er bei seiner Abneigung gegen regelmäßige Arbeit nichts beisteuern konnte und wahrscheinlich auch nicht wollte. Das reizende Mädchen liebte den rohen Menschen grenzenlos, er konnte mit ihr machen, was er wollte, sie verteidigte ihn, und wehe jener, die es wagte, ein Wort über ihn zu sagen. Eine Flut von Beschimpfungen ergoß sich dann über die rosigen Lippen Tinis. Es kam auch vor, daß sie ihn auf die Kollegin hetzte, die sich unterstanden hatte, ihn nicht für das Ideal eines Mannes zu halten. Auf diese wartete er auf der Straße, um sie in Gegenwart einer ganzen Ansammlung von Menschen schreiend zu beschimpfen. Tini war dann stolz und schritt wie eine Triumphatorin an seiner Seite von dannen.
Mit vierzehn Jahren kam auch ihre Schwester, die eine ausgesprochene Schönheit war, in die Fabrik. Sie war ganz anders wie Tini. Sie strebte nach dem äußeren Schein und wollte „etwas sein". Mit fünfzehn Jahren ging sie durch, um sich dem Theater zuzuwenden. Ein Beschützer hatte sich gefunden, der sie ausbilden lassen wollte. Er nahm sie mit sich nach Berlin, von wo sie nach zwei Jahren mit einem kleinen Kind ganz verelendet zurückkam. Die schönen Kleider, die ihr der Beschützer gekauft hatte, sahen nur mehr wie Lumpen aus. Später fand sie doch noch ein bescheidenes Glück beim Theater.
Die Rosel war auch ein hübsches Mädchen. In den Mittagsstunden am Montag schwelgte sie noch in den Genüssen des Sonntags. Sie pflegte zur Tanzmusik, zum sogenannten Fünfkreuzertanz zu gehen. Sie war erst siebzehn Jahre alt und stand

allein in der Welt. Sie wohnte als Bettmädchen irgendwo in einer Küche, wo sie das Bett noch mit einem zweiten Mädchen teilen mußte. Sie hatte immer einen Liebsten, aber nicht immer denselben. Wenn sie sich mit dem einen gestritten hatte, fand sie beim Fünfkreuzertanz einen anderen. Mit grenzenloser Offenheit erzählte sie alles, was sie am Sonntag erlebte. Andere Mädchen waren über die Erzählungen Rosels entsetzt. Sie blickten in einen Abgrund, von dessen Vorhandensein sie keine Ahnung gehabt hatten. Sie hörten Worte, deren Sinn sie nicht verstanden, sie sahen Gebärden, die ihnen gemein erschienen und deren Bedeutung sie doch nicht erfaßten. Über diese Unerfahrenheit machte sich Rosel mit gleichgesinnten Kolleginnen lustig. Dieselben Arbeiterinnen, die sich so schrankenlos dem hingaben, was sie für Genuß hielten, waren fast immer fromm. Wenn sie aber aus dem Beichtstuhl kamen, machten sie sich lustig über die Fragen, die man dort an sie gerichtet hatte. Und wie abfällig und unduldsam konnten sie über solche sprechen, die nicht ihres Glaubens waren!

Da war die schwarze Marie, die ob ihrer Augen, die wie Kohlen funkelten, bewundert wurde. Sie lernte den Diener eines Generals kennen, und eine „große Partie" stand ihr da bevor. Aber der Zukünftige war Protestant, und er verlangte, daß seine zukünftige Gattin seine Religion annehmen sollte. Sie tat es. Die Kolleginnen aber brachen über sie den Stab, als sie es erfuhren. Das Problem der Jungfrau Maria wurde in den Pausen erörtert, da man wußte, daß die protestantische Religion dieses Mysterium nicht anerkannte. Aber die schwarze Marie liebte ihren Karl über alles. Da sie von ihrem Stiefvater wegen ihrer Liebe mißhandelt wurde, verließ sie das Vaterhaus. Sie bezog im Hause ihres zukünftigen Gatten eine Schlafstelle. In kurzer Zeit sollte die Hochzeit stattfinden, es war nur noch die Einwilligung des Stiefvaters, eines Schutzmannes, einzuholen. Dieser wollte die Stieftochter nicht heiraten lassen, weil er einen Sohn hatte, den er studieren ließ, wozu die Stieftochter mit ihrem Verdienst beitragen mußte. Die arme Marie hatte fast nichts anzuziehen, sie mußte oft Hunger leiden, damit von ihrem Wochenlohn von fünf Gulden die Studienkosten des Stiefbruders mit bestritten werden konnten. Sie war eine arme Dulderin, die bisher nie eine frohe Stunde gehabt hatte. Da sie herzensgut war, hatte man sie ohne Mühe ausnützen können.

Jetzt aber liebte sie, und sie wollte glücklich werden. Da der, den sie liebte, ein braver Mann war, standen ihr wirklich bessere Tage bevor. Wenn „Seine Exzellenz" der Herr General nicht zu Hause war, lud sich sein Diener einen kleinen Freundeskreis in das hübsche Zimmer, das ihm zur Verfügung stand. Zur Gesellschaft gehörte ein Feldwebel, dann der Reitknecht eines Erzherzogs, meine Mutter und ich. Es waren ganz hübsche Abende, die mit Plaudern, Spiel, Gesang und Tanz zugebracht wurden. Meine Mutter überraschte mich eines Tages mit der Mitteilung, daß der Reitknecht ihr gesagt habe, daß er mich zur Frau wolle. Damit mußten meine Besuche in dem kleinen traulichen Heim aufhören. Der Reitknecht war zwar ein höchst achtbarer, sympathischer und stattlicher Mensch. Ein Reitknecht bei einem Erzherzog, mit sicherem Gehalt, freier Wohnung im erzherzoglichen Palais und Aussicht auf eine Alterspension war schließlich für ein armes Fabrikmädchen keine üble Partie. Aber ich spürte nichts von der großen Liebe, die ich aus vielen Romanen kannte, und die mir für eine glückliche Ehe unerläßlich schien.

Ich kam erst wieder zur schwarzen Marie, wie sie noch immer genannt wurde, als ihre Hochzeit stattfand. Sie ging nicht mehr in die Fabrik, sondern widmete sich schon jetzt ihrem zukünftigen hauswirtschaftlichen Beruf. Später verließ sie mit ihrem Mann Wien, und ich sah sie erst wieder, als sie einmal mit ihrem dreijährigen Söhnchen zu mir kam und sich als wohlbestallte Geschäftsfrau vorstellte. So wie das Schicksal Menschen auseinander zu reißen pflegt, so ging es auch mir mit der schwarzen Marie. Trotz unserer freundschaftlichen Beziehungen verschwand sie für lange Jahre aus meinem ferneren Leben. Erst die Arbeiterbewegung, der sich auch ihr Mann anschloß, brachte uns wieder zusammen. Sie war eine der glücklichsten von meinen Kolleginnen geworden. Wenn wir uns noch ab und zu von ihr unterhielten, dann meinten die Kolleginnen, daß der Wechsel des Glaubens, in dem man geboren sei, kein Glück bringen könne. Ich wieder verfocht die Meinung, daß Glaube und Nation bei Schließung eines Ehebundes gar nicht in Betracht kommen können und dürfen, nur der Empfindung des Herzens solle gehorcht werden.

Kollegin Wally mag den Reigen schließen. Sie war ein Mädchen von fünfundzwanzig Jahren, als sie in unsere Fabrik kam.

Ihr Schicksal war ein sehr trauriges. Sie war von Kindheit an geistig zurückgeblieben. Wieviel davon angeboren und wieviel durch die Erziehung verschuldet war, konnten wir natürlich nicht feststellen. Aber das eine ist leider wahr, daß die arme Wally von ihren Mitmenschen vielen Spott erdulden mußte. Niemand fiel es ein, mit der unglücklichen Person Mitleid zu haben, alle sahen in ihr nur eine Zielscheibe für ihre grausamen Späße. Wally war von üppiger Gestalt, ihr volles Gesicht war weiß und rosig, die Haut fein. Das schöne, volle Blondhaar legte sich als Kranz um das Haupt. Der Gesichtsausdruck aber war ungemein geistlos. Sie war eine Weberstochter, und ehe sie in unsere Fabrik kam, war sie Spulerin gewesen. Ihre Eltern hatten viel Schuld, daß sie so dem Spott ausgesetzt war, denn sie behandelten sie wie ein Kind. Täglich, ehe sie zur Fabrik ging, bekam sie Lehren und Ermahnungen auf den Weg mit. Wally hatte eine Schwester, die an einen wohlhabenden Schneidermeister verheiratet war und die nun in der Familie als die große, vornehme Dame behandelt wurde. Wenn Wally zu ihr ging, wurde ihr von der Mutter eingeschärft, der Schwester die Hand zu küssen. Und die Frau Schneidermeisterin reichte ihrer Schwester, so wie sie es bei den Lehrmädchen zu tun pflegte, die Hand zum Kusse hin. Was konnte aus einem Geschöpf, das unter solchen Verhältnissen heranwuchs, werden? Als ihr Vater starb, da wurde sie herumgeschickt, die Freunde und Bekannten zum Begräbnis einzuladen. Als sich die Trauergesellschaft versammelt hatte, tuschelte man über die Art und Weise, wie sie von Wally eingeladen worden war: „Einen schönen Gruß vom Vater und Sie sollen zur Leich kommen." Die guten Verwandten und Bekannten machten sich keine Sorgen, was nun aus diesem Geschöpf werden sollte, nachdem der Vater im Grabe ruhte und die Mutter in das Armenhaus gehen mußte. Durch besondere Protektion war sie in der Fabrik aufgenommen und meine Kollegin geworden. Man stelle sich nun vor, daß dieses fünfundzwanzigjährige Mädchen, das noch nie einen selbständigen, unbehüteten Schritt getan hatte, unter eine so große Masse von Frauen kam, die, wenn auch nicht aus vorsätzlich bösem Willen, so doch sehr geneigt waren, sich auf Kosten der geistesschwachen Wally lustig zu machen. Nicht lange stand Wally allein in der Welt, als sie vom Unglück ereilt wurde. Im Findelhaus brachte sie ein Kind zur Welt, dessen

Vater sie nicht kannte. Da es sich herausstellte, daß sie unfähig war, sich selbst durchs Leben zu bringen, kam sie ins Versorgungshaus, wo sie nach wenigen Jahren starb. Ich habe nie vernommen, was aus ihrem Kind geworden ist, ob dieses Geschöpf, das eine Schwachsinnige zur Mutter und einen vermutlich Charakterlosen zum Vater hatte, ein brauchbares Glied der Gesellschaft geworden ist. Und wenn nicht, wenn es auf Abwege geriet, wird es da wohl einen Richter gefunden haben, der aus dem Woher des armen Kindes die richtigen Schlüsse zu ziehen verstand?

Und nun einiges darüber, wie ich selbst inmitten dieser verschiedenen Menschen beeinflußt wurde. Einige Episoden sollen einen Einblick geben, nach welcher Richtung es mich drängte.
Der Schmelzer Friedhof zu Wien, auf dem einst der Obelisk der Märzgefallenen stand, nahm in meiner Jugend eine besondere Stellung ein. Er war der Vertraute und Hüter aller meiner Erlebnisse. Von meinem Schmerz und meinem Glück, von meinen Freuden und Qualen, wie sie jedem, auch dem bescheidensten Leben beschieden sind, war der Friedhof am Rande des großen Exerzierfeldes Zeuge. Wenn der Frühling kam, begann ich alle meine freien Sonntage dort zuzubringen. Ganz oben, wo die Mauer den Friedhof vom Exerzierfeld trennt, stand neben verlassenen Gräbern, die von niemandem mehr besucht wurden, eine Trauerweide und darunter eine primitive, gerade für eine Person bestimmte Holzbank. Dort las ich meine Dichter: Lenau, Chamisso, Schiller, dann alle Romane, die mir in die Hand kamen.
Wenn der Flieder blühte, dann war der ganze Friedhof von seinen Düften erfüllt, denn zahllose Fliedersträuche befanden sich an dem idyllischen Ort. Manchen Zweig nahm ich mit nach Hause, obwohl es im Volksmund heißt, man dürfe vom Friedhof keine Blume nach Hause tragen, sie bringe den Tod. Nur der Wächter durfte nichts von dem Raube sehen. Ich versteckte die Zweige in meinem Sonnenschirm, nur um in unser Stübchen etwas von dem herrlichen Dufte mitnehmen zu können. Wenn ich arbeitslos war, selbst im Winter, wenn Schnee die Gräber deckte, ging ich oft auf den Friedhof und hielt dort meinen Mittagstisch, auf irgendeinem verschneiten Grabhügel sitzend. Dieser Ort barg meine Liebe, eine phantastische, schwärme-

rische Mädchenliebe. An den Tagen, an welchen die gläubige Christenheit Lichter brennt für die armen Seelen im Fegfeuer, ging auch ich zu meinem Grab und brannte Wachskerzchen an. Wie andere ging ich erst zu dem im Mittelpunkt des Friedhofs hochaufgerichteten Heiland am Kreuze. Mit anderen betete ich dort am Betschemel kniend und blickte voll tiefen, heiligen Mitleids auf die von den Nägeln durchbohrten Hände und Füße des gekreuzigten Jesus. Wenn ich mit meiner Andacht fertig war, besuchte ich, wie das üblich war, die berühmten Gräber und Grüfte, den Blumen- und Laternenschmuck bewundernd. Dann aber schlug ich meine eigenen Wege ein. Auf der rechten Seite des Schmelzer Friedhofs befand sich das Grab, das meine Liebe barg. Kein Name war dort zu lesen, ich wußte nicht, wer unter diesem Hügel ruhte. Aber eine Gestalt befand sich dort, eine Gestalt aus leblosem Stein, die mich immer wieder anzog. Ein Jüngling in der Rüstung eines Ritters. Das Visier war geöffnet und ließ ein schönes, anmutiges Antlitz sehen. Auf dem zu seinen Füßen lehnenden Schild waren nur das Geburts- und Sterbejahr verzeichnet. Vierundzwanzig Jahre alt war der gewesen, dessen Leib hier begraben war. Meine Phantasie wob Märchen um die anziehende Jünglingsgestalt in mittelalterlicher Rüstung. Ich konnte mir den Jüngling lebend vorstellen und schmückte ihn mit den herrlichsten Eigenschaften.
Am Allerheiligentag kaufte ich mir Wachskerzchen, die ich an seinem Grabe anzündete. Es war ein verlassenes Grab. Nie habe ich jemanden dort gesehen, der ein Recht darauf gehabt hätte. Nur Neugierige blieben stehen und sahen die Statue an. Kein Baum, kein Blumenschmuck zierte je diese mich so fesselnde Ruhestätte. Ich betete für seine „arme Seele" und brannte Kerzen für einen, dessen Namen ich nicht wußte, den ich lebend nie gekannt und der wohl einer ganz anderen Welt angehört hatte als die war, in der ich lebte. Mädchenphantasien! Ich schäme mich ihrer nicht. Gehören doch diese phantastischen Mädchenträume zu den schönsten Erinnerungen meiner Jugend. Schließlich habe ich ja den Weg in die Wirklichkeit nicht verloren. Vom Beten für die im Fegfeuer Schmachtenden habe ich gelernt, mit vielen Tausenden für die Erweckung der Lebenden zu ringen. Möchten doch alle, die am Allerheiligen- und Allerseelentage noch Erlösungskerzen brennen, bald selbst erleuchtet werden, um zu lernen, nach ihrer eigenen Erlösung zu streben.

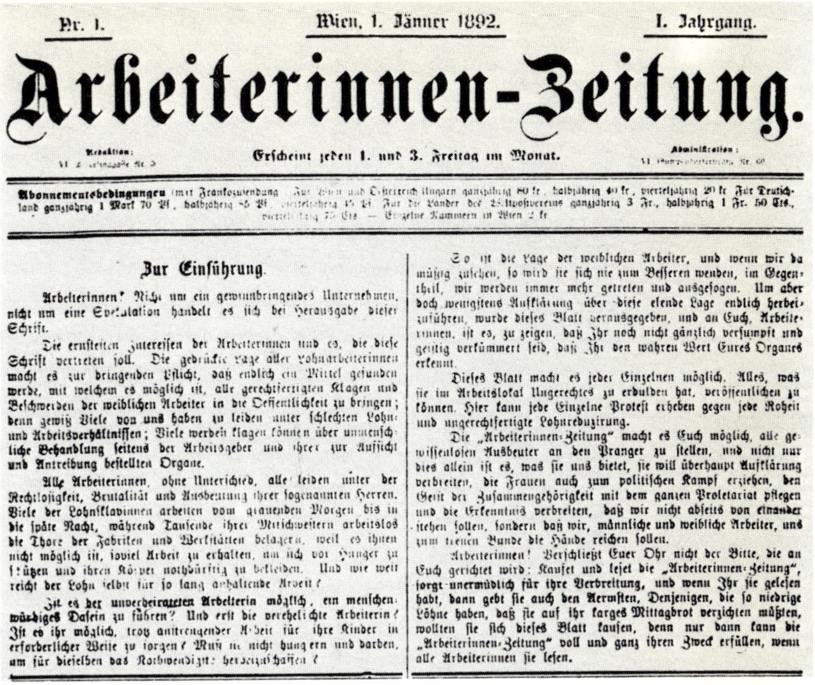

Abbildung 9: Adelheid Popps erster Zeitschriftenartikel (1892)

Her mit dem Frauenwahlrecht!

Die Frau des zwanzigsten Jahrhunderts ist politisch mündig geworden und trutziglich fordert sie ihre Staatsbürgerrechte.

Vollgewichtig sind ihre Gründe, die sie für ihren Rechtsanspruch ins Feld führt, wenn sie erklärt:

Die Frauenarbeit bildet einen wichtigen, unentbehrlichen Faktor

im Wirtschaftsleben der Völker. In Industrie und Landwirtschaft, in Handel und Verkehr, in Kunst und Wissenschaft, allüberall steht die Frau als Gleichverpflichtete neben dem Manne, bemüht das Erbe der Kultur zu erhalten und zu mehren. Stetig und in immer schnellerem Tempo wächst die Zahl der weiblichen Erwerbstätigen. Sie wächst schneller sogar als die weibliche Bevölkerung. Im Jahre 1882 wurden in Deutschland 5 541 517 weibliche Erwerbende gezählt, im Jahre 1895 dagegen 6 578 550 und im Jahre 1907 musterten wir:

9 492 881 weibliche Erwerbstätige.

Die angegebenen Zahlen zeigen klärlich, in wie hohem Maße die Frauen durch ihrer Hände und ihres Kopfes Arbeit zur Erhaltung und Fortentwicklung der Gesellschaft beitragen. Diese Leistung für die Gesamtheit gibt ihnen schon allein einen vollbegründeten Anspruch auf Staatsbürgerrechte, auf das Wahlrecht.

Doch zu dieser Leistung für die Gesellschaft kommt eine andere, nicht minder wichtige und bedeutsame hinzu. Die Fortpflanzung und Erhaltung der Art, das Gebären, Pflegen und Erziehen der kommenden Generation. Der Dienst, den die Frau durch

die Mutterschaft

der Gesellschaft leistet, ist der höchsteinzuwertende, der ihren Fortbestand erst ermöglicht. Er ist aber auch ein schwerer und gefahrvoller Dienst. Wir wollen dabei nicht von den Schmerzen, den Beschwerden und den Gefahren der Schwangerschaft reden, sondern nur von den vielen Opfern an Gesundheit und Leben, die alljährlich von den Hunderttausenden von Frauen gebracht werden müssen, die unter sozial ungünstigen Verhältnissen Mutter werden. Sterben doch jährlich zirka 10 000 Frauen bei oder kurz nach der Geburt und mindestens

50 000 Frauen erkranken schwer

an den Folgen von Geburt und Schwangerschaft. Diese Tatsache beweist, daß die Frauen als Mütter weit, weit mehr Opfer an Leben und Gesundheit bringen, wie die Männer als Soldaten in Kriegszeiten. Dabei ist einer der „gewichtigsten Gründe", den die Gegner des Frauenwahlrechts ins Feld führen, daß die Frau die Wehrpflicht nicht ausübe, die als Entgelt für das Wahlrecht anzusehen sei. Wie „gewichtig" dieser Einwand ist, zeigen obige Zahlen.

Aber auch an den öffentlichen Lasten, zur Erhaltung des Staates tragen die Frauen das ihrige bei. Nach ihrem Einkommen und Vermögen haben sie just wie der Mann direkte Steuern zu zahlen, in allen Fällen aber

indirekten Steuern

bei jedem Bissen Brot, jedem Stückchen Wurst, jeder Tasse Kaffee, kurzum, bei fast jeder Kleinigkeit, die sie verbrauchen.

Ist somit der Rechtsanspruch der Frau auf das Wahlrecht voll erwiesen, so wollen wir gleichzeitig die Notwendigkeit seines Besitzes für sie nachweisen: Da das Wahlrecht uns einen Einfluß auf Gesetzgebung und Verwaltung einräumt, so bedeutet sein Besitz ein Stück Macht, eine Waffe, die wir nützen können, um unsere Interessen wahrzunehmen. Die Frauen, die durch die Not des Lebens aus dem schützenden Heim hinausgetrieben sind in die Erwerbsarbeit, sind damit den gleichen, oft noch viel schlimmeren Gefahren ausgesetzt als der Mann und bedürfen aus diesem Grunde dringend des Wahlrechts, um in diesen Kämpfen gerüstet und wehrfähig zu sein. Folgende Beispiele mögen das zeigen. Die

gesetzliche Verkürzung der Arbeitszeit

ist ohne Zweifel notwendiger für die erwerbstätige Frau als für den Mann. Einmal hat die Frau neben der Erwerbsarbeit durchweg noch Hausarbeit zu leisten. Die doppelte Arbeitslast untergräbt ihre Gesundheit, läßt sie früh altern und früh invalide werden, raubt ihr Lebenslust und -freude. Zweitens hat die erwerbstätige Frau noch die Lasten und Beschwerden der Mutterschaft zu tragen und jede Gesundheitsschädigung der Mutter trifft fortwirkend auch das Kind. Im Interesse der eigenen Gesundheit und der kommenden Generation würde also sicher die Frau ihr Wahlrecht nutzen, um eine starke Verkürzung der Arbeitszeit durch die Gesetzgebung durchzusetzen, um eine Erweiterung und Ergänzung all jener Bestimmungen und Maßnahmen zu erzwingen, die geeignet sind, Leben und Gesundheit der Arbeitenden zu schützen. Heute fehlt ihr dieser Einfluß. Das Arbeitsverhältnis bedingt für Mann und Frau gleichermaßen große Differenzen, die vor

dem Kaufmanns- oder Gewerbegericht

auszutragen sind. Den in Handel und der Industrie, in Landwirtschaft und Bergbau beschäftigten Mädchen und Frauen liegt natürlich viel daran, daß nicht nur ganz allgemein Personen mit sozialen Empfinden und Verständnis als Richter fungieren, sondern auch Personen, die ganz genau, aus eigener Erfahrung die Bedingungen kennen, unter denen die weiblichen Arbeiter und Angestellten schaffen, die just in das weibliche Empfinden und Seelenleben hineinzuversetzen vermögen und die das am besten und vollkommensten natürlich die Frauen. Das aktive und passive Wahlrecht zu diesen Berufslaiengerichten ist deshalb eine Notwendigkeit für sie. Als Erwerbstätige den verschiedenen Zweigen der Versicherungsgesetze untersteht, liegt es den Frauen nicht nur daran, diese Gesetze zu erweitern und fortzuentwickeln, sondern auch ihre Auslegung und Anwendung zu beeinflussen, also eine Einwirkung auf die Verwaltung zu bekommen. Das ist heute nur in ganz verschiedenem Maße möglich, weil die Frauen nur zu den Vertreterwahlen der Krankenkassen das Wahlrecht haben und dadurch nur indirekt zu den übrigen sozialen Körperschaften; durch die große Bedeutung, die die Sozialgesetze just für das Leben der Frau haben (neben Kranken-, Invaliden- und Unfallversicherung von der Witwen- und Waisenversicherung), ist die Wichtigkeit und Notwendigkeit des allgemeinen, gleichen, direkten und geheimen

Wahlrechts zu den sozialen Körperschaften

erwiesen.

Doch nicht nur die erwerbstätigen Frauen und Mädchen haben an der Gestaltung der genannten Gesetze und Einrichtungen das lebhafteste Interesse, sondern als Mütter und Gattinnen auch alle übrigen Frauen. Denn es ist doch klar, die dieser Gesetzen unterstehen, von der Beschaffenheit und Anwendung auch ein Teil ihr Schicksal abhängt.

Eine ganze Reihe von Reichs- und Landesgesetzen, von kommunalen Einrichtungen, verknüpfen gleichermaßen das Interesse der Erwerbstätigen und

der Hausfrauen

mit dem öffentlichen und politischen Leben. Da ist zunächst die Zoll- und Steuergesetzgebung, die schier unerträgliche Lasten den ärmeren Volksschichten aufgebürdet hat: Fleisch und Brot, Butter und Käse, Salz und Zucker, Kaffee und Tee, Streichhölzer und Petroleum, Kleidung und Schuhe und noch viele andere notwendige Gebrauchsgegenstände sind gleichermaßen durch Steuern und Zölle in wucherischer Weise im

Abbildung 10: Forderungen der sozialdemokratischen Frauenbewegung (1908)

Frauenwahlrecht!

Herausgegeben zum Vierten Sozialdemokratischen Frauentag von Klara Zetkin

Stuttgart, 8. März 1914

Der Tag wird kommen.

Wir harren all auf einen Tag,
Und der Tag, der Tag wird scheinen,
Für die Großen ein flammender Wetterschlag
Und ein Ostertag für die Kleinen,
Wo die Sonne aufgeht wie Blut so rot
Und der Mond so bleich als wie der Tod —
Der Tag wird kommen!

Ihr habt das Meer und des Stroms Gebraus
In des Winters Fesseln geschlagen
Und habt erbaut euer stattliches Haus
Auf dem Eise, das muß euch tragen.
Doch horch! wie's stöhnt und dröhnt und kracht.
Der Grund ist lüstern nach eurer Pracht —
Der Tag wird kommen!

Weh euch! Wenn der Frühling stürmt und saust,
Bis die berstenden Schollen brechen,
Bis der Bach und der Fluß und der Strom erbraust,
Die gefesselten Geister sich rächen;
Und das rote Meer, das vergossene Blut,
Den Pharao frißt samt seiner Brut —
Der Tag wird kommen!

Ja, kommen wird er, dem Simson gleich
Die gewachsenen Locken schüttelnd
Und an den Säulen von eurem Reich
Mit riesigen Armen rüttelnd;
Und wird euch singen ein Lied dabei,
„Allons enfants" heißt die Melodei —
Der Tag wird kommen!

O herrlicher Auferstehungstag!
Wenn sie aufstehn die Nationen,
Hinwegzufegen mit einem Schlag
Die Throne zusamt den Drohnen;
Wenn das Volk einherzieht zum Gericht,
Und sein gewaltiges Schuldig spricht —
Der Tag wird kommen!

Ja, kommen wird er wie 's Morgenrot,
Das heraufsteigt jeden Morgen;
Und kommen wird er als wie der Tod,
Dem bleibt kein Haupt verborgen.
O glühender, blühender Ostertag!
O mächtiger, prächtiger Wetterschlag! —
Der Tag wird kommen!

Ludwig Pfau.

Verheißung.

Laut klingt am Frauentag das wundersame Lied der Zeit. Es klingt von Klage und Sehnsucht und klingt von Donner und Sturm. Über das Gewirr von Klängen, die das Leid gebar, erhebt sich eine stolze, kühne Melodie, die ganz Kraft und ganz Wille, ganz Freude und Siegeszuversicht ist. Das Lied dringt aus schwülen, lärmvollen Fabriksälen, aus dumpfigen Werkstätten und unruhvollen Verkaufsläden; es steigt aus der düsteren Nacht der Gruben auf und zieht über die Felder und Wälder; die Wellen der Flüsse singen es, die Mühlräder treiben und elektrische Kraft spenden; es flutet auf den Wogen der Ozeane, die von den Riesendampfern gepflügt werden. Es klingt in vielen Sprachen und ist doch überall gleich. Es ist das Lied der Arbeit, die heute ausgebeutet und geknechtet ist, doch morgen frei sein wird. Frei aus eigener Kraft!

Das Lied tönt auch von Weibeslippen. Millionen Frauen zinsen der Macht, die Herrschaftsgewalt über die Arbeitenden hat und deren Recht ist als ihr Geschöpf. Sie sind Lohnsklavinnen des Kapitals, das ihre Weibestugenden wie ihre Menschenrechte in seinen Profitmühlen zermalmt. Millionen Frauen fluchen als Gattinnen und Mütter dem ausbeutenden Mammon, der die Männer knechtet und aussaugt, die Leiber und Geister ihrer Kinder mit Entbehrungen züchtigt und ihre Zukunft bedroht. Was ist des Lebens Erbteil für all die ungezählten Frauen, die kommende Geschlechter in ihrem Schoße tragen, die kommende Geschlechter mit ihrem Blute nähren, mit ihrem Herzen wärmen, mit ihrem Geiste erleuchten sollen? Schaut die gedrückten, kummervollen Gestalten, die abends mit angstklopfenden Herzen und bitterem Sinn dem Heim zueilen, um zur Erwerbsfron des Tages die häusliche Arbeit in der Nacht zu fügen. Die bei dem Gedanken schaudern, daß die Krise oder eine Zufälligkeit des Marktes, eine Laune des Vorgesetzten das hart ermühte Stück Brot raubt oder schmälert. Die scheu, mit leerem Magen, in dünnen, häßlichen Gewändern zur Seite stehen, wenn tagdiebende Herren und Damen in Equipagen vorübersausen, die fremde Arbeit gebaut und bezahlt hat. Die darben und ihre kargen Mußestunden opfern, um ein paar Brocken Wissen zu erraffen und dürftige Strahlen der Naturherrlichkeit, des Kunstgenusses zu erhaschen. Die vor Krankheit und Alter mehr zittern als der Zuchthäusler und der schweren Stunde im Leben des Weibes mit quälenderer Sorge entgegensehen als die Jungfrau in Bethlehems Stall. Die mit lodendem Grimm in der Seele erleben, wie die kapitalistische Ausbeutung Eltern, Gatten, Brüder und Schwestern mit Skorpionen peitscht, wie sie lebendiges Menschentum zerstampft und Talent und Tugend als Handelsartikel in den Kot zieht. Die den Tod im Herzen ihre Kinder sterben — schlimmer noch! — verderben sehen. Die sich nicht einmal mit den gleichen Waffen wie ihre Brüder gegen Ausbeutung und Knechtschaft wehren können, weil sie Rechtlose sind im Rate der Gemeinde und des Staates.

Abbildung 11: Schrift zum Frauenwahlrecht, herausgegeben von Klara Zetkin (1914)

Abbildung 12: Plakat (1896)

Rüstet zur Maifeier!

Parteigenossen, Parteigenossinnen!

Der 1. Mai steht vor der Tür. Das Proletariat aller Länder, zu dem die völkerbefreiende Idee des Sozialismus gedrungen ist, rüstet sich, den Weltfeiertag der Arbeit festlich zu begehen und erneut den vom Pariser Internationalen Kongreß beschlossenen Forderungen demonstrativen Ausdruck zu geben.

Die Maifeier ist den **Klassenforderungen des Proletariats** und der **Propaganda für den Weltfrieden** gewidmet. Gegenüber den von Jahr zu Jahr immer tollere Ausdehnung annehmenden Flotten- und Heeresrüstungen der bürgerlichen Gesellschaft gibt die internationale Arbeiterschaft am 1. Mai ihrem unwandelbaren Willen Ausdruck, den Frieden zwischen den Völkern zu erhalten und jedem aus kapitalistischer Beutegier oder absolutistischer Laune geborenen Verhetzungsversuch energisch entgegenzutreten.

Gleichzeitig demonstriert das Proletariat

für den Achtstunden-Arbeitstag
für internationalen Arbeiterschutz
gegen jede politische Entrechtung.

Mit jubelnder Begeisterung wurde der Gedanke der Maifeier vor 18 Jahren von der Arbeiterschaft aufgenommen und im folgenden Jahre zum ersten Male in die Tat umgesetzt. Die unversiegliche Werbekraft des **Maigedankens** hat sich seitdem von Jahr zu Jahr immer siegreicher entfaltet, trotz brutaler Drohungen und Aushungerungsversuche der Kapitalistenklasse.

Arbeiter und Arbeiterinnen!

Zeigt auch in diesem Jahre, daß ihr durch keine Macht der Welt euch die Idee des 1. Mai verkümmern laßt!

Rüstet für eine würdige Demonstration am Weltfeiertag des Proletariats!

Abbildung 13: Aufruf zur Maifeier (1908)

Abbildung 14: Bekämpfung der Trunksucht. Aus: Rheinische Zeitung. Köln, 1912

Arbeiter, meidet den Schnaps!

Mit jedem Gläschen, das ihr trinkt, verleiht ihr dem Staat und der herrschenden Gesellschaft Mittel zu eurer Knechtung und, was noch schlimmer ist,

ihr betrügt euch selbst.

Jeder Alkoholgenuss ist eine Steuerzahlung!

Statt ihre eignen Organisationen zu fördern, unterstützen die Arbeiter durch ihren Alkoholverbrauch den Staat, der sie unterdrückt und der Kapitalistenklasse dient. Sie führen einen Kampf gegen den Militarismus und Marinismus und ernähren ihn doch selbst durch ihren Alkoholgenuß. Niemand zwingt sie dazu, kein Gebot und keine Not, aber sie tun es dennoch, schmieden ihre eignen Fesseln, binden sich den Geist und binden sich die Hände,

liefern sich ihrem Klassengegnern aus
durch den Alkoholgenuß!

Darum, nicht nur im Interesse des leiblichen Wohles des einzelnen, sondern vor allem

im Interesse der kämpfenden Klasse

fordern wir Einschränkung des Alkoholgenusses. Das ist der Sinn des auf dem Leipz. Parteitag gefaßten Beschlusses.

Publikations-Organ der freien Gewerkschaften

Dortmund, Mittwoch, den 26. April 1911

Abbildung 15: Aufruf der Gewerkschaften (1911)

Abbildung 16: Der Alkohol schafft gefährliches Vergessen und falsches Selbstbewußtsein

Mein Ritter vom Schmelzer Friedhof war seit vielen Jahren aus meiner Erinnerung ausgelöscht. Da hatte ich in den letzten Jahren eines Tages in der Werkstätte eines Bildhauers zu tun. Unter allerlei Gerümpel entdeckte ich dort auch „meinen Ritter". Beim Auflassen des Friedhofs war er in die Bildhauerwerkstätte gekommen. Sein Anblick erweckte die Erinnerungen an jene Mädchenträume, die ich hier erzählte.

Im Alter von siebzehn Jahren erhielt ich folgenden Brief:

Stern meines Lebens, Angebetete, Heißgeliebte!
Ich liebe Dich mit aller Glut meines Herzens und bitte Dich auf meinen Knien, mir ein Lächeln, einen holden Blick zu schenken, was mir den Himmel auf Erden bedeuten wird. Ich liebe Dich, wie noch kein Mädchen geliebt wurde. Erhöre mich und ich will Blumen unter Deine Füße streuen. Jeder Wunsch, den Dein Auge verrät, soll erfüllt werden, aber sage mir, daß Du mich liebst. Nimm den Ring zum Zeichen meiner Liebe, und wenn ich ihn an Deinem Finger sehe, will ich Dich preisen als den Stern meines Lebens. In Liebe und Treue
  Wendelin Ziegler.

Der Briefschreiber war ein junger Maurergeselle. Ich war entrüstet, denn meinen sozialen Ansprüchen konnte nur genügt werden, wenn der Bewerber mindestens Kanzleischreiber war. Denn immer hörte ich erzählen, daß es das schönste Los sei, einen Mann mit festem Gehalt und Aussicht auf Altersversorgung zu bekommen. Und nun kam ein ganz gewöhnlicher Maurergeselle und gestand mir seine Liebe. Zudem merkte ich sofort, daß der Brief aus einem Briefsteller abgeschrieben war. Ich beantwortete ihn so:

Werter Herr Ziegler!
Erstens will ich überhaupt noch keinen Mann, weil ich zu jung bin. Ich bin erst siebzehn Jahre alt. Außerdem möchte ich keinen Mann, der die Liebesbriefe aus einem Liebesbriefsteller herausschreibt. Den Ring schicke ich zurück, da es sich nicht schickt, von einem fremden Mann ein Geschenk anzunehmen.

Wendelin Ziegler, der so kränkend behandelt wurde, war einer der bravsten, tüchtigsten Arbeiter und dabei herzensgut. Aber nicht nur, daß er ein Maurergeselle war, es fehlte ihm auch das Stolze, Imponierende, das nach den Vorstellungen eines siebzehnjährigen, von Romanen beeinflußten Mädchens zu den unerläßlichen männlichen Attributen gehörte.

Als sich schließlich doch ein Schreiberlein einstellte, war es auch nicht der Rechte. Wenn seine Hand die meine berührte, empfand ich nur ein Gefühl des Schauderns.

Dann kam der Sohn eines Schneidermeisters. Er war elegant, groß und schlank. Seine Sprache war gewählt. Aber in Romanen hatte ich gelesen, daß sich die Liebe auf den ersten Blick einstellen müßte, wenn der Rechte komme. Ich empfand aber nichts von solchen Gefühlen beim Anblick des Herrn Sebastian Schattenbauer.

Eines Tages lud der Bewerber mich ein, ihn zu den Volkssängern zu begleiten. Als „besserer" Mensch hatte er einen Freitag ausgewählt, also den Tag, an dem die „feinen Leute" zu Vergnügungen zu gehen pflegten. Er erschien in Frack und Zylinder, um mich und meine Mutter abzuholen. Eine Kollegin hatte mich kunstvoll frisiert, und eine zarte rosa Seidenkokarde schmückte mein Haar. Kurz zuvor hatte ich mir in einem Geschäft für „abgelegte Herrschaftskleider" ein schwarzes Kleid gekauft, das mit Ekrüspitzen geputzt war. Es hatte acht Gulden gekostet, und ich trug es mit so großer Wonne, als wäre es eben aus einem erstklassigen Atelier gekommen. Einen Fächer, den ich einmal zum Geschenk bekommen, trug ich an einer Schnur um die Taille, auf die ich sehr stolz war, denn sie hatte nur 52 Zentimeter Umfang, und man erzählte sich, daß die Kaiserin Elisabeth nie mehr als 46 besessen, und ich strebte sehr danach, die Kaiserintaille zu erreichen. Ich versuchte ein Mieder zu tragen, das ich um 80 Kreuzer erstanden hatte, aber die Holzstäbchen, die eingenäht waren, bohrten sich in das Fleisch und drückten blutige Furchen. Da mußte das Folterinstrument, das nicht nur geeignet war die Taille zu verengen, sondern auch Hungergefühle zu unterdrücken, nach einigen Stunden wieder abgelegt werden, ohne Rücksicht auf die Taille. Bei einem Trödler hatte ich mir hübsch aussehende, aber schon getragene, mit Lackleder besetzte Schuhe gekauft, die meinen Arbeitgeber einmal, als er mich über die Stiege kommen sah, zu dem Ausruf veranlaßten:

„Sie tragen ja Schuhe wie eine Baronesse!" Von meiner Mutter hatte ich einen einfachen Ring zum Geschenk erhalten, der mit kleinen Türkisen besetzt war und den ich als mein einziges Schmuckstück wie ein Heiligtum hütete.
So gingen wir zu den Volkssängern. Herr Sebastian Schattenbauer hatte an einem erstklassigen Tisch die Plätze für uns genommen. Als Hausherrnsohn vom Grund stand er mit der Volkssängergesellschaft in freundschaftlichen Beziehungen und spielte sich gewissermaßen als ihr Mäzen auf.
Ich war nicht gerne mitgegangen, denn ich hatte, wie mir vorgeworfen wurde, „moralische Grundsätze wie ein Ritterfräulein aus dem sechzehnten Jahrhundert". Weder ich, noch die, die es sagten, hatten eine Ahnung davon, bis zu welchem Grade die Ritterfräulein jener Zeit moralisch waren. Man machte mir auch zum Vorwurf, daß ich wie eine Klosternonne lebe. Da aber meine Mutter ein Machtwort sprach, und ich schließlich auch Sehnsucht bekam, die vielberühmte Volkssängergesellschaft zu hören, so fügte ich mich. Das Ensemble hatte seine Brettlbühne in einem feinen bürgerlichen Gasthaus aufgeschlagen. Die Gäste waren sehr fein gekleidet, denn es war ja Honoratiorentag. Die Herren waren fast alle in schwarzen Röcken, die Frauen trugen reichgeputzte Kleider und dicke goldene Ketten. Ich war wohl die Einfachste in der ganzen Gesellschaft.
Sebastian Schattenbauer ließ gute Speisen und süßen Wein auftragen. Das süße Zeug schien mir ein Göttertrank zu sein. Aber das Schönste von allem war doch, daß unser Kavalier mit den Volkssängern wirklich intim befreundet war. Alle machten ihm in der großen Pause ihre Aufwartung. Das waren doch ganz andere Herren als Wendelin Ziegler. Zum Schluß wurde es immer lustiger, und ich sah merkwürdig geputzte Mädchen in das Lokal kommen. Ohne recht zu wissen warum, empfand ich Widerwillen und ein gewisses Unbehagen. Ich drängte nach Hause, denn auch Sebastian Schattenbauer hatte sich verändert. Er war unter der Wirkung des Weins ausgelassen geworden, und die Blicke, mit denen er mich ansah, erschreckten mich. Immer dringender bat er mich um meinen bescheidenen Ring. Schließlich zog er mir den Goldreif vom Finger, um ihn zu probieren, wie er sagte. Ich bekam ihn am selben Abend nicht mehr zurück. Aber mir war es an tausenderlei kleinen Dingen klar geworden, daß dieser Mann auf keinen Fall derjenige war, den ich

lieben konnte. Er behauptete, daß er ohne mich nicht leben könne, und zeigte eine Posse, die er für die Volkssänger geschrieben und die mich zur Heldin hatte.

Durch Zufall erfuhren wir, daß er schon irgendwo ein Mädchen, das durch ihn Mutter zweier Kinder war, verlassen hatte. Auch dieses Mädchen hatte er einst geliebt und dichterisch verherrlicht. Durch Aufwendung all meiner Willenskraft gelang es mir, diesen Freier in Zukunft fernzuhalten.

Wendelin Ziegler, der ehrliche Maurergeselle, der seine Liebesbriefe nur aus dem Briefsteller abschreiben konnte, mochte doch der Bessere und auch der redlichere Bewerber sein, aber was versteht ein siebzehnjähriges Ding davon, daß es nicht der normale Lauf der Welt ist, daß Fabrikmädchen von feinen, wohlhabenden Herren geheiratet werden. Einem siebzehnjährigen Mädchen bedeutet es noch nichts, daß die größere Gewähr für dauerndes Glück im Charakter desjenigen liegt, dem man angehören will, auch wenn er ein Arbeiter ist.

VI. Die Arbeiterbewegung — Agitationserlebnisse

Im Anfang der Arbeiterinnenbewegung mußte ein steiniger Weg voll Hindernisse zurückgelegt werden. Was wir heute als großes, imposantes Gebäude vor uns sehen, die sozialdemokratische Massenbewegung auf politischem, gewerkschaftlichem und genossenschaftlichem Gebiet, kannte man damals noch nicht. Die Entwicklung, die heute als Wirklichkeit vor uns steht, ließ man sich nicht einmal träumen. Eine Teilung der Arbeit im Parteigetriebe gab es nicht. Wer mitwirkte, hatte alles zu tun. Man war, wenn man nicht gerade eine Vorladung zu irgendeinem Polizeiamt hatte, und das gab es damals fast nach jeder Versammlung, im Bureau oder in einer Streikversammlung tätig. Da das Streiken noch nicht an feste Normen gebunden war, sondern ganz spontan ins Werk gesetzt wurde, gab es Streiks gar oft. Sie waren die Frühlingsboten der Arbeiterbewegung. Einmal streikten die Spinnereiarbeiterinnen, dann die Kartonnage- oder Hutarbeiterinnen. Dann wieder waren Versammlungen der Arbeitslosen, überall wollte man auch eine Rednerin hören. Da sich noch wenige Frauen öffentlich betätigten, hatten Rednerinnen immer zu tun. Aus den entlegen-

sten Bezirken mußte man in später Nachtstunde nach Hause gehen, denn die elektrische Straßenbahn kannte man noch nicht, und die Pferdebahn stellte schon zu früher Stunde ihren Betrieb ein. Annehmlichkeiten waren es nicht, wenn man bei Nacht Wege von mehr als einer Stunde nach Hause gehen mußte, oft bei Sturm und Regen. Aber nie wäre einem der Gedanke gekommen, es zu unterlassen. Man hatte keinen anderen Gewinn als das Gefühl, etwas Rechtes und Nützliches für die Zukunft des Proletariats getan zu haben. Gar manche nahmen diese Mühen mit hungrigem Magen auf sich.
Ich erinnere mich an einen sehr kalten Sonntag im Januar des Jahres 1892. Eine Textilarbeiterbewegung fand außerhalb Wiens statt. Anderthalb Stunden hatten wir zu gehen; auf der Brücke, die wir überschreiten mußten, hatte uns ein heftiges Schneetreiben die Glieder fast erstarrt. In dem großen, ungeheizten Saal befanden sich aber nur 24 Personen. Drei Redner hatten zu sprechen. Ebenso erstarrt, wie wir gekommen waren, begaben wir uns auf den Heimweg, natürlich wieder zu Fuß, um das Fahrgeld zu sparen. Um uns zu erwärmen, kehrten wir in einem Branntweinladen ein. Obwohl es damals noch keine Abstinenzbewegung gab, wies ich aus instinktivem Widerwillen den Branntwein zurück und begnügte mich mit der Wärme, die der Ofen ausstrahlte. Schnapstrinken in Versammlungen war damals etwas Gewöhnliches. Wenn man in die Dörfer kam, wo die Arbeiter und die Frauen bei Hungerlöhnen und ausgedehntester Arbeitszeit rackern mußten, da war ein Gläschen Schnaps der einzige Luxus, den sie sich in den Versammlungen leisten konnten. Es ist sicherlich ein großes Verdienst der Abstinenzbewegung, daß auf diesem Gebiet so aufklärend gewirkt wurde. Damals haben die Leute Schnaps getrunken mit dem Bewußtsein, sich einen Genuß zu verschaffen, auf den sie ein Anrecht hätten. Heute ist es so weit, daß, wenn schon nicht auf das Schnapstrinken ganz verzichtet wird, die Arbeiterschaft doch weiß, daß ihr ein Recht auf andere, edlere Genüsse zusteht. Heute weiß man, daß der Alkohol einen sehr fragwürdigen Genuß darstellt und daß der Schnaps die gefährlichste Form des Alkohols ist, der sehr oft die Wirkung erzielt, daß arme, abgearbeitete Arbeiter und Arbeiterinnen durch diesen sogenannten „Genuß" um die Fähigkeit gebracht werden, ihre Klassenlage zu erkennen.

Die Armut in der Arbeiterbewegung zu damaliger Zeit führte oft dazu, daß den Rednern und Rednerinnen von den Versammlungsteilnehmern Geldmünzen in die Hand gedrückt wurden. „Auf ein Glas Bier oder auf ein Nachtmahl", wie man sagte. Oft waren es alte Mütterchen oder selbst elend aussehende Arbeiter, die in zarter Weise von ihrem Wenigen opfern wollten, mehr als in üblicher Weise auf die Teller oder in die Hüte der Ordner gegeben wurde. So rührend solche Züge proletarischer Opferwilligkeit auch waren, so lösten sie doch ein Gefühl der Scham und der Demütigung aus. Frauen, die in jener Zeit in die Dörfer gingen, um für den Sozialismus zu wirken, erfuhren überhaupt eine merkwürdige Beurteilung. Es war etwas so Neues, gegen alles Althergebrachte Verstoßendes, Frauen als Rednerinnen auftreten zu sehen, daß man gar nicht glauben wollte, es wirklich mit Frauen zu tun zu haben. So wurde nach einer Versammlung bei Bergarbeitern in Steiermark erzählt, daß die Leute sich nachher darüber unterhielten, wer die Rednerin eigentlich gewesen sein mochte. Unmöglich ein gewöhnliches Mädchen, denn so könne man nur reden, wenn man ganz besonderen Kreisen entstamme, die Rednerin müsse die Tochter eines Erzherzogs sein, hieß es. In einer Weberversammlung in Mähren wieder unterhielt man sich nach der Versammlung darüber, ob die Rednerin ein verkleideter Mann gewesen sei! Denn nur Männer könnten so reden.
Viel häufiger als heute kam es auch zu Zwischenfällen mit den behördlichen Organen. Es gab ja Überwachungsbeamte, denen es nicht an Einsicht und Klugheit fehlte, aber die meisten waren doch von einer außerordentlichen Mißachtung der Meinungsfreiheit erfüllt. Da kam es dann zu Störungen der Versammlungen, zu Auflösungen und nachherigen Anklagen und oft auch Verurteilungen. Aber niemand möchte die Erinnerung an jene Zeit missen. Und wenn diese Dinge hier erzählt werden, so von dem Gedanken geleitet, der jüngeren Generation eine Vorstellung von den aufreibenden Kämpfen zu geben, die damals geführt werden mußten. Diese Kämpfe wurden nicht umsonst geführt, denn was heute ist, was die Arbeiterschaft an Freiheiten in Versammlungen und in der Presse genießt, hat ebenso seine Grundlage in den damaligen Verfolgungen und Kämpfen, wie der allgemeine Aufstieg der Arbeiterklasse zu höherer Kultur.

Was damals an Mühsalen mitzumachen war, empfanden besonders schwer die jungen Arbeiterinnen, die in der Agitation tätig waren. Die Vorurteile, denen gerade sie gegenüberstanden, waren mannigfach. Sie handelten anders, als man es bis dahin vom weiblichen Geschlecht gewohnt war. Man machte sich von ihnen eine ganz unrichtige Vorstellung. „So sehen Sie aus?" wurde den Rednerinnen gesagt, wenn sie an Ort und Stelle ankamen. „Ich habe Sie mir ganz anders vorgestellt, als ein richtiges Mannweib", und natürlich nicht jung und selbstverständlich niemals anziehend. Das waren aber noch die günstigeren Vorurteile. Da damals die Schlagworte „freie Liebe", „Weibergemeinschaft" zu den bekanntesten gehörten, mußten die Rednerinnen durch ihr ganzes Verhalten beweisen, daß es nicht in ihrem Sinne gelegen sei, für diese Theorien Propaganda zu machen.

Das häufigste Thema, über welches Frauen im Anfang sprachen, war außer der Lage der Arbeiterinnen die *Frauenfrage*. Wenn man bedenkt, daß es arme, unwissende und ungebildete Arbeiterinnen waren, die es unternahmen, über ein so schweres Problem zu sprechen, so kann man sich wohl eine Vorstellung machen, daß nicht jedes Wort, das gesprochen wurde, vor einer strengen Prüfung bestanden hätte. Was man von der Frauenfrage wußte, stammte aus August *Bebels* unsterblichem Buche „Die Frau und der Sozialismus". Jede Rede baute sich auf dessen Inhalt auf, und je weniger man noch imstande war, Gelesenes mit den eigenen Erfahrungen und Anschauungen zu verarbeiten, um so genauer hielt man sich an den Wortlaut. Es ist ein alter Erfahrungssatz, daß alle, die eine religiöse Jugend hinter sich haben, dann, wenn sie sich von den Glaubensdogmen frei gemacht haben, die härtesten Ankläger und die unnachsichtigsten Verurteiler der früheren Heiligtümer werden. Religion, Militarismus und Frauenfrage waren die Steckenpferde fast aller Anfängerinnen. Natürlich immer „innerhalb der durch die Strafgesetze gezogenen Schranken".

Auch ich bin von dieser Kinderkrankheit nicht verschont geblieben. Weniger die Religion an sich als die einzelnen Einrichtungen der Kirche forderten meine Kritik heraus. August Bebel erzählt in seinem Buche, daß die katholischen Pfarrer früherer Jahrhunderte von den Konkubinen eine Steuer erhoben. Ich konnte nicht unterlassen, in einem meiner ersten Referate über die Frauenfrage, im August des Jahres 1892, diese längst vergangenen pfarrherrlichen Ungebührlichkeiten zu kritisieren. Am Präsidententisch prangte der Vertreter der Regierung in voller Uniform. Meine Ausführungen erregten seine lebhafteste Mißbilligung, und schließlich, als ich mich in jugendlichem Rebellentrotz seinen Anordnungen nicht fügen wollte, sondern auf dem staatsgrundgesetzlich verbürgten Recht der freien Meinungsäußerung bestand, wurde die Versammlung aufgelöst. Die Stadt Graz im Lande Steiermark hatte immer ein sehr temperamentvolles Versammlungspublikum und wollte eine Einschränkung der Redefreiheit nicht dulden. Die Situation wurde für den Herrn Kommissär sehr bedrohlich, Fäuste und Stöcke erhoben sich gegen ihn, und Beschimpfungen schwirrten an seinen Kopf. Es wurde ihm bange. Rückwärts am Podium befand sich ein Fenster, und dieses benützte er für seinen Rückzug. Das Versammlungspräsidium, angesichts der mächtigen Empörung, die es vor sich sah, wollte die Verantwortung für alles, was da kommen konnte, nicht übernehmen und begab sich zur höchsten Polizeibehörde, sich wegen der Auflösung zu beschweren und die sofortige Bewilligung einer neuen Versammlung zu verlangen, da man sonst nicht wissen könne, „was das aufgeregte Volk noch beginnen würde". Für mich war diese Unterbrechung eine Wohltat, denn ich war vom Krankenlager zur Versammlung gefahren. Schon eine ganze Woche war ich in ärztlicher Behandlung gewesen infolge der vorangegangenen Strapazen und ständiger Unterernährung. Da wurde ich telegraphisch zur Versammlung berufen und, durchdrungen von dem Bewußtsein, wie es bei der Jugend fast immer ist, daß man nie unterlassen dürfe, zu folgen, wenn es sich darum handelt, sich nützlich zu erweisen, hätte ich geglaubt, wer weiß welch große Unterlassung zu begehen, wenn ich nicht in der Versammlung erschienen wäre. Die vorhergehende Fahrt und die Rede hatten aber meinem Zustand zu viel zugemutet. Vor meinen Augen flimmerte es, und unwillkürlich mußte ich mit den Händen immer nach einer Stütze suchen. Da kam die Auflösung, und ich hatte Zeit, mich zu erholen. Die Aufregung, die mit dem Sturm einherging, belebte meine Widerstandskraft, und als das Präsidium mit der Bewilligung einer neuen Versammlung seinen Platz wieder einnahm, da hatte ich wieder Kraft gefunden, weiterzureden. Der neue Herr, der zur Überwachung geschickt war, störte nicht durch überflüssige Unterbrechungen. Ich verließ Graz in der Überzeugung, die Grundlage für die künftige Arbeiterinnenbewegung in dieser Stadt mit gelegt zu haben. Hatten doch nach der öffentlichen Versammlung noch zwei weitere stattgefunden, um die Gründung eines Arbeiterinnenvereins vorzubereiten.

Die Versammlung hatte ein Nachspiel. Die Staatsanwaltschaft erhob die Anklage wegen meiner Rede, und eines Tages berichteten die Tageszeitungen, daß ein Verhaftsbefehl gegen mich ergangen sei. Es kam aber zu keiner Verhandlung. Die Vernehmung beim Untersuchungsrichter bot keinen Anhaltspunkt, die Anklage gegen mich zu erheben, und so ging diese Episode vorüber, ohne für mich weitere Folgen gehabt zu haben.

In Mürzzuschlag war es, da sollte ich über die politische Lage sprechen. Wenn man jung und von seiner Mission durchdrungen ist, wagt man alles, und man spricht über manches Problem, von dem man eigentlich nur oberflächliche Kenntnis hat. Da es damals nur wenige Redner gab, war das Wagnis geringer als heute, wo es fast für alle Fragen sachkundige Personen gibt. Als ich gegen 9 Uhr früh mit dem Genossen, der auch sprechen sollte, zur Versammlung kam, trafen wir die Leute im Weggehen und erfuhren, daß die Versammlung schon aufgelöst sei, weil wir nicht pünktlich da waren. Wir hatten beide nicht gewußt, daß der Anfang schon auf 8 Uhr früh festgesetzt war. Es fand sich Rat. Es wurde die Parole ausgegeben, in einem anderen Gasthaus zusammenzukommen und die Rede ohne behördliche Überwachung zu halten. Es war ein eiskalter Wintertag, an dem wir uns in dem ungeheizten Saale trafen. Um die Organisation und die Vertrauensmänner in keine Ungelegenheiten zu bringen, beschlossen wir, daß wir beide abwechselnd den Vorsitz führen und referieren sollten. Posten wurden aufgestellt, die beim Nahen der hohen Behörde das Lied der Arbeit anstimmen sollten. Es entstand nur einmal blinder Alarm.

VII. Der Streik — Freispruch

Die hochgehenden Wogen der jungen Arbeiterbewegung ergriffen auch die Frauen und Mädchen. Bei den zahlreichen Arbeitseinstellungen, die vor allem unter dem Einfluß der Maifeier erfolgten, waren in großer Zahl Arbeiterinnen beteiligt. Besonderes Aufsehen machte der Streik von 600 Appreturarbeiterinnen in Wien. Wie staunten die Leute der umliegenden Gassen, als eines Tages — es war am 3. Mai 1893 — die Arbeiterinnen von drei Fabriken um 10 Uhr vormittags aus den Fabriktoren herausströmten. Alle waren in großer Erregung; manche hatten sich gar nicht Zeit genommen, ihre Arbeitskleider abzulegen, so sehr waren sie von dem ganz Neuen, Gewaltigen, das plötzlich vor ihnen aufgetaucht war, erfaßt. Diese Frauen waren keine Revolutionärinnen. Mit Fatalismus hatten sie bisher ihr schweres Los ertragen. Eine täglich zwölfstündige Arbeitszeit war ihnen auferlegt, bei einem Lohn, der nicht mehr als drei bis fünf Gulden in der Woche betrug. Nur halb bekleidet, mit bloßen Füßen mußten viele ihre Arbeit, im Wasser stehend, verrichten. Andere wieder arbeiteten bei Temperaturen von mehr als 40 Grad, wobei sie gesundheitsgefährliche Dämpfe einatmen mußten. Alle ohne Ausnahme, junge Mädchen wie Frauen mit gesegnetem Leibe und Mütter mehrerer Kinder, alle hatten dasselbe schwere Los zu ertragen.

Von Jugendblüte war an diesen Frauen wenig zu merken, aber keiner war noch der Gedanke gekommen, daß es möglich sei, sich gegen dieses Joch aufzulehnen. Sie waren zum Arbeiten geboren, die anderen zum Herrenlos, das war so, und dem mußte man sich fügen.

Da auf einmal hatte eine der jungen Arbeiterinnen angefangen, eine ganz neue Sprache zu sprechen. Sie war in den Kreis der Arbeiterbewegung gekommen. Sie hatte den Arbeiterfeiertag, den ersten Mai mitgemacht. Dort hatte sie vom Achtstundentag reden gehört, und die Worte: „acht Stunden Arbeit, acht Stunden Ruhe, acht Stunden Schlaf" hatten ihr wie ein Evangelium geklungen. Sie wurde eine Jüngerin der neuen Offenbarung, und in beredten Worten verstand sie es, ihre Kolleginnen zu ihrer Anschauung zu bekehren.

„Wir ertragen das nicht mehr." „Wir wollen nur zehn Stunden im Tag arbeiten", erklärten sie, und um ihre Meinung zu bekräftigen, hörten sie zu arbeiten auf und verließen die Fabrik. Die Arbeiterinnen zweier anderer Fabriken wurden rasch mitgerissen. Am Nachmittag desselben Tages versammelten sich die Streikenden auf einer Vorortswiese, um über ihr Verhalten zu beraten. Es war gegen Mittagszeit, als plötzlich die genannte junge Arbeiterin in mein Bureau stürzte mit den Worten: „Wir streiken, nachmittags haben wir auf der Ferdinandwiese Versammlung, Sie müssen kommen." Als ich kam, lagerten die Frauen und Mädchen auf der Wiese. Um sie hatte sich ein Kreis von Zuschauern gebildet, die neugierig der Dinge harrten, die sich da abspielen sollten. Ich wußte natürlich, daß die Versammlung so nicht tagen konnte, weil sie ja gar nicht angemeldet war. Ich mietete den Garten eines Gasthauses, wohin sich die ganze Versammlung auf meine Aufforderung begab. Ein Schiebkarren wurde umgestürzt und als Rednertribüne installiert. Meine Aufgabe war nun, auseinanderzusetzen, was zu tun sei, um den Streik siegreich zu führen. Ich hatte fast alles gesagt, was in solchen Fällen gesagt werden muß, als beim Eingang des Gartens die hohe Polizei erschien. Ich ging den Herren entgegen und sagte dem Kommissär, wieso es zu dieser Versammlung gekommen war. Er schrieb sich nicht nur meinen Namen auf, sondern auch den einiger Arbeiterinnen. Während meiner Rede war eine Liste aller Versammelten verfertigt worden, so daß es nun ein leichtes war, für den nächsten Tag eine geschlossene Versammlung einzuberufen.

Nun gab es viele Demonstrationen vor den Fabriken, in denen gestreikt wurde. Die Frauen und Mädchen wachten eifrig darüber, daß Arbeitswillige nicht in die Fabriken gelangen konnten. Bei einem solchen Anlaß versuchte eines Tages die Polizei die Streikposten zu verjagen. Es entstand ein großer Tumult. Einige Verhaftungen wurden vorgenommen, und Frauen, die sich ihr Leben lang redlich geplagt hatten, wurden dem Gericht eingeliefert, darunter die Mutter eines Säuglings. Da den Streikenden von allen Seiten die tätigsten Sympathiebeweise zukamen, neben reichlichen Geldspenden auch Lebensmittel und Kleiderstoffe, so ging es den Frauen viel besser als zur Zeit, wo sie arbeiteten. Es war keine Täuschung, sie blühten gesundheitlich auf während des Streiks. Sie waren jetzt täglich viele Stunden in frischer Luft, das Streikkomitee veranstaltete Ausflüge, und fröhlich singend zogen die Arbeiterinnen durch die Straßen. Manche Mütter lernten in dieser Zeit erst kennen, was ihre Kinder entbehren mußten. Nun konnten sie zusammen sein, gemeinsam konnten sie sich an den Ausflügen beteiligen, und dabei hatten sie dank der Solidarität der Arbeiterklasse sattzuessen. Dieser erste größere Frauenstreik hatte ungeheures Aufsehen gemacht, und die Polizei hatte das Ihrige dazu beigetragen. Die sozialdemokratische Presse erzählte von dem Los der Arbeiterinnen, Sammelaufrufe flatterten in die Welt hinaus, und auch die bürgerliche Presse konnte nicht unterlassen, von dem Ereignis Notiz zu nehmen. Der Gewerbeinspektor nahm sich der Sache an und verhandelte zugunsten der Arbeiterinnen. Nach dreiwöchiger Dauer wurde der Streik siegreich beendet. Und um was hatte es sich gehandelt? Eine Arbeitszeit von zehn Stunden und einen Mindestlohn von vier Gulden in der Woche wollte man erreichen, und deshalb mußten 600 Frauen drei Wochen lang feiern.

Wie ängstlich damals die Behörden auch die geringfügigste Regung der Arbeiterbewegung verfolgten, mag man auch daraus ersehen, daß das Siegesfest, das veranstaltet wurde, sich nicht nur einer polizeilichen Überwachung erfreute, sondern daß auch verboten wurde, eine Festrede zu halten. Selbst der Text der Telegramme, die aus zahlreichen Orten kamen, um die Arbeiterinnen zu ihrem Siege zu beglückwünschen, durfte nicht bekanntgegeben werden. Was hätte auch entstehen können, wenn beispielsweise das Telegramm der Textilarbeiterinnen aus Forst bekannt geworden wäre! Kamen doch Worte darin vor wie Solidarität, Klassenkampf und Ausbeutung. Leider darf nicht unerwähnt bleiben, daß die Arbeiterinnen nicht gehalten haben, was ihr erstes Eintreten in die Arbeiterbewegung versprochen hatte. Es ist eine traurige Wahrheit, daß die Segnungen, die sie durch die Arbeiterbewegung genießen, von vielen nur zu bald vergessen werden. Es bleibt nur der Trost, daß die Entwicklung nicht ruhen wird und dazu drängt, daß alle, vor allem auch alle Frauen und Mädchen, sich dem Kreis der Arbeiterbewegung auf die Dauer nicht entziehen können. Das Schicksal der Arbeiterklasse wird mit ehernem Pochen auch sie aus der Gleichgültigkeit aufrütteln, in die sie heute noch allzuleicht verfallen.

Der Frauenstreik vom Jahre 1893 hatte ein Nachspiel. Es gelang bald, die verhafteten Frauen freizubekommen, aber ich mußte als Angeklagte vor dem Richter erscheinen. Ich war angeklagt, weil ich in einer nicht angemeldeten Versammlung gesprochen hatte. Der Angeber, der damals zur Polizei gelaufen war, war als Zeuge geladen, und er erzählte, daß ich so fürchterliche Worte wie „Zusammenhalten, Kämpfen um höheren Lohn, Abschaffen der Ausbeutung" usw. gesprochen hätte. Nach meiner Verteidigung, die ich selbst führte, erhob sich der Richter und

verkündete im „Namen Seiner Majestät des Kaisers", *daß die Angeklagte freizusprechen und zu beloben sei, weil sie belehrend auf ihre weniger unterrichteten und hilflosen Kolleginnen eingewirkt habe!*
Es finden sich also auch im Klassenstaat einsichtsvolle Richter.

VIII. Beteiligung der Frauen an politischen Demonstrationen

Nicht nur die wirtschaftlichen Bestrebungen der Sozialdemokratie fanden bei den Arbeiterinnen Sympathie und Verständnis, sondern auch der Kampf um die politischen Rechte erfüllte sie mit Begeisterung. Schon 1893, als die Wiener Arbeiterschaft die erste Demonstration für die Eroberung des allgemeinen Wahlrechts veranstaltete, beteiligten sich auffallend viele Frauen daran. Auch die politischen Rechte der Frauen selbst wurden von allem Anfang an gefordert. Bei jeder Proklamation, die die organisierte Arbeiterschaft für ihre eigenen politischen Forderungen erließ, versäumte sie nicht, auch die Gleichberechtigung der Frauen zu fordern. Schon im Herbst des Jahres 1893 hatte die Wahlrechtsbewegung unter den Frauen so viel Verständnis gefunden, daß sie eine eigene große Demonstration auf einem freien Platz mit der Forderung nach dem Frauenwahlrecht veranstalteten. Eine der Rednerinnen bei dieser Versammlung wurde wegen einer Äußerung, die als Ehrfurchtsverletzung vor den Mitgliedern des kaiserlichen Hauses aufgefaßt wurde, angeklagt und zu vier Monaten schweren Kerkers verurteilt. In der Folge wurde dieses Urteil kassiert. Aber es verdient doch für die Nachwelt erhalten zu werden, daß es Zeiten gab, wo man wegen einer harmlosen Sache einer solch schweren Bestrafung ausgesetzt war. Denn die Rednerin hatte nichts anderes getan, als bei Besprechung des Umstandes, daß achtzehnjährige Erzherzoge im Herrenhaus Sitz und Stimme haben, die Frage gestellt: „Haben Erzherzoge für das Volk ein besseres Herz wie wir?" Und das sollte als Ehrfurchtsverletzung geahndet werden! Eine zweite Rednerin, dieselbe junge Arbeiterin, die den Streik der Appreturarbeiterinnen veranlaßt hatte, erhielt wegen einer Bemerkung über das Privilegienparlament eine Arreststrafe von drei Wochen, die sie tatsächlich absitzen mußte. Überhaupt war es damals gar rasch geschehen, daß man Frauen wegen politischer Delikte anklagte und einsperrte. So wurde eine Rednerin, als sie sich auf der Agitationstour befand, in einer Provinzstadt verhaftet und einige Wochen in Untersuchungshaft behalten. Es war ein junges, noch nicht zwanzigjähriges Mädchen, das für den Bestand der kapitalistischen Gesellschaftsordnung, die es bekämpfte, als so gefährlich erachtet wurde, daß man es der Freiheit beraubte. Eine andere Rednerin, die in wenigen Wochen ein Kind zu erwarten hatte und bereits Mutter mehrerer Kinder war, wurde mit derselben drakonischen Strenge behandelt und ins Gefängnis geworfen, nur weil sie wagte, die Arbeiterinnen aufzufordern, für ihre wirtschaftliche und politische Befreiung zu kämpfen.

Es gab im Anfang der Arbeiterinnenbewegung fast keine Rednerin, die das Gefängnis nicht kennen gelernt hätte. Aber ihr Mut wurde nicht gebrochen. Im Gegenteil. Die Verfolgungen, die sie erdulden mußten, bestärkten sie nur in der Anschauung, wie gerecht ihr Kampf sei. Auch dem Kampf ums Wahlrecht fielen Frauen zum Opfer. Aber in immer größeren Scharen kamen sie dennoch, um an der Eroberung des politischen Rechtes teilzunehmen. Sie waren bei jeder Demonstration in den vordersten Reihen; die Verfolgungen der Polizei, die damals so gerne, hoch zu Roß mit geschwungenen Säbeln, auf die Demonstranten losstürmte, schüchterten auch die Frauen nicht ein. Man mochte vor den Pferden der berittenen Polizei, die in die dichtesten Haufen hineinsprengte, noch so große Furcht haben, die Begeisterung, am Kampfe teilzunehmen, war noch größer.

Einmal, an einem heißen Juniabend 1894, waren die Wiener Arbeiter wieder in der Volkshalle des Rathauses versammelt, um zum soundsovielten Male ihre Entschlossenheit kundzugeben, vom Kampf ums Wahlrecht nicht abzulassen. Tausende Männer und Frauen standen vor der Volkshalle am Rathausplatz, da sie im Saale keinen Platz mehr gefunden hatten. Plötzlich flammte das Wort auf: Gehen wir in die Herrengasse zum Windischgrätz! Fürst Windischgrätz, der damalige Ministerpräsident, galt als typischer Vertreter der Feinde des Wahlrechts. Die Aufforderung, ihm ein Ständchen zu bringen, fand daher beifälligste Aufnahme; rasch hatte man sich verständigt, und eine mächtige Masse, in den vordersten Reihen Frauen, bewegte sich der inneren Stadt zu. Ein Kordon von Polizisten sperrte die Herrengasse ab. Da lösten sich einige „gut Gekleidete" aus den Reihen der Demonstranten und versuchten, Durchlaß zu gewinnen. Es gelang. Die Kette der Polizisten öffnete sich. Im nächsten Augenblick aber strömte die Masse nach und überflutete die Herrengasse. Die Rufe „Nieder mit Windischgrätz!", „Heraus mit dem allgemeinen Wahlrecht!" brausten zu den Fenstern der Paläste hinauf. Schreckensbleiche Lakaien erschienen und schlossen rasch Fenster und Portale. Vor dem Palais des Ministerpräsidenten aber stauten sich die Massen und riefen: „Abzug Windischgrätz!" Als die Meldung kam, daß von der Freiung die Polizei herannahe, war das Werk vollbracht, und befriedigt zogen die Demonstranten strahlend vor Begeisterung ab. Am nächsten Tag hielt Seine Durchlaucht eine Rede, in der er versicherte, „daß ihm die Argumente der Straße nicht imponieren". Die Tage des mächtigen Herrn waren aber doch gezählt.

Nicht nur die Wiener Arbeiterinnen bekundeten eine solche Begeisterung für den Wahlrechtskampf, so war es im ganzen Reich. Man braucht sich übrigens nur an den 28. November 1903 zu erinnern, der den Höhepunkt im Wahlrechtskampf darstellte. Als die Parole ausgegeben wurde, die Arbeitsruhe für diesen Tag vorzubereiten und eventuell für den Generalstreik gerüstet zu sein, da standen die Arbeiterinnen in Reih' und Glied. Mit hingebendster Begeisterung rüsteten sie im ganzen Reich für diese gewaltige Manifestation des Proletariats. Und der Tag krönte das Werk. Als vor der Rampe des Parlaments die Zweimalhunderttausend vorüberzogen, da zählte man auch viele tausende Frauen und Mädchen unter ihnen, die von 6 Uhr früh an bis in die ersten Nachmittagsstunden in dem feuchten und frostigen Novemberwetter ausgeharrt hatten, um mitzuwirken an dieser unvergeßlichen Tat des bis dahin politisch fast rechtlosen Proletariats. Das Ziel wurde erreicht, das Wahlrecht errungen, aber noch nicht das für die Frauen. Sie sind noch immer ausgeschlossen von der Gleichheit, die allen Staatsbürgern zukommt. In der Schule der Arbeiterbewegung aber haben die Frauen gelernt, wie man kämpfen muß, um zu seinem Rechte zu gelangen. Sie haben auch gelernt, daß die wirtschaftliche Befreiung mit der Erreichung der politischen Rechte Hand in Hand gehen muß. Und darum hat der Kampf um das Wahlrecht für die Frauen noch kein Ende erreicht. Es wäre ein Unrecht, den Frauen zu sagen, daß es genüge, wenn ihre Arbeits- und Klassengenossen politische Rechte haben. Die Sozialdemokratie fordert das Selbstbestimmungsrecht aller Völker, nicht minder heilig aber muß das Selbstbestimmungsrecht aller Menschen sein, also auch der Frauen. Es ist oft und in glänzender Darstellung von Männern und Frauen ausgeführt worden, daß es für das weibliche Geschlecht außer den allgemeinen Interessen noch spezielle Interessen gibt, die mit ihrer Eigenschaft als Frau und Mutter zusammenhängen. Das sind nicht frauenrechtlerische Interessen, sondern ernste, die schwierigsten Probleme umfassende Fragen. Wer wäre berufener, an ihrer Lösung mitzuwirken, wenn nicht diejenigen, für die sie in Betracht kommen?

IX. Dienstmädchen und Arbeiterbewegung

Die Wogen der Arbeiterbewegung erfaßten nicht nur die Arbeiterinnen, auch die Dienstmädchen hatten von der neuen Lehre vernommen, und auch ihnen schien sie eine bessere Zukunft zu verheißen. Es regte sich unter ihnen, sie erhoben Anklagen über die Peinigungen, denen sie ausgesetzt werden, und sie drängten sich in die Versammlungen. Im Herbst 1893 wurde der Versuch gemacht, die erste Dienstmädchenversammlung abzuhalten. Es wurden keine großen Hoffnungen gehegt, wußten wir doch gar nicht, ob die Einladungen, die wir ausgegeben hatten, jenen in die Hände gekommen waren, für die sie bestimmt waren. Wir hatten in Stellenvermittlungen, Parkanlagen und auf den Märkten die Einladungen verteilt, aber wir mußten damit rechnen, daß die einen vielleicht nicht kommen würden, weil sie kein Interesse für die Sache hatten, daß andere keinen Ausgang erhielten und wieder andere ohne Stellen waren. Stellenlose aber scheuen das Aufsuchen von Lokalen, da es mit Geldausgaben verbunden ist. Auch war in Betracht zu ziehen, daß gerade in Wien das Gros der Dienstmädchen aus tschechischen Gebieten stammt, viele daher der deutschen Sprache nicht mächtig sind. Aber wie frohlockten wir, als der Saal zum Erdrücken voll war. Da waren junge, kaum den Kinderschuhen entwachsene Mädchen sowie ältere Frauen, die stolz darauf waren, ihr ganzes Leben in einem Hause gedient zu haben. Nun standen sie vor dem Alter und damit vor der Sorge, was aus ihnen werden würde, da sie das Nachlassen ihrer Leistungsfähigkeit spürten. Die Sorge hatte sie alle in die Versammlung getrieben.

An der Hand der fast hundert Jahre alten Dienstbotenordnung wurde dargelegt, daß die Zustände, unter welchen die dienende Klasse lebt, eine unwürdige sei und daß die dienenden Mädchen selber daran gehen müßten, für ein besseres Gesetz einzutreten. Die Zustimmungen und die Zurufe, die der Rednerin entgegenschallten, zeigten, daß diese Sklavinnen des häuslichen Dienstes die gesprochenen Worte wohl verstanden und die Nutzanwendung zu ziehen wußten. Die Versammlung wurde aufgelöst. Ein solch elementarer Ausbruch von Leidenschaft, wie er sich hierauf offenbarte, war noch selten in einer Versammlung von Frauen vorgekommen. Rufe: „Die Wahrheit wollt ihr nicht reden lassen und ihr wollt, daß wir dumm bleiben sollen", wurden dem Regierungsvertreter entgegengeschleudert. Alle Mühe mußte aufgewendet werden, die Frauen und Mädchen zu beruhigen. Nur das Versprechen, daß bald wieder eine Versammlung sein werde, beruhigte sie. Die Zeitungen brachten ausführliche Berichte. Eine Flut von Zuschriften aus allen Kreisen der Bevölkerung kam den Veranstalterinnen zu. Damen beschwerten sich, daß man die ohnehin anspruchsvollen und unbotmäßigen Geschöpfe noch aufhetzen wolle. Sie gaben eine Schilderung der Leiden, die sie durch ihre Dienstmädchen mitzumachen hätten, und sprachen in den niedrigsten und beleidigendsten Ausdrücken von jenen Wesen, denen sie doch alle Bequemlichkeit zu verdanken hatten. Auch an Beschimpfungen der Rednerinnen fehlte es nicht, und am liebsten hätten es diese Damen gesehen, wenn man diese gefährlichen Personen eingesperrt hätte. Mädchen wieder schrieben von der verzweifelten Lage, in der sie gehalten wurden.

Da hörten wir von einem Fall, den wir durch eine Vertrauensperson erheben ließen. Es ergab sich, daß ein vierzehnjähriges Mädchen bei einem Monatslohn von drei Gulden zu schwerer häuslicher Arbeit angehalten wurde, daß es auf dem Fußboden beim Herd schlafen mußte, daß es vor Hunger ganz von Kräften war und keinen Schritt aus der Wohnung machen durfte. Außerdem wurde es mit einem Rohrstäbchen geschlagen. Nach vieler Mühe gelang es, in diese Wohnung Einlaß zu finden, und es ergab sich, daß die Angaben des Mädchens auf Wahrheit beruhten. Der Brief, der uns zugekommen war, war durch das

Fenster auf die Straße geworfen worden und dadurch in unsere Hände gelangt. In einem anderen Briefe wurde uns mitgeteilt, daß ein achtzehnjähriges Mädchen von dem Sohn des Hauses in der Küche, wo es schlief, bei Nacht überfallen wurde. Auf die Beschwerde bei der Mutter des Burschen antwortete diese: „Ich zahle Ihnen doch einen so guten Lohn, damit mein Sohn sich keine von der Straße nehmen muß." Diese und noch viele andere Fälle brachten wir der Polizei zur Anzeige und erreichten, daß entweder, wo Mißhandlungen vorlagen, die Bestrafung der Frau erfolgte, oder daß in anderen Fällen von der üblichen Kündigungsfrist Abstand genommen wurde und das Mädchen sofort seinen Posten verlassen konnte. Es fanden noch mehr Versammlungen statt, die alle sehr gut besucht waren, aber zur Gründung einer Organisation war es noch zu früh. Unter den dienenden Mädchen gab es noch keine Kräfte, die dieser Aufgabe gewachsen waren, und die Arbeiterbewegung war selbst noch zu jung und zu schwach, um dauernde Unterstützung leisten zu können. Aber dennoch hatte diese vorübergehende Bewegung viel Gutes und Nützliches gewirkt. Man war auf das Los der dienenden Mädchen aufmerksam gemacht worden, man hatte erfahren, daß das Arbeiten in einem Haushalt vom frühen Morgen bis in die späte Nacht genauso die Erschöpfung der Kräfte herbeiführen kann, wie bei einem gewerblichen Beruf. Man hatte auch Kenntnis erlangt, daß es ein Märchen sei, daß jedes dienende Mädchen reichlich mit Nahrung versehen werde. Wurde doch von Herrschaften berichtet, die selbst die Kartoffeln für ihr Personal abzählten. Von anderen wieder, die nur die übriggebliebenen und aufgewärmten Speisen vom Tag vorher für das Personal gaben, während für sie selbst frisch gekocht wurde. „Ein Hund wird besser behandelt als wir", war die Äußerung vieler Mädchen.
In bemerkenswerter Weise kam das in einer der Versammlungen zum Ausdruck. In einem reichen Hause, wo man drei Dienstmädchen hielt, ereignete es sich am Weihnachtsabend, daß die Mädchen, die beauftragt waren, ein Souper für Gäste vorzubereiten, sich besprachen und übereinkamen, der Herrschaft zu erklären, daß sie am Weihnachtsabend frei sein wollten. „Die Rednerin in der Versammlung hat gesagt, auch Dienstmädchen seien Menschen", führten sie zur Begründung ihres Wunsches an, den Weihnachtsabend im Kreise ihrer Familien zu verbringen.

Die Herrschaft willfahrte zwar dem Ansuchen nicht, aber sie war doch einsichtig genug, nicht empört zu sein, sondern die Gefühle der Mädchen zu würdigen.

Dieses Vorkommnis an sich beweist, daß jede junge Bewegung in ihrem aufflammenden Feuer in den Herzen der Menschen die Hoffnung entzündet, daß das, was ihnen als schön und begehrenswert hingestellt wird, sofort zu erreichen sei. Wie die Arbeiter, mußten auch die Dienstmädchen lernen, daß der Weg zur Befreiung nicht so rasch zurückgelegt werden kann. Die Frucht muß erst reifen. So auch hier. Und die Klasse der dienenden Mädchen, soweit sie zum Denken und Erkennen gelangt ist, muß sich auch erst mühsam die Wege bereiten, auf welchen sie zum Ziele gelangen kann.

Ein Stückchen dieses Weges ist zurückgelegt. Wenn auch das Los der dienenden Klasse noch keine gründliche Umgestaltung erfahren hat, so sind doch schon die Anzeichen vorhanden, die uns künden, daß es auch hier vorwärts geht. Was vor zwanzig Jahren der Ausgangspunkt dieses Kampfes war, die mittelalterliche Dienstbotenordnung, ist heute zum großen Teil etwas Überwundenes. Ein modernes Gesetz ist für viele Tausende zur Tatsache geworden, und die Herrschaften mußten sich dem Gedanken anpassen, daß auch die Leibeigenschaft im Hause in unserer Zeit keine Geltung mehr haben darf. Seite an Seite mit der Arbeiterinnenbewegung werden auch die Dienstmädchen der Erfüllung ihrer Wünsche zustreben.

X. Organisation der Arbeiterinnen — Achtstundenbewegung — Im Isergebirge — Versammlung zum 1. Mai — Arbeiterwohnungen — Putzsucht — Alkoholismus

In Industriegebieten ist fast jede Frau Industriearbeiterin. Kaum der Schule entwachsen, treten die Mädchen in die Fabrik ein, in der oft auch noch die Mutter arbeitet und die Großmutter gearbeitet hat. Beinahe jedes Mädchen kennt ihr Los im voraus. Sie wird zwar in einigen Jahren heiraten, voraussichtlich auch Mutter werden, aber trotzdem wird sie weiter Tag um Tag in die Fabrik gehen, solang ihre Glieder sie tragen und ihre Kraft es aushält.

Über das Elend der Textilarbeiterinnen und über die gesundheitsmordende Ausbeutung der Glas- und Porzellanarbeiterinnen ist schon viel geschrieben und gesprochen worden. Solange es keine gewerkschaftliche und politische Organisation gab, hatten die Unternehmer Hochkonjunktur im Profitmachen, und solange nur Männer von dem Gedanken der Organisation erfaßt waren, konnte dem Ausbeutungssystem nur mit schwachen Waffen entgegengetreten werden. Waren doch die Frauen und Mädchen nur allzu bereit, an die Stelle der Männer zu treten und für billigen Lohn ihre Arbeitskraft zu verkaufen. Denn die Arbeiterinnen waren zur Bedürfnislosigkeit erzogen und die Zufriedenheit wurde den Mädchen immer als eine schöne Tugend gepriesen. Wie hätten da arme, unwissende weibliche Wesen wagen sollen, für ihrer Hände Arbeit einen ausreichenden Lohn zu verlangen? Die Aufklärung, Erziehung und Organisierung der Arbeiterinnen muß daher von allen denkenden Arbeitern als eine unerläßliche Notwendigkeit erkannt werden, wenn sie selbst zu einem höheren Menschendasein emporsteigen wollen.
Einzelne begeisterte Frauen hat es ja immer als Mitglieder in Bildungsvereinen und Fachvereinen gegeben. Als dann anfangs der neunziger Jahre die Propaganda für die sozialdemokratische Arbeiterbewegung überall einsetzte, fehlte es nicht an Bemühungen, auch die Arbeiterinnen in den Kreis der Agitation einzubeziehen. Oft waren es auch intelligente Arbeiterinnen selbst, die den ersten Samen streuten, aus der die Frucht der Arbeiterinnenbewegung emporsprießen sollte. Besonders zustatten kam der Agitation unter den Arbeiterinnen die Propaganda für die Arbeitsruhe am 1. Mai.
Ich hatte 1894 in einer Reihe von Industrieorten Böhmens an dieser Propaganda mitzuwirken. Starke Zweifel erfüllten mich, ob ich meiner Aufgabe gewachsen sein würde. Es war in einer kleinen Stadt, wo ich hierzu die erste Rede zu halten hatte. Als ich auseinandersetzte, warum die Erkämpfung des Achtstundentags ein Lebensbedürfnis für die Arbeiterschaft sei, begann der junge Herr, der in der Uniform des Regierungskommissärs dort paradierte, nervös zu werden. Nach einigen Unterbrechungen erklärte er die Versammlung für aufgelöst. Das war von mir wirklich nicht herbeigewünscht worden. Vorwürfe quälten mich, ob ich nicht doch zu unklug gesprochen hätte. Ein Unstern schien aber über die geplanten Versammlungen zu walten. Denn von

zehn verfielen sieben der Auflösung, manche unter sehr erschwerenden Umständen. In einem Orte des Isergebirges ließ der Regierungsvertreter rechts und links neben dem Podium, auf dem ich stand, je einen Gendarmen mit aufgepflanztem Bajonett Posten stehen. Der Gestrenge selbst schlug einmal mit der Faust auf den Tisch und meinte: „Sie sprechen gerade so aufreizend wie Dr. Adler." Mir machte diese Bemerkung eine große Freude, er aber löste die Versammlung auf. Gegen Mitternacht begaben wir uns dann zu Fuß auf den Heimweg in die nahe Stadt. Da gewann ich einigermaßen Einblick, wie das Volk im Isergebirge lebte und vielfach heute noch lebt. Trotz der späten Stunde waren alle kleinen Häuschen, die so idyllisch in das Grün eingebettet sind, beleuchtet. Beim Petroleumlämpchen arbeitete jung und alt, männlich und weiblich, um sich die tägliche Mehlsuppe zu verdienen. Später sah ich einige Häuschen auch im Innern, wo Frauen schon mit dem Keim der Lungentuberkulose in den Zügen und junge, schwächliche Kinder, die kaum das schulpflichtige Alter erreicht hatten, arbeiteten.

In einem Zimmer bot sich mir folgendes Bild: Die Frau lag krank im Bett, vor dem Bett stand ein Tisch, auf dem sich ein mit Mehl bestaubtes Brett befand. So machte die kranke Frau die Vorbereitungen für das Mittagessen. In einem zweiten Bett lagen zwei Kinder mit Keuchhusten. Ein zehnjähriges Mädchen fädelte Perlen auf, und der Mann stand am Schleifstein. In eine andere Wohnung kam ich gerade zur Mittagstunde. In dem Zimmer sah es wohlhabender aus, weil die Leute keine Kinder hatten und nur für sich zu sorgen brauchten. Ich wurde eingeladen, ihr Mahl zu teilen. Die Frau trug in einer irdenen Schüssel Suppe auf, die aus Mehl und Wasser bestand. Dazu wurde Brot gegessen. Das war alles, kein weiteres Essen folgte, und dabei wurde zu jener Zeit bis gegen die mitternächtliche Stunde gearbeitet; der ganze Ertrag aber gewährte ein so elendes Leben. Die Natur bot zwar in reicher Fülle alle ihre Schönheiten dar, denn als ich bald wieder im Monat Juni in dieser Gegend Versammlungen abhielt, lagen die Wiesen gleich herrlichen Teppichen vor mir. Grün, blau, rot, weiß, in allen Farben prangten sie. Wie eine schreiende Ungerechtigkeit fühlte ich die Armut, unter der die Bewohner dieses herrlichen Landesteils zu leiden hatten. Und welch prächtige, ausgezeichnete Menschen sind die Arbeiter und Arbeiterinnen des Isergebirges! Wie be-

geistert jubelten sie von Anfang an dem Sozialismus zu. Keine Verfolgung konnte ihren Mut brechen, aufrecht blieb ihr Geist und fest ihr Glaube. Mit unsäglichen Mühen unternahmen es die Frauen und Mädchen, das Wort der Aufklärung von Ort zu Ort zu tragen und neue Anhängerinnen zu werben.
Solche Menschen gibt es übrigens in der Arbeiterbewegung überall. Es äußert sich nur nicht immer in gleicher Weise. Die Frauen des Gebirges sind still und sinnig, verinnerlicht. In anderen Gegenden sind sie wieder sprühend, voll Temperament und Unternehmungslust.
Daß auch die nordböhmischen Arbeiter über sprühendes Temperament verfügen, konnte ich in einer Versammlung wahrnehmen, die ich in einem Industrieort abhielt. In dem großen Saal, von dem man sagte, daß er 4000 Menschen fasse, standen die Männer Kopf an Kopf. Frauen und Mädchen hatten auf Stuhlreihen, die vorn aufgestellt waren, Platz genommen. Derselbe junge Herr, der die erste Versammlung aufgelöst hatte, war auch hier als Vertreter der Regierung erschienen. Mir lag daran, meine Rede zu Ende zu führen, und ich suchte nach Worten, die keinen Anstoß erregen konnten. Fast zwei Stunden lang gelang es mir; da, als ich fast zu Ende war, erhob sich plötzlich der Kommissär, um selbst das Wort zu ergreifen. Er setzte auseinander, daß er die Versammlung auflösen müsse, weil die Rednerin von Ausbeutung gesprochen und die Regierung beleidigt habe. Der Lärm, der sich nun erhob, war furchtbar. Die Menschenmasse rührte sich nicht von der Stelle, man schrie und klatschte in die Hände. Der Kommissär nahm die Glocke und läutete. Tosende Bravorufe und Hochs auf den 1. Mai antworteten ihm. Als der Kommissär sein vergebliches Bemühen, die Menge fortzubringen, erkennen mußte, verließ er den Saal, um Gendarmen zu holen. Die Veranstalter der Versammlung bemühten sich, die Ruhe herzustellen und begütigend auf die Leute einzuwirken, aber es waren viele da, die zum erstenmal in einer Versammlung waren und die über die nach ihrer Meinung ungerechtfertigte Auflösung so empört waren, daß man sie kaum besänftigen konnte.
Diese Versammlung hatte ein Nachspiel. Es wurden zwar noch weitere Versammlungen aufgelöst, aber keine endete so stürmisch wie diese. Ich mußte nach einiger Zeit vor dem dortigen Bezirksrichter erscheinen, um mich wegen Beleidigung der hohen

Regierung zu verantworten. Die Verhandlung war drollig. Als Staatsanwalt fungierte ein pensionierter Finanzaufseher, der sich bemühte, die ganze Würde und Bedeutung seines Amtes zum Ausdruck zu bringen. Der Kommissär schilderte die furchtbaren Beleidigungen und Aufreizungen, die ich begangen haben sollte. Ich versuchte zwar, mich zu verteidigen, aber es scheint, daß ich wenig Geschick dabei bewiesen habe. Denn nachdem der Aufseher der Finanzen außer Dienst und Staatsanwalt im Dienst mit dem Bezirksrichter etwas geflüstert hatte, erhob er sich zu folgender Rede: „Ich beantrage die Anwendung des Gesetzes." Mehr zu sagen wußte er wohl überhaupt nicht. Auch der Richter mußte von meiner Schuld tief durchdrungen sein, aber wegen meiner Jugend, Unbescholtenheit und aus Rücksicht auf meinen „verheirateten Stand" verhängte er nur eine Geldstrafe über mich im Betrag von 120 Gulden. Dieses Urteil hat nie Rechtskraft erlangt, denn als mein Rekurs vor die höhere Instanz gelangte, hatte der Anwalt, dem ich die Sache übertragen, herausgebracht, daß das Delikt schon verjährt war, als die Anklage erhoben wurde. So hatte ich keine Gelegenheit, die Strafe für meine Missetat zu zahlen.

Außer den schon aufgezählten Mühsalen, die die Agitation zu Beginn der Arbeiterbewegung mit sich brachte, gab es noch mancherlei anderes. Wie lange dauerte es oft, bis man einen Versammlungsort erreichte! Fahrten, die man heute in neun Stunden bewältigt, erforderten damals fünfzehn, da man auch weite Strecken mit dem Personenzug fuhr. Für Frauen waren die Unannehmlichkeiten weit größer als für Männer. Besonders an Samstagen und Sonntagen. Da befand man sich oft unter einer Schar von Männern, die schon ziemlich viel getrunken hatten und ihrer Sinne nicht mehr Herr waren. Vor zwanzig Jahren erregte ein allein fahrendes junges Mädchen oder eine junge Frau weit mehr die Aufmerksamkeit der Mitreisenden als jetzt. Man mochte eine noch so kalte, abweisende Miene annehmen und die Augen wie zum Schlafe schließen, oder man mochte wie hypnotisiert in ein Buch starren, man entging selten Belästigungen. Als bestes Mittel zur Abwehr und Rettung hatte sich in vielen Fällen die Arbeiterzeitung erprobt. Mit der sozialdemokratischen Zeitung in Händen gelang es mir oft, zudringliche Mitreisende fernzuhalten. Manchmal hatte dieses Mittel allerdings andere Folgen. Man begann zu tuscheln und anzügliche Reden über die sozialdemokratische Partei und einzelne Führer zu halten. Meine Gewohnheit war es, bei solchen Anlässen äußerlich immer vollständige Ruhe zur Schau zu tragen und alles an mir abgleiten zu lassen; denn nichts war mir schrecklicher, als im Eisenbahnzug oder im Restaurant die Aufmerksamkeit auf mich zu lenken.

Ganz außerordentlich litt ich darunter, wenn in mein Abteil Männer stiegen, die sich über die Aufschrift „Nichtraucher" herrisch hinwegsetzten. Solche Männer gab es und gibt es noch immer. Ihnen erscheint es als zimperlich, fad und unausstehlich, wenn man höflich bittet, das Rauchen zu unterlassen, worauf man eigentlich ein Recht hat. Mir und einer Gefährtin passierte es einmal, daß Männer, die wir ersuchten, im Nichtraucherabteil nicht zu rauchen, nun erst recht ihre Pfeifen hervorzogen und demonstrativ auf den Boden spuckten. Allerdings waren es Bauern aus der Hannakei; aber solche Dinge passieren, wenn auch in milderer Form, auch in zivilisierten Gebieten.

Schwere Sorge bereitete früher auch die Frage des Nachtquartiers. In solch armen Orten, wo die Kosten der Versammlungen an Ort und Stelle aufgebracht wurden, gab es nicht nur keine Hotels, sondern auch keine auf Fremdenverkehr eingerichtete Gasthöfe. Was heute durch den ausgebreiteten Touristenverkehr selbst in weit entlegenen Gebirgsdörfern möglich ist, ein reines Nachtlager im Gasthaus, kannte man damals fast gar nicht. Gute aufopfernde Proletarier boten einem ihr eigenes Nachtlager an. Der Mann ging dann zu Bekannten, um sein Bett für den Gast freizumachen. Um ein richtiges Schlafzimmer handelte es sich ja in diesen Fällen nicht, sondern der als solcher benutzte Raum enthielt außer den Betten auch die Webstühle; dort wurde auch gekocht und gewaschen. Mit rührender Sorgfalt waren die guten Leute immer bedacht, es so bequem als möglich zu machen; daß die Mittel unzulänglich waren, dafür konnten sie nicht.

Es war einmal nach einer wunderschönen Versammlung in einem Weberort, als mir Gastfreundschaft bei einer Familie angeboten wurde. Am Abend nach der Versammlung war ein Fest. Da ich die Nacht vorher mit dem Personenzug gefahren war, wurde ich frühzeitig müde und bat, mich in mein Quartier zu geleiten. Meine Wirtin, eine liebe junge Frau, wies mir das Bett an und beruhigte mich über den kleinen schwarzen Hund, der sich im Zimmer herumtrieb. Ich ließ die Lampe brennen und versuchte zu schlafen. Da auf einmal, ich mochte schon im Halbschlummer gewesen sein, fuhr ich mit einem Schrei empor. Der als ganz harmlos geschilderte Hund war auf mein Bett gesprungen, wie er es wohl gewöhnt war. Ich warf den Hund samt Federbett auf den Boden und richtete mich auf. Ich starrte auf den Vierfüßler hinunter, er zu mir herauf. Ich wagte nicht, mich zu rühren, aber Tränen der Verzweiflung kollerten aus meinen Augen. Dabei fror mich, denn das Federbett hatte ja der Hund. Plötzlich vernahm ich zu meinem grenzenlosen Erstaunen aus der Richtung des großen Ofens Kindergeschrei. Bei dem trüben Schein der kleinen Lampe wurde ich nach und nach gewahr, daß sich eine Frauengestalt von irgendwo erhob. Ich hatte bei meinem Eintritt in das Zimmer, unsagbar müde wie ich war, nicht darauf geachtet, daß in der Ecke beim Eingang ein Bett stand und davor eine Kinderwiege. Die schwerhörige Großmutter, die in diesem Bette lag, hatte zwar meinen Schrei nicht gehört, aber das Weinen des Kindes mußte sie instinktiv aufmerksam gemacht haben. Nun wagte auch ich mich zu rühren, ich rief sie und klagte ihr mein Mißgeschick. Der Hund wurde nun in eine nebenan befindliche Rumpelkammer gesperrt, aber mittlerweile war die Stunde weit über Mitternacht vorgerückt.

Über die dürftigen Einrichtungen in Arbeiterwohnungen ließe sich allein ein ganzes Buch voll Düsterheit schreiben. Wenn man sich vor Augen hält, daß es eine Zeit war, wo alle jene Dinge, die jetzt zum selbstverständlichen Bedarf auch in Arbeiterfamilien geworden sind, zum Besitztum der Wohlhabenden gehörten, so läßt sich einigermaßen beurteilen, wie bescheiden selbst jene Ansprüche waren, die an die einfachsten Regeln im Interesse der Gesundheit gestellt wurden. Licht, Luft und Wasser waren für die Arbeiterklasse Luxusbedürfnisse. Es kam vor, daß man am Morgen zum Waschen nur ein Glas Wasser neben ein Ausgußgefäß gestellt bekam, oder man ging zum Brunnen, wenn es einen solchen beim Hause gab. Seife gehörte nicht zu den Selbstverständlichkeiten. Heute ist das ja alles anders geworden.
Die Kultur hat längst auch auf diesem Gebiet gewirkt und hat ihren Einzug in die Hütten der Armen gehalten. Aber welche Empörung löst es noch heute aus, wenn man sich vergegenwärtigt,

daß so niedrige Kulturstände unter Menschen existieren, die sechzehn Stunden und noch mehr am Tage arbeiteten. Der Lohn reichte nicht einmal zur Waschschüssel und zum täglichen Gebrauch von Seife. Da war es nicht leicht, für Partei und Gewerkschaft Mitglieder zu werben. Und doch leuchteten die Augen der Männer und Frauen, wenn von den Idealen des Sozialismus gesprochen wurde. Die Worte „Gleichheit, Freiheit und Brüderlichkeit" entzündeten unbegrenzte Hoffnungen in den Herzen dieser ausgebeuteten Menschen. Von Kindheit an kannten sie nur die Unterwerfung unter den Willen eines allgewaltigen Brotgebers. Wagte einer einmal, die sklavenartige Ehrfurcht zu verletzen, vielleicht gar ein Wort der Auflehnung zu sprechen, dann war Arbeitslosigkeit sein Los. Die Unternehmer wollten Herren im Hause sein, die Arbeiter und Arbeiterinnen nahmen das als ein Gebot der göttlichen Weltordnung hin, gegen das sie machtlos seien. Nun aber wurde ihnen gesagt, welch schweres Unrecht ihnen zugefügt werde. Manche schüttelten ungläubig die Köpfe, ihre Mienen drückten Zweifel aus, wenn ihnen gesagt wurde, daß sie die eigentlichen Brotgeber seien. Die schönen Häuser der Fabrikanten, die prächtigen Kleider ihrer Gattinnen, die Wagen und Pferde und die reichgedeckten Tafeln seien der Ertrag des Mehrwerts, der den Arbeitern beim Lohn vorenthalten werde. Was die Frauen sonst als etwas Selbstverständliches, nicht zu Änderndes, von Gott Gewolltes hingenommen hatten, daß ihr Leib krank und siech wurde, weil sie nur wenige Tage, oft gar nur Stunden nach der Geburt eines Kindes wieder arbeiten mußten, im Haushalt oder in der Fabrik, begannen sie nun als Härte und Grausamkeit zu empfinden.
Es meldeten sich oft Leute zum Wort, die nicht zur Arbeiterklasse gehörten. Angehörige des Bürgerstandes, auch Priester, die vor Verhetzung warnten. Das Elend gaben sie zwar zu, aber sie folgerten, daß alle Menschen nicht gleich sein könnten, es müßte auch Herren geben. Dann kamen die Anklagen gegen die Verschwendungssucht der Arbeiter, gegen die trunksüchtigen Männer und gegen die putzsüchtigen Frauen. Solche Versammlungen wurden oft die wirksamsten und fruchtbarsten. Konnte man doch den Herrschaften sagen, daß es auch unser Wunsch sei, die Arbeiter würden statt Schnaps zu trinken lieber gut essen und wohnen. Dazu gehöre aber nicht nur ein ausreichender Lohn, sondern die Arbeiter müßten auch sonst zur höheren Kul-

tur emporgehoben werden. Gerade die Schnapstrinker berufen sich darauf, daß sie nur deshalb trinken, um sich ab und zu eine gute Stunde zu schaffen. Daß dieses Gläschen Schnaps den Unternehmern viel mehr nützt als ihnen selbst, können diese Arbeiter nicht einsehen, da gerade der Alkohol sie unfähig macht, ihre Lage zu erkennen und Kraft zum Widerstand zu finden.
Und die Putzsucht der Frauen und Mädchen! Wenn man an der Hand der Tatsachen aufzählt, wie die hübschen Blusen und die seidenen Bänder der jungen Arbeiterinnen buchstäblich erhungert sind, dann wird so recht klar, wie pharisäerhaft die Ausführungen der Apostel der Sparsamkeit und Genügsamkeit sind.

Die Abstinenzbewegung hat im Laufe der letzten Jahre viel Aufklärung verbreitet. Es ist den Agitatoren für die Alkoholabstinenz gelungen, die Erkenntnis zu verbreiten, daß die Trunksucht zu den schlimmsten Feinden der Arbeiterklasse gehört. Die Abstinenzbewegung hat aber nicht den Zweck, die Arbeiterschaft zur größeren Genügsamkeit zu erziehen, sie zum Sparen und Darben anzueifern, sie will vielmehr erreichen, daß die Arbeiter ihren hart erworbenen Lohn anders und besser verwenden lernen. Dem nüchternen Arbeiter, der sich nie künstlich eine glückliche Lage vortäuscht, der nicht so lange trinkt, bis er sich einbildet, himmlische Glückseligkeiten zu genießen, wie der beliebte Satz ausdrückt: „Verkauft's mei G'wand, i fahr in Himmel", dem nüchternen Arbeiter ist viel eher begreiflich zu machen, daß es nur auf seinen Willen, auf sein Handeln ankommt, sich und den Seinen einen ausreichenden Lohn und damit eine bessere Lebenslage zu sichern.
Die Kultur kostet mehr als der Branntwein.
Wird es einmal so weit sein, daß kein Arbeiter bis zur Besinnungslosigkeit dem Alkohol frönt, dann wird der Unternehmer durchaus nicht weniger Lohn zu zahlen haben, er wird im Gegenteil mehr Lohn geben müssen. Gesunde Wohnungen, kräftige Nahrung, Bücher, der Besuch von Theatern und Konzerten erfordern einen größeren Aufwand als der Fusel, den sich die Arbeiter heute vielfach noch leisten. Und unstreitig ist die von der Trunksucht befreite Arbeiterfamilie glücklicher als die, wo der Alkohol in seiner wüstesten Form auftritt, wo ihm so lange gefrönt wird, bis die Menschen wirklich alles Menschliche verlieren.

An einigen Beispielen, die aus dem Leben gegriffen sind, soll gezeigt werden, wie verheerend der Alkohol wirken kann.

XI. Der Alkoholiker

Ein Arbeiter, wir wollen ihn Anton nennen, lebte mit seinem Weibe, wenn er nüchtern war, im besten Einvernehmen. Am Samstag aber zog es ihn in seine Stammkneipe, wo er seine Zeit mit Kartenspiel und Trinken verbrachte. Ob er nun Glück oder Unglück im Spiele hatte, beides bot ihm Anlaß, die ganze Nacht im Kreise der Spiel- und Zechgenossen zuzubringen und oft erst in den Vormittagsstunden des Sonntags nach Hause zu kommen. Hatte er Unglück, so mußte er natürlich zusehen, dieses zu seinen Gunsten auszugleichen, hatte er aber Glück, so vertrug es sich mit seiner Ehre nicht, aufzuhören, ehe die anderen dazu bereit waren.
Antons Zechgenossen fanden ihn so gemütlich, daß sie ihm den Beinamen „Lustiger Passagier" gaben. Das war er aber nur, solange er im Kreise seiner Kumpane war. Zu Hause war er ganz anders. Da ihn die Leute nur von der lustigen Seite kannten, begegneten die Klagen der Frau oft Unglauben, wenn sie erzählte, wie wild und grausam er es zu Hause treibe. So ein gemütlicher lustiger Mann konnte doch gar nicht so böse sein, wie ihn die Frau schilderte, meinte man. Man machte der Frau Vorstellungen, sie möge doch der guten Laune des Mannes Rechnung tragen und mit ihm lustig sein. Wenn sie ihn freundlich empfange, so werde sie keinen Anlaß zur Klage haben.
Niemand versetzte sich in die Lage einer Frau, die mit fünf hungrigen Kindern auf Brot wartet, bis der Mann nach Hause kommt. Niemand nahm sich die Mühe, zu ergründen, was in der Seele dieser Frau vorgehen mochte. Es war ihr auch nicht unbekannt gewesen, daß ihr Mann schon vor der Ehe der Trunksucht gefrönt hatte. Aber wie so viele hatte auch sie geglaubt, die Ehe werde verbessernd auf ihn wirken. Die weitverbreitete Anschauung, daß „wer niemals einen Rausch gehabt, kein braver Mann sei", war auch die ihrige gewesen. Nun hatte sie daran schwer zu tragen.
In der ersten Zeit, als sie noch keine Kinder hatten, schlug ihm noch das Gewissen, wenn er sich berauscht und ohne Geld auf

den Heimweg begab. Im Zimmer angelangt, kam er den Vorwürfen der Frau zuvor, fuchtelte mit dem Messer herum und renommierte, wie viele er erstochen habe. Angstvoll und zitternd lag das junge Weib im Bett. Er legte sich nieder und schlief bis zum nächsten Mittag seinen Rausch aus, dann wollte er ein fröhliches, lustiges Weib haben. Sie aber vermochte nicht, ihm jetzt Zärtlichkeiten entgegenzubringen, sondern erhob Vorwürfe.
Wer nie solche Dinge mitgemacht hat, könnte ja leicht meinen, die Frau hätte klüger getan, den Mantel des Vergessens und Verzeihens über die Ausartungen des Mannes zu breiten. Aber man vergesse nicht, daß auch eine Frau Blut und Nerven hat, und daß es kein leichtes für sie ist, durch doppelte Arbeit, doppelte Sparsamkeit und Entbehrung das hereinzubringen, was der Mann vergeudet hat.
Sie hoffte auf ein Kind und meinte, dann würde sich alles bessern. Aber schon der erste Samstag nach der Geburt des Kindes führte den alten Zustand herbei. Die Kinder wurden zahlreicher, der Mann aber hing immer fester am Wirtshaus, Spiel und Alkohol. Ging er einmal nicht ins Wirtshaus, dann mußte die Frau das Getränk nach Hause holen, wo er mit einigen Freunden trank und spielte; hatte der Alkohol seine Wirkung getan, so brach er auf, um im Wirtshaus das Spiel weiterzutreiben.
Die Verhältnisse gestalteten sich so arg, daß die Frau gar oft am Samstag oder Sonntagvormittag ihre hungrigen Kinder bis zum Gasthaus führte und sie hineingehen hieß, vom Vater Geld zu verlangen. Er gab ihnen dann Bier zu trinken und freute sich, wenn sie einen tüchtigen Zug taten. Mit Eßwaren beladen schickte er sie nach Hause. Die Zechbrüder aber waren voll Bewunderung für den guten Vater, denn sie hatten kein böses Wort gegen die Kinder gehört. Die Frau daheim aber wußte, daß sie keine guten Stunden zu erwarten hatte. Anfangs begnügte er sich, ihr vorzuhalten, daß sie nicht zu würdigen wisse, welch vorzüglichen Mann sie habe. Im Laufe der Jahre ging er aber zu Beschimpfungen und dann zu Tätlichkeiten über. Gar oft mußte sie bei Nacht, nur mit einem dünnen Rock bekleidet, fliehen, um bei gutherzigen Nachbarn Schutz zu suchen.
Wenn sie im Wochenbett lag und er kam betrunken nach Hause, so hatte er wohl so viel Besinnung, sie nicht zu schlagen, aber er spuckte sie an und stieß sie mit dem Fuß. Wenn er dann seinen

Rausch ausgeschlafen hatte, war er reumütig; er trug Wasser und kochte Kaffee, um die im Bett liegende Frau und die Kinder zu versorgen. Aber am nächsten Samstag hatte ihn der Alkohol doch wieder in seiner Gewalt.

Die Frau bat den Pfarrer um seine Hilfe. Dieser ließ sich den Mann kommen und versuchte auf ihn bessernd einzuwirken. Mit den schönsten Beteuerungen verließ Anton an der Seite seiner Frau den Pfarrhof, um sich zu Hause in Spott und Hohn zu ergehen.

Die Kinder, die im selben Raume wie die Eltern schliefen, wurden wach, wenn die nächtlichen Szenen vor sich gingen; aber wehe, wenn ein Kind wagte, für die Mutter zu bitten. Das beste war immer, wenn es der armen Frau gelang, zur Tür hinauszukommen. Einmal in einer solchen Nacht, als sie sich den grausamen Schlägen entwunden hatte, war seine Wildheit so weit gediehen, daß er sich besonders austoben mußte. Er suchte nach der Hacke und zertrümmerte die bescheidene Hauseinrichtung. Als das Zerstörungswerk vollbracht war, legte er sich hin und schlief sich aus. Die Kinder aber nahmen die Kleider der Mutter und trugen sie ihr heimlich in ihr Versteck und bestürmten sie mit Bitten, wieder nach Hause zu kommen. Was bleibt einer Mutter von fünf Kindern auch anderes übrig? Zwei Wochen blieb sie standhaft, dann kehrte sie wieder heim.

Die starke Erschütterung, die dieses letzte Ereignis mit sich gebracht, die lange Abwesenheit der Frau, die zerschlagenen Möbel, die vernachlässigte Wirtschaft waren nicht ganz ohne Einfluß auf den Mann geblieben. Er schien sich wirklich mit den besten Vorsätzen zu tragen. Aber da waren die Kollegen! Da spöttelte einer und dort höhnte ein anderer. Sie hänselten ihn, daß er Angst vor seinem Weibe und dem Pfarrer habe, und sofort waren alle guten Vorsätze vergessen. Der alte Jammer kehrte wieder. Gern hätte die arme Frau das elende Leben hingeworfen, aber die Sorge um ihre Kinder gab ihr die Kraft, auszuhalten. Sie hielt auch aus, als bei dem Mann die Folgen des übermäßigen Alkoholgenusses in furchtbarster Weise zur Wirkung kamen. Ein böses Leiden erfaßte ihn, dem er schließlich erlag. Seine Frau mit fünf Kindern, die fast alle noch unmündig waren, blieben zurück. Auf ihren Schultern allein ruhte nun die Last. Kann es wundernehmen, daß sie ihrem Mann keine Träne nachweinte?

XII. Vom Alkoholiker zum Mörder

In einer Kartonagenfabrik lernten sich zwei junge Menschen kennen. Beide waren blond, hübsch, groß und schlank wie Tannen. Sie hatte die prächtigen schweren Zöpfe gleich einer Krone um das Haupt gelegt. Da ihre Mutter sich bereit erklärte, den Haushalt zu führen, heirateten sie. Es war ein Ergötzen, die zwei jungen Menschen miteinander zu sehen. Er behandelte seine Frau mit großer Zartheit und Liebe. Alle schweren Arbeiten, die sie abends zur Entlastung ihrer Mutter zu machen hatte, nahm er ihr ab. Sonntags gingen sie Arm in Arm aus dem Haus. Sie im frisch geputzten Waschkleid, einen zierlichen Frauenhut auf der wundervollen Haarkrone tragend. Er in seinem schwarzen Hochzeitsanzuge, ein Spazierstöckchen in Händen. Alles schien eitel Lust und Wonne zu sein. Die beiden lebten sehr sparsam, um sich von dem geringen Lohn etwas für spätere Zeiten zurückzulegen. Morgens gingen sie zur Fabrik, und abends kamen sie wieder gemeinsam nach Hause. So war es monatelang.
Plötzlich wurde es anders. Die junge Frau wurde bleich, ihre zarte Schönheit wurde noch durchsichtiger, und ihre Augen nahmen einen angstvollen, furchtsamen Ausdruck an. Er wurde finster und mürrisch, etwas wie Brutalität war wahrzunehmen. Die Mutter, die nie viel mit anderen Frauen geplaudert hatte, wurde noch zurückhaltender. Aber Sonntag abends, wenn das junge Paar nach Hause kam, wurden die Fenster verschlossen und die Vorhänge zugezogen, es war so, als hätte man etwas zu verbergen. Man hörte aus der Wohnung Töne, die klangen wie unterdrückte Schreie. Wenn man am Montag die junge Frau sah, schien sie noch bleicher zu sein. Obwohl sie ein Spitzentuch weit in das Gesicht zog, sah man blaue Flecke auf ihrer feinen Haut, die Augen schienen wie in Tränen gebadet zu sein. Rasch huschte sie über den Hof; es war, als floh ein scheues Reh von dannen. Er aber ging hoch erhobenen Hauptes daher. Er sah nicht mehr so frisch aus wie noch vor kurzer Zeit, sein Gesicht zeigte das Aufgedunsene des Trinkers. Die früher so klaren, glückstrahlenden Augen waren stier und gläsern geworden. Man munkelte: „Er trinkt, er schlägt sie", aber weder an die Mutter noch an die Tochter war heranzukommen.
Wieder war ein schöner Sommersonntag. Die Fenster der Woh-

nung waren dicht verhängt. Es war um die fünfte Nachmittagsstunde, als man aus der Wohnung Lärm hörte. Das Kreischen von Frauenstimmen war vernehmbar. Die Hausleute sammelten sich im Hof und sahen zu den verhängten Fenstern hinauf. Einzelne Worte konnte man verstehen. Der Mann stieß Drohungen gegen sein Weib aus; er schien fort zu wollen und wurde zurückgehalten. Auf einmal wurde die Tür aufgestoßen, und die Mutter erschien schreiend und händeringend: „Er bringt sie um, er ersticht sie, Polizei, Polizei!" rief sie verzweiflungsvoll. Ein junger Mann, der unter den Zuschauern stand, wollte hinaufstürzen, um dem jungen Weibe zu helfen. Da wurde der junge Ehemann selbst sichtbar. Er sah wild aus, das Haar hing ihm ins Gesicht, das Hemd stand offen und ließ die nackte Brust sehen. Seine Füße steckten in gestickten Pantoffeln, das Produkt des nächtlichen Fleißes seiner Frau. Vor dem Mund stand ihm Schaum, und die Augen glühten unheimlich. In der Hand schwang er ein Messer. Als er die vielen Leute stehen sah, schien sich seine Wut zu vermehren. „Wen geht es etwas an, was ich mit meinem Weibe mache?" schrie er. Der erwähnte junge Mann stellte sich ihm mit den Worten entgegen: „Es ist eine Schufterei, ein Weib zu schlagen." Da fuhr der Wütende auf ihn los und wollte mit dem Messer nach ihm stoßen. Der junge Mann kam ihm zuvor. Geschickt brachte er ihn zu Fall und wand ihm das Messer aus der Hand. Mittlerweile erschien auch die herbeigeholte Polizei, und zwei Mann führten den Wütenden in den Arrest.

Die junge Frau ließ sich an dem Abend nicht mehr sehen. Erst am Montag früh sah man sie bleich mit verweinten Augen in die Fabrik eilen. Die Mutter begann noch am selben Tage alles wegzuräumen, was sie an Haushaltungsgegenständen brauchte. Die junge Frau wollte keine Nacht mehr in dieser Wohnung zubringen, auf die ihr Mann ein Recht hatte, und wohin er von der Polizei zurückkehren würde, wenn sein Rausch ausgeschlafen war. Denn das Bedrohen der Ehegattin mit dem Messer wird ja nicht weiter tragisch genommen und gilt als kein Anlaß, den Mann zu bestrafen. Außerdem war er ja berauscht, und was einer im Rausche tut, dafür kann er nicht. Mutter und Tochter bezogen eine Kammer, um wie früher allein zu leben. Der junge Ehemann war schon in früheren Zeiten ein Gelegenheitstrinker gewesen, als solcher war er bekannt. Erst als er in die Fabrik

Frauenarbeit in der kapitalistischen Gesellschaft

Von Adelheid Popp

Wien 1922
Verlag des Frauen-Zentralkomitees.

Abbildung 17: Erfahrungsbericht und Dokumentation (1922)

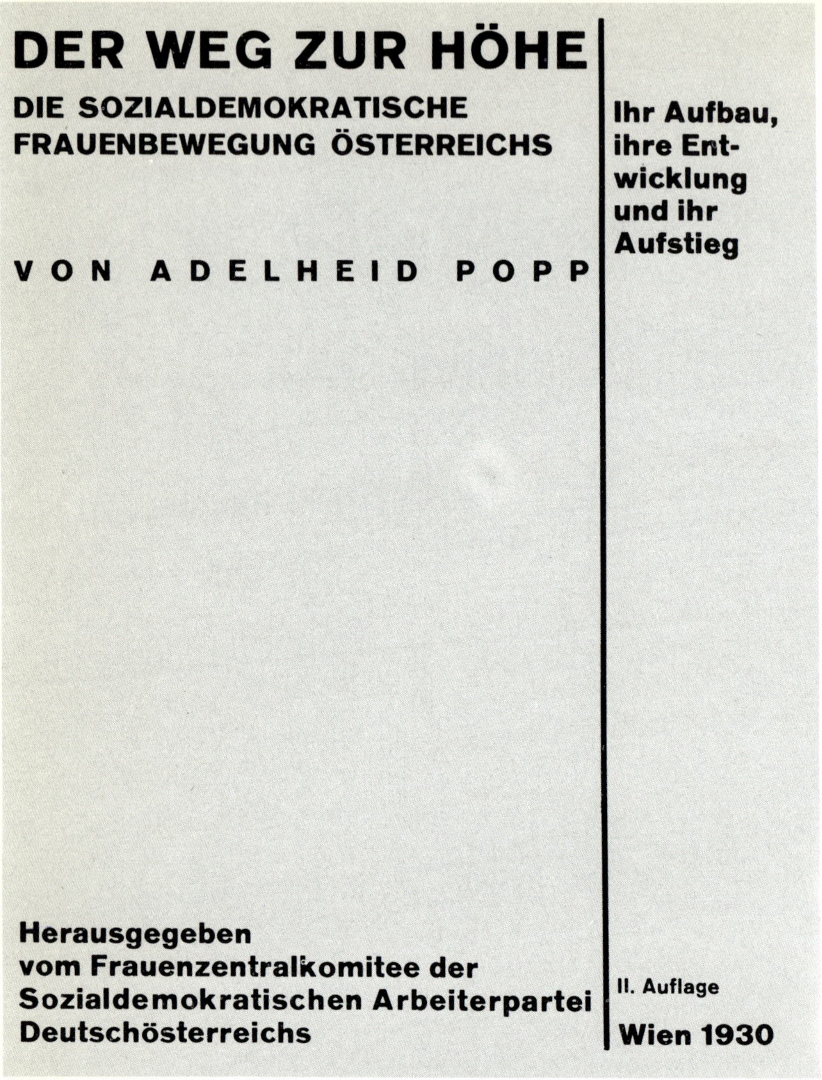

DER WEG ZUR HÖHE

DIE SOZIALDEMOKRATISCHE FRAUENBEWEGUNG ÖSTERREICHS

Ihr Aufbau, ihre Entwicklung und ihr Aufstieg

VON ADELHEID POPP

Herausgegeben vom Frauenzentralkomitee der Sozialdemokratischen Arbeiterpartei Deutschösterreichs

II. Auflage
Wien 1930

Abbildung 18: Ein historischer Überblick über die österreichische Frauenbewegung (1930)

THE AUTOBIOGRAPHY OF A WORKING WOMAN

By ADELHEID POPP

TRANSLATED BY
F. C. HARVEY

WITH INTRODUCTIONS BY
AUGUST BEBEL AND J. RAMSAY MACDONALD, M.P.
AND TWO PORTRAITS

T. FISHER UNWIN
LONDON : ADELPHI TERRACE
LEIPSIC : INSELSTRASSE 20
1912

Abbildung 19: Englische Ausgabe der ,,Jugendgeschichte" (1912)

Abbildung 20: Julius Popp

Abbildung 21: August Bebel (1877)

Abbildung 22: Herstellung von Christbaumschmuck (um 1912)

Abbildung 23: Obdachlose Frauen und Kinder vor dem Frauenasyl. Nach einer zeitgenössischen Zeichnung von Scherenberg

Abbildung 24: Frauenreichs- und n.-ö. Frauenlandeskomitee 1917.
Obere Reihe von links nach rechts: Josefine Deutsch, Marie Münzker, Amalie Polzer, Marie Bock, Emmy Freundlich, Olga Hönigsmann, Anna Grünwald, Mathilde Eisler. Untere Reihe von links nach rechts: Marie Schuller, Anna Boschek, Therese Schlesinger, Amalie Seidel, Adelheid Popp, Gabriele Proft.

eingetreten war, wo er das Mädchen kennenlernte, in das er sich sofort verliebte, hatte er sich geändert. Es war ihm bewußt geworden, daß er das schöne, stille und zarte Mädchen nur gewinnen könne, wenn er sein Laster ablegen würde. Solange es ihm gelungen war, sich von den früheren Zechgenossen ferne zu halten, war er standhaft geblieben. Zufällig war er aber mit ihnen zusammengetroffen. Sie hatten ihn gehänselt, daß er an der Kittelfalte seines Weibes hänge, daß er ein Pantoffelheld geworden sei, und wie diese unverantwortlichen, so viel Unheil anrichtenden Stichelreden sonst noch lauten. Das ging ihm an die „Ehre". Er wollte den früheren Kameraden beweisen, daß er der Herr im Hause sei. Zuerst blieb er nur einige Stunden in ihrer Gesellschaft, so weit vermochte er sich noch zu beherrschen. Aber von Woche zu Woche wurde es schlimmer. Da er einmal mit dem alten Laster wieder angefangen hatte, gab es keinen Halt mehr. Seine Frau bat und beschwor ihn. Als dies nichts nützte und er noch grob wurde, drohte sie, ihn zu verlassen. Seine guten Geister waren aber schon von ihm geflohen, als er sich wieder mit dem Alkohol eingelassen hatte. Immer tiefer ging es abwärts. Jeden Sonntag vertrank er einen großen Teil seines Wochenlohnes. Wenn die Frau ihm Vorwürfe machte, besann er sich auf seine „Herrenrechte" und mißhandelte sie. So kam das Letzte, der geschilderte Sonntag.

Als er Montag abends von der Polizei entlassen wurde, fand er seine Wohnung verlassen. Er bat und beschwor seine Frau, zu ihm zurückzukehren. Sie aber hatte kein Vertrauen mehr. Ihre empfindsame Seele konnte ihm die Schmach, die er ihr angetan hatte, nicht verzeihen. Solange sie seine Roheiten vor den Leuten hatte verbergen können, war sie bemüht gewesen, auf ihn einzuwirken und seine besseren Eigenschaften wieder zu erwecken. Seit er sie aber an den Haaren geschleift, mit den Fäusten geschlagen und dem Messer bedroht hatte, seit es dazu gekommen war, daß ihr zerstörtes Eheglück allen Augen sichtbar geworden, hatte sie sich innerlich von ihm losgesagt. Sie wollte von ihm nichts mehr wissen und wollte mit ihrer Mutter ein stilles, einsames Dasein führen. Die rührende Gestalt der jungen Kartonagenarbeiterin fand allgemeines Mitgefühl. Über ihre Lippen kam kein Wort der Klage. Sie war eine jener verschlossenen stolzen Naturen, die tausendfach Qualen erdulden, ohne darüber zu sprechen. Nur ihre schönen ängstlichen Rehaugen sprachen von ihren Leiden. Sie wurde vor Gericht geladen, der Richter versuchte sie versöhnlich zu stimmen und redete ihr zu, dem Mann zu verzeihen und zu ihm zurückzukehren. Aber sie blieb standhaft. Sie wechselte den Arbeitsplatz, um nicht mit ihm zusammenzutreffen. Er verfolgte sie oder lauerte ihr auf, wenn sie nach Hause ging. Wenn er betrunken war, machte er ihr auf der Straße Szenen oder er kam vor ihre Wohnung, polterte an die Tür und verlangte Einlaß. Das arme Geschöpf lebte wie ein gehetztes Wild. Sie mochte noch so oft Arbeitsplatz und Wohnung wechseln, immer wieder fand er sie. Und er hatte ein gesetzliches Recht auf ihre Person. Denn sie waren nicht geschieden, dazu war kein ausreichender Grund vorhanden, und so blieb sie an ihn gebunden und mußte sich hetzen lassen. Ihr zarter Organismus konnte dieses Leben auf die Dauer nicht ertragen. Ihre Wangen bekamen die hektische Röte der Tuberkulosen; ihre Ernährung konnte ja nur eine mangelhafte sein, denn der stetige Wohnungswechsel verschlang einen beträchtlichen Teil ihres Verdienstes. Dazu lebte sie infolge der Angst, die sie vor ihrem Mann empfand, in ununterbrochener Aufregung. Ihre Leiden sollten ein rasches Ende finden. Als er ihr wieder einmal aufgelauert und seine Aufforderung, zu ihm zurückzukehren, vergeblich war, stieß er ihr sein Messer ins Herz. Als man sie zu Grabe trug, saß er hinter Gefängnismauern, um den Mord an der Gattin zu büßen. Das Laster der Trunksucht hatte ihr Opfer bekommen, eine glückliche Ehe war zerstört, zwei blühende Menschen waren vernichtet worden.

XIII. Noch einmal die Agitation — Der Klerikalismus

Ich habe schon von den vielen Mühseligkeiten der Agitation unter dem Tiefstand der Kultur und von dem Mangel eines jeglichen gesetzlichen Arbeiterschutzes früherer Zeiten gesprochen. An noch einigen Beispielen möchte ich allen jenen, die heute, nach einem Vierteljahrhundert aufsteigender Arbeiterbewegung, von Ort zu Ort ziehen, um Aufklärung über die sozialistische Bewegung zu verbreiten, zeigen, daß in den letzten Jahrzehnten gar manches sich gebessert hat.

In einem Ort des Erzgebirges sollte an einem Abend im Oktober 1897 eine Frauenversammlung stattfinden. Wenige Stunden vor Beginn der Versammlung begann ein Unwetter zu toben, wie man es sich nicht fürchterlicher vorstellen kann. Der Sturm rüttelte an Fenstern und Türen, Hagelkörner prasselten hernieder, und niemand hatte zu glauben gewagt, daß sich dennoch im Gasthaus Zum weißen Hof eine so große Zahl von Frauen und Männern einfinden werde. Die Gekommenen hatten selbst nicht zu hoffen gewagt, daß so viele andere gleich ihnen eine so starke Begeisterung für die Arbeiterbewegung aufbringen würden, um den Elementen Trotz zu bieten. Die Versammlung war sehr schön und eindrucksvoll; sie lieferte wieder den Beweis, welch große Intelligenz auch in den weltabgeschiedenen Orten des Gebirges bei den Arbeiterinnen zu finden ist. Nicht ohne Ergriffenheit vernahm ich, daß eine Arbeiterin, die selbst nur die Volksschule besucht hatte, sich bemühe, in den Abendstunden ihren männlichen Mitarbeitern die Kunst des Lesens und Schreibens beizubringen, damit diese ihre Funktion als gewählte Vertrauensmänner der Arbeiterschaft vollständig auszufüllen imstande wären.

Nach der Versammlung führte mich mein Gastgeber in ein auf dem Dachboden gelegenes Zimmer. Schon bei meiner Ankunft hatte ich mich erkundigt, ob ein Nachtquartier vorhanden sei, und hatte über die Reinlichkeit sehr beruhigende Versicherungen erhalten. Nun konnte ich mich selbst überzeugen. Die Fenster waren zerbrochen, und an ihrer Stelle war Packpapier eingeklebt. Das war aber nicht das Schlimmste. Als ich das Bett in Augenschein nahm, zeigte es sich, daß es sich in demselben Zustand befand, wie es verlassen zu werden pflegt. Da es selbstverständlich eine Glocke nicht gab, begann ich nach den Wirtsleuten zu rufen. Endlich erschien ein altes Weiblein, das ich, auf das schmutzige Bett weisend, um frische Wäsche bat. Erstaunt meinte sie, daß „ja nur Wiener Touristen in dem Bett gelegen seien". Mehr als ein reines Bettuch war nicht zu erlangen, und ich half mir so, daß ich meine Nachtwäsche über die Polster breitete, die übrigen Kleider anbehielt und mich mit meinem Mantel zudeckte. Als ich am nächsten Morgen an den Waschtisch ging, konnte ich mich überzeugen, daß die Wiener Touristen in der Beziehung nicht anspruchsvoll waren, denn das Waschgeschirr hatte wohl schon viele Monate keine Reinigung erfahren.

Noch einmal zur Winterzeit hatte ich Gelegenheit, im selben Orte zu sprechen. Es war im Januar, der Schnee knirschte unter den Füßen, und eine prächtige Rodelbahn zog sich durch den ganzen Ort. Durch meine Erfahrungen belehrt, nahm ich diesmal in einem der besseren Gasthöfe Quartier; in den besten zu gehen wagte ich nicht, da es die Genossen nicht lieben, daß man in Lokale geht, die von den Gegnern besucht werden. Die Gegner aber verstehen sich auf Bequemlichkeit und Komfort selbstverständlich viel besser als die Arbeiter. In dem Gasthaus, das ich mir ausersehen hatte, wurde mir ein hübsches Zimmer angewiesen. Ein großer Kachelofen verbreitete behagliche Wärme. Als ich mich nach der Versammlung in mein Zimmer begab, fiel mir erst auf, daß ich ein anderes Zimmer passieren mußte, um in das meine zu gelangen. Das Sofa in meinem Zimmer stand vor einer breiten Glastür. Es wurde mir die beruhigende Versicherung gegeben, daß das hinter der Tür gelegene Zimmer unbewohnt sei. Meiner Gewohnheit gemäß nahm ich im Bett noch ein Buch zur Hand, da ich nach Versammlungen, auch wenn ich noch so müde und abgespannt war, vor innerer Erregung nicht schlafen konnte. Nach einem kurzen Schlaf erwachte ich, da ich aus dem Nebenzimmer heftiges Poltern vernahm. Stiefel wurden weggeschleudert und Stühle mit großem Geräusch gerückt. Ich hatte einen Nachbarn bekommen, und dieser mußte wohl berauscht sein, wie ich aus verschiedenen Anzeichen schließen konnte. Ich wagte kaum zu atmen. Endlich merkte ich, daß er zu Bett gegangen war, denn es begann ein Schnarchen, wie wenn zehn Sägen in Tätigkeit gesetzt worden wären. Nach solchen Nächten kommt man leicht zu dem Entschluß, lieber eine Nacht im Bahnhof zuzubringen, als ohne schlafen zu können im Gasthaus. Und doch kommt sehr viel darauf an, wie man untergebracht ist, wenn man die notwendige geistige Frische und körperliche Widerstandsfähigkeit bei dem aufregenden Leben der Agitation behalten soll.
Mit Schaudern denke ich an eine Nacht, die ich nach einer Versammlung in einem kleinen Zimmer, das zu einer Bäckerei gehörte, zugebracht habe. In der betreffenden Stadt gab es damals schon gute Gasthöfe, aber die Gastfreundlichkeit und das Bestreben, den Rednern keine Kosten zu verursachen, waren gar oft Veranlassung für die private Unterkunft.
Die Versammlung, von der ich rede, fand um neun Uhr abends

in einem Dorfe statt. Gegen ein Uhr nachts kamen wir in die Stadt zurück. Es war eine heiße Sommernacht. Der Raum, den man mir gastfreundlich zum Schlafen angewiesen hatte, grenzte an den Raum, in dem sich der Backofen befand. Ich lag in Schweiß gebadet, gequält von furchtbaren Kopfschmerzen, im Bett. Als ich endlich meiner Müdigkeit widerstand und die Kerze anzündete, um zu lesen, wurde das Maß meines Unglücks übervoll. An den Wänden und am Fußboden krochen Schwaben, große, mächtige, fürchterliche Schwaben. Es schien mir, als ob sie mich wie aus tausend Augen anstarrten und ihre Fühler nach mir ausstrecken. Ich nahm mein Kleid, zog es mir über den Kopf und wickelte die Hände darin ein. Grauen und Ekel schüttelten mich.

Am nächsten Tage hatte ich nachmittags eine Versammlung in einem anderen Dorfe. Als wir uns auf dem Weg befanden, wurden wir von einem Gewitter überrascht, so daß wir vollständig durchnäßt in die Versammlung kamen. Auf dem Rückweg waren die Wege aufgeweicht, und von dem nahen Gebirge wehte eine kalte Luft. Aber ehe ich noch eine Nacht bei den Schwaben zugebracht hätte, entschloß ich mich lieber, zur Bahn zu gehen und mit dem Personenzug nach Wien zu fahren. Den Mut, einfach zu sagen, ich gehe in ein Gasthaus, hatte ich nicht, ich fürchtete, die gastfreundlichen Menschen zu verletzen.

Zum Teil sind solche Dinge unvermeidlich, weil es ja das Bestreben sein muß, immer neue Kreise und neue Orte in die Arbeiterbewegung einzubeziehen und man mit allem immer wieder von vorne anfangen muß. Gerne nimmt man die Mühe auf sich, stundenlang im Schnee oder glühender Sonnenhitze zu wandern, um einen Versammlungsort zu erreichen. Aber manchmal bricht man schier zusammen unter den Strapazen. Man erlebt ja auch viele schöne und beglückende Augenblicke. Wenn man gewohnt ist, sein Leben in der Stadt zu vollbringen, so hat man wenig Gelegenheit, die herrlichen Naturschönheiten zu bewundern, dazu bietet die Agitation Gelegenheit. Noch heute denke ich mit angenehmen Gefühlen an eine Wanderung im Erzgebirge im Winter. Die Schneedecke lag so hoch, daß kaum die Häuser zu sehen waren. Um in die Wohnungen zu gelangen, mußten die Leute höhlenartige Zugänge ausschaufeln. Aber alles Ungewohnte, es mag noch so schön sein, bringt Nachteile mit sich. Das intensive Weiß der ungeheuren Schneemassen verursachte mir Schmerzen in den Augen, der Kopf brannte wie Feuer, dabei waren meine Kleider von Nässe schwer geworden, und eine furchtbare Müdigkeit lag mir in den Gliedern. Aber als ich das Versammlungslokal erreicht hatte, und in dem Saal Kopf an Kopf die Menschen standen, war aller Schmerz und alle Müdigkeit vergessen.

Was bedeuten auch alle diese Beschwerden gegen die Leiden ohne Ende, die die Handschuhnäherinnen und Spitzenklöpplerinnen im Erzgebirge zu erdulden haben. Wenn man von diesen Mädchen und Frauen erzählen hört, wie endlos ihr Arbeitstag, wie geringfügig ihr Lohn und wie unzureichend ihre Nahrung ist, und wenn man sich dann mit eigenen Augen überzeugt, daß nicht nur Erwachsene, sondern auch Kinder alle diese Leiden erdulden, dann empfindet man nichts als ein großes Gefühl des Mitleids für diese Menschen und der Empörung gegen eine Weltordnung, die solche Zustände möglich macht. Denn überall im Erzgebirge sieht man die Kinder arbeiten. Sie sitzen am Klöppelkissen, um dann für Spitzen, die viele Meter lang sind und ein tagelanges Arbeiten erfordern, doch nur wenige Kreuzer zu empfangen. Oder die Kinder, die in der Posamentenindustrie ihre jungen Augen anstrengen müssen, um der Mutter zu helfen einen Lohn zu verdienen, der nicht ausreicht, sich auch nur einmal am Tage gründlich sattessen zu können. Wenn auch die Männer schwer zu leiden haben unter der Wirkung des Kapitalismus, so muß jeder aufrichtige Mensch doch sagen, daß die Frauen noch weit größere Dulderinnen sind. Nicht aus Geschlechtssolidarität, sondern aus tiefinnerster Überzeugung bin ich zu der Ansicht gekommen, daß die Frauen der Arbeiterklasse, die man geistig oft so gering einschätzt, Tugenden in sich bergen, die sie befähigen, auch tapfere Streiterinnen und Kämpferinnen zu sein.

Die Frauen und Mädchen der Arbeiterklasse zeigen im allgemeinen große Empfänglichkeit für die Ziele des Sozialismus. Man weiß ja, daß in verschiedenen Landesteilen die Schulbildung eine mangelhafte ist, daß der religiösen Erziehung weit mehr Bedeutung beigelegt wird als den realen Kenntnissen. Und doch findet die Arbeiterbewegung selbst dort einen guten Boden, wo der Klerikalismus am ausgebreitetsten vertreten ist. Klerikalismus und Religion ist natürlich nicht dasselbe. Man kann fromm und

gottesgläubig sein und kann die Notwendigkeit einer religiösen Anschauung für unerläßlich halten, ohne daß man klerikal ist.
Der Klerikalismus, getragen von dem Bestreben, über die Geister der Menschheit zu herrschen, ist nicht Religion. Man hat fanatische Klerikale kennengelernt, deren ganzes Verhalten erkennen ließ, daß sie unberührt waren von jeder Regung, die wirkliche innerliche Religion bedeutet. Daher ist es möglich, daß die Aufklärung selbst dort fruchtbar wirken kann, wo die Menschen noch an ihrer religiösen Überzeugung mit ganzem Herzen festhalten. Das ist auch daran zu erkennen, daß in den Ländern, die man als die religiösen bezeichnet, das Evangelium des Sozialismus viele Anhänger gefunden hat. Auch unter den Frauen. Es ist bemerkenswert, daß selbst die Arbeiterinnenbewegung, die doch als Zweig der großen sozialistischen Bewegung selbstverständlich auf rein weltlicher Grundlage beruht, dennoch auch in den klerikalsten Gebieten von allem Anfang an viele Anhängerinnen gewinnen konnte. Es erscheint vielleicht sehr leicht, Frauen die Erkenntnis beizubringen, daß das tägliche Elend, in dem sie leben, keine von Gott gewollte Einrichtung ist, weil jeder Mensch, der entbehrt, mit Jubel dem zujauchzt, was ihm Erlösung bringen kann. Aber wenn man daran denkt, daß die sozialistische Lehre die Erlösung nicht für die allernächste Zeit verheißt, sondern einen langen, nie aufhörenden Kampf als Vorbedingung hinstellt, so verdient es doch besonders gewürdigt zu werden, daß auch Frauen, die so ganz weltfremd erzogen wurden, mit Begeisterung zur Arbeiterbewegung stehen. Selbst die Tatsache, daß im Anfang der Arbeiterbewegung diejenigen, die in den Versammlungen die Auflehnung gegen alles bisher als unabänderlich Gegoltene gepredigt haben, von den Behörden verfolgt und oft auch ins Gefängnis gesperrt wurden, hat die Frauen nicht abgeschreckt, so daß Länder, die als klerikal beherrscht gelten, heute schöne Ansätze einer sozialistischen Arbeiterinnenbewegung haben.
Einmal sprach ich in einer Versammlung, die zum Teil aus bäuerlichen, zum Teil aus kleingewerblichen Teilnehmern bestand, über die Umwandlung der kapitalistischen in eine sozialistische Produktionsweise. Die Rede brachte mir eine Anklage wegen „Erschütterung der Rechtsbegriffe über das Eigentum" ein. Zur Verhandlung vor dem Erkenntnissenat waren Handwerker und Bauern als Zeugen gegen mich geladen. Aber es ge-

lang, die Haltlosigkeit der Anklage nachzuweisen, und es erfolgte ein Freispruch. Die Anschauung der klerikalen Belastungszeugen, daß meine Rede die sofortige Abschaffung des Privateigentums gefordert habe, war nicht nachzuweisen.
An demselben Abend fand in dieser kleinbürgerlichen Stadt eine glänzend besuchte Volksversammlung statt, in der ich über dasselbe Thema sprach wie damals. In dieser Versammlung waren wie das erstemal zahlreiche Frauen anwesend, und der Umstand, daß ich angeklagt worden war, hatte bei keiner Angst oder Einschüchterung zur Folge gehabt, sondern mit noch größerer Begeisterung als früher waren sie in diese Versammlung gekommen.
In dem sogenannten „schwarzen Land" Tirol war es nicht anders. Wenn man bedenkt, daß dort wirklich der Klerikalismus eine überragende Herrschaft ausübt, so kann man es nicht hoch genug einschätzen, daß es auch dort gelang, der sozialistischen Arbeiterinnenbewegung Boden zu gewinnen. Es war nicht leicht. Ist es doch noch gar nicht so lange her, daß in Tirol uneheliche Mütter die grausamste und unmenschlichste Behandlung erdulden mußten. Beim Pfarrer und beim Bürgermeister mußten sie auf den Knien rutschen und um Verzeihung bitten, und zur öffentlichen Buße mußten sie mit einem Strohkranz auf dem Haupt vor der Kirche knien. Jeder der Vorübergehenden hatte das Recht, nach der „Büßerin" zu spucken.
Wenn man Tirol sieht, würde man es nicht für möglich halten, daß in diesem herrlich schönen Lande Menschen mit solchen unmenschlichen Anschauungen wohnen. Und wer hätte es für möglich gehalten, daß in einem Lande mit solch mittelalterlichen Zuständen für die sozialistische Arbeiterinnenbewegung ganz beachtenswerte Erfolge zu erreichen sind?
Eine Versammlung in Innsbruck, in der ein Arbeiterinnenverein gegründet werden sollte, war Gegenstand des größten Interesses der Klerikalen. Von den Kanzeln aller Kirchen wurde aufgefordert, die sozialistische Frauenversammlung zu besuchen. Katholische Frauen, Mädchen und Jünglinge fanden sich ein, an ihrer Spitze ein Geistlicher. Auf dem Tisch, zu dem ich mich zu begeben hatte, stand ein großer Blumenstrauß. Breite rote Schleifen mit der Aufschrift „Zur Erinnerung an die Gründung der Innsbrucker Frauenorganisation" waren daran befestigt. Der Pater stand mir gegenüber, als ich sprach, und klatschte wieder-

holt Beifall, selbst als ich gegen das Pharisäertum der Klerikalen sprach. Die Frauen, die mit ihm gekommen waren, wurden sichtlich immer lebhafter interessiert. Sie nickten verständnisinnig mit dem Kopf und stimmten mir zu, als ich die wirtschaftliche Lage der Frauen schilderte. Nach mir ergriff der Pater das Wort. Nach einem sehr fragwürdigen Kompliment, das er mir machte, begann er gegen die verjudete Sozialdemokratie zu polemisieren. Und er redete ohne Ende. Man hatte den Eindruck, daß er die Gründung des Vereins verhindern wollte. Endlich, als er schon über eine Stunde gesprochen hatte, wurde ihm stürmisch „Schluß" zugerufen. Seine Rede war schließlich so verlogen und heuchlerisch geworden, daß seine Anhänger und Anhängerinnen anfingen stutzig zu werden. Die Stimmung gegen ihn wurde so erregt, daß er die Versammlung verlassen mußte. Die Frauen, die er mitgebracht hatte, blieben zum großen Teil im Saal, und die Gründung des Vereins konnte vorgenommen werden.

Die Frauen, die es in der Hauptstadt Tirols unternommen hatten, für die Arbeiterinnenbewegung zu werben, hatten es nicht leicht; auf Schritt und Tritt stießen sie auf Hindernisse. Man denunzierte sie auf offener Straße, wenn sie eine Bekannte aufforderten, Mitglied des Vereins zu werden. Dennoch blieben sie aufrecht, und sie trugen die sozialistische Aufklärung durch das ganze Land.

XIV. Die Heiligkeit der Ehe und Familie

Ebensosehr wie um die Aufrechterhaltung des Privateigentums sowie der Religion und anderer gesetzlich geschützter Einrichtungen, ist man auch um die Heiligkeit der Familie und der Ehe besorgt. Obwohl es längst nachgewiesen ist, daß auch die Ehe nichts Unwandelbares ist, sondern in ihrer äußeren Form verschiedenen Veränderungen unterliegt, und daß die Wirklichkeit mit den vom Gesetz vorgeschriebenen Formen allzuoft nicht im Einklang steht, gilt die Einehe heute als der unseren Sitten und unserer Kultur entsprechendste Zustand. Dennoch wird eine Einrichtung, die Prostitution, mit einem Schleier bedeckt.

Man spricht von Kultur und von Sitten, und doch wird man nicht schamrot, wenn in jedem Lande, in jeder Stadt viele tau-

sende Frauen ein elendes Leben der Schande führen müssen, weil trotz der geheiligten Institution der Einehe eine starke Nachfrage nach den Priesterinnen der „freien" Liebe vorhanden ist. Es ist viel darüber geschrieben worden, ob es Frauen gibt, die geborene Dirnen sind, oder ob die Not sie zwingt, sich diesem traurigen Leben hinzugeben. Es mag sein, daß auch das erstere zutrifft; denn man hat erlebt, daß Frauen aus hochgestellten und höchstbegüterten Kreisen auf dem Gebiet der freien Liebe ein sehr ungezügeltes Leben führten. Aber von diesen Fällen abgesehen, scheint es doch sicher zu sein, daß die meisten Frauen nur aus dem Grunde der Prostitution verfallen, weil sie bei den schlechten Löhnen, die vielfach gezahlt werden, „nicht ehrbar" leben können. Andere wieder werden durch die Verhältnisse, in die sie in ihrer Jugend geraten, auf diesen Weg geführt. Daß die heutige Gesellschaft die Verantwortung dafür trägt, ist durch viele Untersuchungen erwiesen worden. Da zu den Besuchern dieser Frauen auch verheiratete Männer gehören, so ist wohl anzunehmen, daß für diese die Heiligkeit der Ehe nur dem Buchstaben nach vorhanden ist. Ob die Frauen seltener geneigt sind, die eheliche Treue zu verletzen, soll hier gar nicht in Betracht kommen, da es selbstverständlich ist, daß bei der Stellung der Frau in unserer Gesellschaft von einer Gleichheit im allgemeinen nicht geredet werden kann. Frauen, die sich so verhalten wie jene Männer, die zu den Stützen der Prostitution gehören, können unzweifelhaft nur als Ausnahmen betrachtet werden.
Trotzdem die Verhältnisse so liegen, und die in Freudenhäusern und auf der Straße ihr schmachvolles Gewerbe ausübenden Prostituierten mit einer polizeilichen Legitimation ausgestattet sind, untersteht es noch immer einer strengen Bestrafung, an der Heiligkeit der Ehe zu zweifeln, und als Erschütterung des Familienlebens wird es geahndet, wenn man Theorie und Wirklichkeit vergleicht.
Das habe auch ich erfahren, als ich in der Zeitung, die ich zu leiten habe, einmal einen Artikel veröffentlichte, der sich mit diesem Problem beschäftigte. Ich wurde vor die Geschworen gestellt und als „schuldig" verurteilt. Der Zweifel an der Heiligkeit der Ehe mußte geahndet werden mit der Verhängung von vierzehn Tagen Arrest, verschärft durch zwei Fasttage.
Ich kann nicht sagen, daß ich nach Verbüßung dieser Strafe andere Anschauungen über die Ehe bekommen habe. Die Geschwo-

renen waren der Meinung, daß in dem erwähnten Artikel die „freie Liebe" propagiert wurde. Das, was ich als freie Liebe darstellte, ist aber eine weit edlere und würdigere Auffassung von der Ehe als diejenige der heutigen Gesellschaft mit der Nebeneinrichtung der Prostitution. Die freie Liebe wird von den Philistern als etwas angesehen, das sie in ihren Rechten auf die Frau, der sie ihren Namen gegeben haben, einschränkt. Sie fassen freie Liebe so auf, als sollte auch den Frauen dasselbe Recht eingeräumt werden, das sie besitzen: so viel zu lieben und so oft zu wechseln, als es ihnen gefällt. In Wirklichkeit wurde die „freie Liebe", die in jenem Artikel vertreten wurde, so dargestellt, daß die Ehe kein Geschäft sein soll, bei dem die Höhe der Mitgift und des Einkommens die Entscheidung geben. Es wurde für eine Gesellschaftsordnung Propaganda gemacht, in der die Menschen, die füreinander Neigung empfinden, sich angehören können, ohne daß sie auf materielle Güter Rücksicht zu nehmen haben. Und für die Frau soll das gleiche Recht gelten wie für den Mann. Mir erscheint ein solcher Zustand schöner und begehrenswerter als der, in dem wir uns heute befinden, wo in Zeitungsannoncen und Heiratsbureaus der Ehemarkt oft in schamlosester Weise etabliert ist.

Die Schwedin Ellen Key hat den Satz geprägt: Liebe ist sittlich auch ohne Ehe, aber Ehe ist unsittlich ohne Liebe. Diese Worte bis in die letzte Konsequenz durchdenken und billigen, heißt sich bekennen zur Ehegemeinschaft ohne gesetzliche Legitimation. Tatsächlich haben schon viele Männer und Frauen diesen Weg gewählt, um ihr Lebensglück zu begründen. Die unglücklichen Ehen der nur mit innerem Widerwillen aneinandergeketteten Menschen sind zahlreich. Irgendwelcher Rücksichten wegen wird das Band der Ehe aufrechterhalten, ohne daß auch nur ein Funke von Zuneigung noch vorhanden ist. Das ist so in allen Schichten der Gesellschaft, auch die Arbeiterklasse bildet keine Ausnahme.

Es wäre Heuchelei, dies leugnen zu wollen, denn auch die Ehen sind Produkte der gegenwärtigen Gesellschaftsordnung, und auch der Arbeiter und die Arbeiterin sind Kinder ihrer Zeit.

Es ist ja wahr, daß sehr oft Mangel, Not, nie endende Kämpfe um das tägliche Brot viel Verstimmung und Verbitterung erzeugen. Manche Ehe würde friedlicher verlaufen, die Erschütterungen würden leichter überwunden werden, wenn nicht die Sorgen den Frieden verscheuchen würden. Aber auch aus anderen Ursachen gehen Arbeiterehen in Trümmer. Die jungen Leute lernen sich kennen und vereinigen sich zum Lebensbund, ehe sie noch geistig fertige Menschen sind. Die weiteren Entwicklungsverhältnisse gestalten sich aber sehr ungleich. Die Frau wird Mutter und an das Haus gebunden, ihre Tätigkeit erschöpft sich Tag um Tag in hunderterlei Kleinigkeiten. Sie ist immer müde, weil sie nie richtig ruhen kann. Weder der Abend noch der Sonntag bedeuten für sie eine ausreichende Erholung. Niemand, der die Verhältnisse kennt, wird behaupten können, daß der Sonntagsausflug einer mit Kindern gesegneten Frau ein Ausruhen ist. Wenn sie selbst kaum mehr weiter kann, hat sie oft in glühender Sonnenhitze ein müdes oder schlafendes Kind im Arm, während sich ein zweites an das Kleid hängt. Es gibt sicher Männer, die gerne der Frau ihre so geliebte Last abnehmen, was aber von allen nicht behauptet werden kann. Und dennoch, wie viele Nächte durchwacht eine Mutter, wie oft bemüht sie sich in kalten Winternächten, das unruhige, vielleicht kranke Kind stundenlang im Arm zu halten, um den Schlaf des Mannes vor Störungen zu bewahren! Nach durchwachter Nacht liegt es ihr wie Blei in den Gliedern, und doch kann sie nicht ruhen. Solche müden Frauen verlieren in den meisten Fällen alles Interesse für Dinge, die außerhalb ihrer Kinder und ihrer Wirtschaft liegen. Um so schlimmer, wenn sie außerdem noch arbeiten müssen, um zu verdienen. Wie bald sind Lebensfreude und Jugendfrische dahin.

Manche Frau macht das Leben einer Mater dolorosa mit und ist doch nur ein armes, unbeachtetes Wesen. Geistige Regsamkeit und Interesse ersterben ebenso wie die körperliche Frische. Das ist dann der Augenblick, wo die ersten Anfänge der geistigen Kluft entstehen, die sich später zwischen Mann und Frau fühlbar macht. Denn der draußen sich bewegende Mann wächst geistig, er nimmt teil an allem, was seine Zeit bewegt. Daheim aber findet er eine, wie er meint, verständnislose Frau. Es fehlt den Männern gewiß nicht an Gerechtigkeitsgefühl, anzuerkennen, warum es so ist, aber draußen sehen sie es doch oft anders, als sie es daheim finden. Die geistige Gemeinschaft zwischen Mann und Frau, die in einer richtigen Ehe vorhanden sein soll, fehlt.
Wenn es bei der heutigen Form des Haushaltes und des Familienlebens auch unmöglich ist, daß jede Frau aktiven Anteil am

Geistesleben ihrer Zeit nimmt, so ist es doch im höchsten Grade wünschenswert, daß die Frauen nicht fremd und verständnislos den Strömungen gegenüberstehen, von denen ihre Männer erfaßt sind. Wo die Frau an der geistigen Entwicklung keinen Anteil nimmt, wird ihr der Mann sehr oft entfremdet, und wenn auch nicht bewußt, so ist sie ihm in vielen Fällen doch nicht mehr als eine Haushälterin und die Pflegerin seiner Kinder. Eine solche Frau fühlt instinktiv, wie lose die Gemeinschaft ist, die den Mann an sie knüpft. Die Skala ihrer Leiden steigt durch die tägliche Angst, sie könnte ihn ganz verlieren.

Die an Haushalt und Kinder gebundene Frau kommt fast nie in die Versuchung, dem Mann untreu zu werden. Dieser aber hat viel Gelegenheiten, Vergleiche anzustellen, und kann nicht immer die Meinung unterdrücken, daß er glücklicher wäre, wenn er noch einmal wählen könnte. Nicht alle Männer vermögen es, mit diesen Wünschen fertig zu werden und sich das Schicksal der Frau und der Kinder vorzustellen, wenn sie von ihnen verlassen werden.

Leider meinen viele Frauen, ein verbrieftes Recht auf die Gefühle des angetrauten Mannes zu haben, und darauf pochen sie, statt bemüht zu sein, ihm die Umkehr leicht zu machen. Und dann nimmt das Unglück seinen Lauf. Bei der Abhängigkeit der Frau in der heutigen Gesellschaftsordnung bleibt ihr ja fast nie ein anderer Ausweg. Merkwürdig aber ist, daß fast alle Frauen, die fürchten, ihren Mann an eine andere Frau zu verlieren, dieser und nicht ihm die ganze Fülle ihres Hasses entgegenbringen. Sie prüfen nicht, ob diese andere schuldig ist, sondern sie hassen und schmähen urteilslos. Es mag ein großer Schmerz sein, wenn eine Frau, die mit dem Mann Armut und Elend geteilt hat, ihn vielleicht dann verlieren soll, wenn die trüben Schatten des Elends zu weichen beginnen. Was man unter Lebensglück versteht, ist für solche Frauen vernichtet. Ihr ferneres Dasein bleibt freudlos, weil ihr ganzes Sein an diesen Mann gebunden war. Nicht immer muß es so ausgehen, aber in zahlreichen Fällen wird es so sein.

Wie aber soll aus diesem Jammer ein Ausweg gefunden werden? Vielleicht am besten durch die schon bei der Erziehung anzustrebende wirtschaftliche Selbständigkeit und soziale Unabhängigkeit der Frau. Denn selbst wenn das Menschengeschlecht die höchste Vervollkommnung, die wir wünschen, erreicht haben

wird, wird eine dauernde Übereinstimmung zweier Menschen nicht immer der Fall sein. Wer nie gesehen hat, wie demütigend das Los einer Frau ist, die ganz auf die Versorgung durch die Ehe angewiesen ist, kann nicht erfassen, was die Erziehung zur Selbständigkeit für das weibliche Geschlecht bedeuten würde.
Die wirtschaftliche Abhängigkeit der Frau zeitigt nur dann keine Konflikte, wenn oder solange die Ehe glücklich und friedlich ist. Wo sich die Frau nicht die Fähigkeit zutraut, oder wo die Verhältnisse sie hindern, sich aus eigener Kraft eine Existenz zu gründen, wird sie um so verzweifelter an einer Liebe festhalten, die kaum mehr als eine Täuschung ist. Die Angst vor dem Alleinstehen bringt sie dazu, Demütigungen und Entwürdigungen zu ertragen. Ist während der gemeinsamen Ehe ein kleiner Wohlstand entstanden, so hängt die Frau um so fester an dem Bestehenden. Sie sagt sich, daß wenn sie auch nicht direkt miterworben hat, so ist doch durch ihre gute Führung des Haushalts ein Teil des Wohlstands erzielt worden. Und nun soll sie weichen und die erworbene Stellung aufgeben? Sie soll mit ihren Kindern ausgestoßen werden, eine andere soll vielleicht dort einziehen, wo sie mit Fleiß und Entbehrungen aufgebaut hat! Psychologisch sind diese Erwägungen zu begreifen. Aber sie genügen nicht, um ein Glück festzuhalten, das in Wirklichkeit schon zerronnen ist. Leider kommen Frauen viel häufiger in die Lage, an einer Gemeinschaft festhalten zu wollen, die der Mann innerlich schon gelöst hat, und die er auch äußerlich lösen möchte. Vielleicht liegt in der Natur der Frauen größere Beständigkeit, vielleicht sind sie treuer veranlagt, ganz unabhängig von ihrer wirtschaftlichen Stellung. Denn die Erfahrung lehrt, daß die Frauen selbst dann um den Gatten kämpfen, wenn sie sich in gar keiner Abhängigkeit von ihm befinden.
Es mag viel Utopie bei dem Gedanken sein, daß wahre Liebe sich so betätigen soll, daß man dem Wesen, das man liebt, alles Glück gönnen und ermöglichen soll, ohne Rücksicht auf das eigene Glück. Sicher gibt es solche Fälle, bei Männern sowohl wie bei Frauen. Vielleicht werden die Frauen der Zukunft sich auch in ihrem Gefühlsleben stolzer entwickeln, als dies heute wahrzunehmen ist. Man könnte hier einwenden, daß so nur jemand reden kann, der die Leidenschaft nicht kennt. Das wäre eine irrige Annahme. Vielmehr scheint es dabei auf Selbstzucht, gestärkt durch die wirtschaftliche Selbständigkeit, anzukommen.

Beides muß angestrebt werden. Alle Frauen, die sich schon heute als Anhängerinnen einer höheren Gesellschaftsform betrachten, müssen sich als berufen ansehen, durch eigenes Handeln vorbildlich zu wirken. Das mag nicht immer bequem erscheinen, aber jeder Mensch, ob Mann oder Frau, der an dem Bau einer neuen Zeit mitwirken will, muß sich entschließen, auch auf diesem Gebiet Pflichten zu erfüllen.
Und die Männer? so höre ich fragen, sollen sie nicht nur alle Rechte, sondern auch alle Vorrechte wie bisher haben? Nein! Andere Frauen werden auch andere Männer zur Folge haben, ohne daß die Frauen dafür Gebote aufstellen.
Die Männer haben den Frauen so viele Gebote gegeben, die sich fast alle als nicht gut erwiesen haben, weil sie nur den Anschauungen und Bedürfnissen jener entsprachen, die die Gebote aufstellten. Wie oft haben Männer über das weibliche Seelenleben geurteilt, und wie oft haben sie sich geirrt! Frauen sollen nicht denselben Weg des Irrtums betreten, sondern selbst besser werden, das bedeutet auch die anderen besser machen. Das mag nicht immer gelingen, sollte aber stets angestrebt werden.
„Die Ehen werden im Himmel geschlossen", lautet ein Sprichwort. Wenn man Gelegenheit hat, viele Ehen kennenzulernen, dann erscheint die himmlische Eheschließung in einer Beleuchtung, die ihr nicht zum Ruhme gereicht. Es wird heute oft scherzhaft gesagt: Man heiratet nur, um sich scheiden zu lassen. Ist es aber nicht wirklich vorzuziehen, eine Ehe, die sich nicht bewährt hat, zu trennen? Es läßt sich kaum etwas Furchtbareres ausdenken, als an eine Person gebunden und zu täglichem Umgang mit ihr verurteilt zu sein, für die man nur Gefühle der Abneigung empfindet. Beruht das auf Gegenseitigkeit und sind keine Kinder vorhanden, dann ist die Lösung leicht. Bedauernswert aber sind die Kinder, die täglich Zeugen des elterlichen Unfriedens sein müssen. Ihre Gefühle werden dann hin und her gezerrt, vom Vater zur Mutter und umgekehrt. Vor allem aber um der Kinder willen klammern sich viele Frauen fester an den Mann, als es sich mit der Würde, die sie besitzen sollten, verträgt. Und hier beginnt oftmals der tragische Konflikt. Keine Frau aber kann das Recht in Anspruch nehmen, den Mann zwingen zu wollen, sie auf Grund ihres Trauungsscheins und des Goldreifs, den sie trägt, zu lieben. Selbstverständlich auch umgekehrt nicht.

Daß Ehegatten um die Erhaltung ihrer gegenseitigen Zuneigung besorgt sind, sollte ja eigentlich etwas Natürliches sein. Sehr oft aber übersehen beide, daß man die Zuneigung am besten erhalten kann, wenn man dem anderen das Recht seiner persönlichen Freiheit wahrt, wenn man von ihm nicht ein Preisgeben seines ganzen Eigenlebens verlangt. Ehegatten, die ein bedingungsloses Aufgehen in der ehelichen Gemeinschaft und das Aufgeben aller anderen Interessen außer den beruflichen fordern, leiden gar oft an dieser Überspannung Schiffbruch. Ist auch die Frau in einer beruflichen Stellung, die viel Hingabe erfordert, dann ist es noch schlimmer. Denn von der Frau wird immer erwartet, daß sie in erster Linie den Interessen des Gatten lebt. Dieser empfindet nur allzu schnell die durch den Beruf der Frau bedingte Vernachlässigung. Das unerquicklichste sind dann Szenen, die sich in Gegenwart der Kinder abspielen.
Leider benützen viele Frauen gerne die Kinder als Waffen gegen den Mann. Sie bedenken oder berücksichtigen in ihrem Kummer nicht, wie sie dadurch die Seele der Kinder vergiften, wie sie ihnen die Kinderjahre vergällen. Solche den Kindern in die Seele gedrungenen Eindrücke wenden sich dann oft gegen die Mutter selbst. Denn es kann für eine Frau nichts Schmerzlicheres geben, als aus dem Mund der eigenen Kinder die Verurteilung des Vaters zu hören. Gewiß gibt es Fälle, wo einer Frau zu ihrem und zu ihrer Kinder Schutz nur der Weg in die Öffentlichkeit bleibt. Aber ohne zwingende Not sollte dieser Schritt nie getan werden. Es wirkt so unendlich traurig, wenn Menschen, die sich einmal etwas bedeuteten, sich in der Öffentlichkeit gegenseitig herabsetzen.
Daß die Mädchenerziehung sich bisher in Bahnen bewegt hat, die solche Resultate zeitigte, beweist, wie notwendig es ist, daß alle Frauen, die sich zu neuen Anschauungen emporgerungen haben, nichts unversucht lassen dürfen, um die Mädchenerziehung auf eine ganz neue Grundlage zu stellen. Solange das nicht der Fall ist, werden die Männer und Frauen sich keine größere Achtung entgegenbringen, als sie dies heute tun. Gewiß soll nicht außer acht gelassen werden, daß die Erziehung der Männer genauso verbesserungsbedürftig ist, aber da sie sich in der stärkeren Position befinden, leiden sie unter ihren Fehlern in weit geringerem Maß.

XV. Die Berufstätigkeit der Frau — Erziehung der Kinder

Der Berufstätigkeit der Frau stellen sich unter den heutigen Verhältnissen mannigfache Schwierigkeiten entgegen. Nicht nur wird vorausgesetzt, daß sie neben der Ausübung ihres Berufes auch ihren Haushalt besorgt, sie soll auch die Erzieherin ihrer Kinder sein. Es gibt ja Kinder, von denen es heißt, daß sie sich beinahe selbst erziehen. Bei ihnen bewahrheitet sich die These des Philosophen Schopenhauer, daß Erziehung nichts ist, Veranlagung alles. Goethe allerdings scheint die Erziehung anders eingeschätzt zu haben, denn von ihm stammt das Wort: Wenn die Weiber erzogen wären, könnten sie erzogene Kinder gebären. Nachdem man aber, wie aus den vorausgegangenen Ausführungen ersichtlich ist, nicht der Meinung sein kann, daß die Frauen von heute richtig erzogen sind, können sie auch keine erzogenen Kinder gebären. Zum Maßstab von Beurteilungen kann niemals die Ausnahme gelten, sondern nur die Regel. Und da bietet heute das Erziehungsproblem fast unlösliche Konflikte.
Der berufstätigen Mutter als Erzieherin bieten sich Leiden und Qualen ohne Ende. Die Mutter, die den ganzen Tag vom Beruf in Anspruch genommen ist, sieht ihre Kinder nur in den Abendstunden. Ganz abgesehen davon, daß ihr selbst die richtige Erziehung mangelt, wie soll sie in den Feierabendstunden, in welchen sie noch viele andere Arbeiten zu vollbringen hat, auch noch Kinder erziehen? Selbst die Frauen, die in den sogenannten intelligenten Berufen arbeiten, wie Lehrerinnen, Schriftstellerinnen, Beamtinnen, müssen gar oft ihr Unvermögen auf diesem Gebiet erkennen. Mütter, auf deren Arbeit die Gesellschaft nicht verzichten will oder nicht verzichten kann, müßten durch staatliche und kommunale Fürsorge der Erziehungspflichten enthoben werden. Denn selbst dann, wenn die Berufstätigkeit der Mutter materiell so viel einbringt, daß sie sich eine Gehilfin für ihren Haushalt halten kann, ist kaum zu erwarten, daß die Gehilfin neben den Hausarbeiten die Rolle der Erzieherin auszuüben in der Lage ist. In ärmlichen Verhältnissen ist oft eine Großmutter oder eine Tante berufen, diese Funktion zu versehen, es kommt aber fast immer auf dasselbe heraus. Ob die Mutter Fabrikarbeiterin, geistige Arbeiterin oder Geschäftsfrau ist, immer und immer sind die Leiden, die sie erduldet, namen-

los, und noch schlimmer, wenn ihr bewußt ist, wie es sein sollte und wie es leider nicht ist. Solche Mütter martern sich mit Selbstanklagen und Beschuldigungen. Wenn sie arbeiten und verdienen müssen, um die materielle Existenz zu sichern, dann bleibt keine Zeit für Werke der Erziehung. Nicht nur die Zeit fehlt, es fehlt oft auch die Fähigkeit. Es gibt geborene Erzieherinnen, die nie Mütter waren, und es gibt Mütter, die nie Erzieherinnen werden. Aber besäßen auch alle Mütter das glänzendste pädagogische Talent, wenn sie tagtäglich geistig oder körperlich arbeiten müssen, vielleicht auch beides zusammen, so können die angeborenen Talente nicht zur Anwendung kommen. Frauen, die bei Ausübung eines geistigen Berufes sich ganz in ihre Aufgabe hineindenken müssen, haben selten die Zeit, die wichtige Arbeit der Erziehung zu besorgen. Ruhige Nerven und unerschöpfliche Geduld sind die Voraussetzungen dafür. Wo aber soll diese eine Frau hernehmen, die von den Pflichten des Berufes erfüllt und vielleicht von den Sorgen des täglichen Lebens gequält ist?
Da haben es die Männer doch weit besser. Wenn sie geistige Arbeiter sind, so erschöpft sich die Aufmerksamkeit der Frau darin, ihnen jede Störung fernzuhalten. „Vater arbeitet", heißt es da. Auf leisen Sohlen muß an seiner Tür vorbeigehuscht werden, um kein Geräusch zu verursachen. Arbeitet er aber außer dem Hause, dann werden die Kinder ermahnt, ja ruhig zu sein, wenn Vater nach Hause kommt, denn er ist nervös, reizbar. So werden dem Mann und Vater, wenn er der Ernährer der Familie ist, Aufregungen und Störungen aus dem Weg geräumt. Die Frau aber, die in irgendeinem Beruf tätig ist, hat nebenbei die ganze Verantwortung für den Haushalt und für die Kinder zu tragen.
Bleibt eine Mutter als Witwe mit ihren unmündigen Kindern allein in der Welt, so erwartet jeder, daß sie ihre Kinder trotzdem zu tüchtigen Menschen erzieht. Die wirtschaftlichen Verhältnisse müssen aber ganz außerordentlich günstige sein, wenn die alleinstehende Frau in der Lage sein soll, ihren Kindern eine gute Erziehung zu geben. Institute sowohl als Erzieher und Erzieherinnen im Hause sind eine teure Sache; kann man das nicht leisten, so wird der Erfolg der Erziehung immer von der Veranlagung dazu oder anderen Glücksumständen abhängen. Aber niemand sieht etwas Außerordentliches darin, wenn eine allein-

stehende Frau als Mutter und Erzieherin Tüchtiges leistet, das versteht sich von selbst.

Bleibt der Mann mit seinen Kindern allein, dann verlangt kein Mensch von ihm, daß er seinen Kindern auch die Mutter ersetzen soll. Tut er es aber dennoch, so bewundert man seine Leistung, während von der Frau ganz dieselbe Handlung als selbstverständlich vorausgesetzt wird. Gibt der Mann die Kinder aus dem Hause, weil er sich außerstande fühlt, ihnen Pflege und Erziehung angedeihen zu lassen, so begreift das jeder. Ein gleiches Vorgehen der berufstätigen Frau genügt aber oft, um ihre Hingebung und Aufopferungsfähigkeit als Mutter anzuzweifeln.

Wenn die Frau im aufreibenden Kampf ums Dasein zermürbt wird; wenn sie endlich infolge der ewigen Jagd zwischen Existenzsorgen, Berufsarbeit und Haushalt unterliegt, dann ist es nicht das Übermaß der Last, unter der sie zusammengebrochen ist, sondern die Welt nennt es Schwäche, vielleicht gar Untüchtigkeit.

Vielleicht hat noch kein Mann das ertragen, was so viele Frauen ertragen müssen. Wer kann ermessen, welch hohes Maß von Willenskraft und Arbeitsfreude für eine Frau notwendig ist, wenn sie mit ihren Kindern auf sich allein angewiesen, die Existenz überhaupt möglich zu machen sucht!

Man betrachte diese Auslassungen nicht als frauenrechtlerische Erwägungen; es sind einfach Tatsachen auf Grund langer objektiver Beobachtungen. Soll den Frauen geholfen werden, dann müssen die Dinge gezeigt werden, wie sie sind. Erstens damit die Frauen selbst erkennen, zu welchen Leistungen sie fähig sind; daraus müssen sie Mut gewinnen, nach einer besseren, gerechteren Würdigung ihres Geschlechts zu streben. Die Männer aber sollen einsehen, daß es nicht Angriffe auf irgendwelche berechtigte Traditionen sind, wenn die Frauen den Ruf nach Recht und Gerechtigkeit erheben, sondern daß damit einfach den tatsächlichen Bedürfnissen Ausdruck verliehen wird. Jeder Mann aber, der selbst Kämpfer ist für die höchste Kultur auf Erden, kann sicherlich nicht anders als einstimmen in die Forderung, daß auch den Frauen ermöglicht werde, zu dieser Kultur emporzusteigen.

Leider finden die Frauen selbst bei ihrem eigenen Geschlecht nicht immer die rechte Würdigung. Ausnahmen bestätigen auch hier die Regel. Wollen aber die Frauen zu einer schöneren Zukunft emporsteigen, dann müssen sie vor allem lernen, gerecht und billig gegen ihre Mitschwestern zu sein. Alle Bestrebungen der modernen Frauenbewegung haben hier noch keine große Änderung herbeigeführt. Von einer Frau fordert man die Vereinigung aller Tugenden und Vorzüge, ohne einzusehen, daß es bei dem Mangel an Erziehung, unter dem das Frauengeschlecht leidet, schon viel ist, wenn eine Frau sich als Persönlichkeit rein entwickeln kann.

Jeder Übergang ist schmerzlich, so auch der, der sich bei den Frauen vollzieht. Vor allem der Übergang, den die zunehmende Berufstätigkeit der Frau im Erziehungswesen mit sich bringen muß. Die Frauen müssen vor allem erkennen lernen, daß ihren Kindern kein Unrecht widerfährt, wenn an Stelle der Mutter, die sich ihnen nicht widmen kann, andere, berufsmäßige Erzieher treten. In den bemittelteren Schichten ist es ja immer üblich gewesen, Kinder, wenn sie ein bestimmtes Lebensalter erreicht hatten, in Erziehungsanstalten zu geben. Diese kann das Proletariat weder bezahlen, noch genügen sie den Bedürfnissen. Schon die kleinen Kinder brauchen gewissenhafte und verständige Fürsorge. Kommunale und staatliche Einrichtungen, die für alle Klassen der Gesellschaft gleichmäßig sind, müßten das gewähren. Keine Surrogate, die das Stigma der Waisenhäuser an sich tragen, sondern wirkliche Erziehungsanstalten, die mit der Aufgabe betraut sind, ihre Zöglinge zu tüchtigen, aufrechten Menschen heranzubilden, ohne Unterschied zwischen arm und reich. Die Veranlagungen und Neigungen, die sich zeigen, müssen beobachtet und berücksichtigt werden.

Der Einwand, daß auf solche Weise den Kindern der Segen des Familienlebens geraubt würde, ist hinfällig, denn wo die Mutter einem Beruf nachgehen muß, haben die Kinder auch jetzt kein Familienleben. Und wenn die Mutter am Abend müde und abgespannt nach Hause kommt, ist sie nur selten in der Verfassung, sich einem heiteren Familienleben hinzugeben. Dazu kommt es fast nie. Bei der Arbeiterklasse wartet auf die heimkehrende müde Frau und Mutter die häusliche Arbeit; bei den Mittelklassen, wo die Frau Geschäftsinhaberin, Lehrerin, Beamtin oder etwas Ähnliches ist, sind die Kinder mit dem ohnedies überbürdeten Dienstmädchen tagsüber allein, und wenn die Mutter heimkommt, so kann eine freundliche Familienstimmung in den seltensten Fällen aufkommen, weil sie mit einem Ohr die

Klagen des Mädchens über die Kinder, mit dem anderen die der Kinder über das Mädchen anhören muß. Gepriesen der Tagesschluß, an dem es einmal keine unerquicklichen Szenen gegeben hat. Die Nerven gehen bei dieser Art des Familienlebens sicher zugrunde. An die Stelle der Gemütlichkeit tritt Zänkerei, Tränen und Geschrei. Nein, Frauenarbeit und Kindererziehung lassen sich unter den gegenwärtigen Verhältnissen nicht vereinen. Eine gemeinsame Erziehung in Staats- oder kommunalen Anstalten, geleitet von wirklichen Pädagogen und Kinderfreunden, dürfte das beste sein. Am Abend und am Sonntag könnten doch alle Familienmitglieder zu Hause vereinigt sein, so wie ja auch aus den Kindergärten die Kinder am Abend nach Hause kommen. Wenn sie bei Tag in guter Obhut waren, wenn in den Erziehungsanstalten auch der Körperpflege und dem Spiel im Freien der notwendige Platz eingeräumt wird, dann werden die Kinder zu Hause ruhiger sein, und der Mutter werden peinliche Auseinandersetzungen mit Hauswirten und Nachbarn wegen der zu großen Lebhaftigkeit der Kinder erspart bleiben.

XVI. Der Haushalt jetzt und in der Zukunft

Die Technik hat schon mannigfache Fortschritte erzielt, um den Haushalt zu erleichtern und angenehmer zu gestalten. Nur im Arbeiterhaushalt sind die wichtigsten dieser Errungenschaften wegen ihrer Kostspieligkeit noch wenig bekannt. Es kann daher nicht eifrig genug dafür gewirkt werden, daß alle technischen Verbesserungen auch den Arbeiterfrauen zugute kommen. Wie sich die Lösung finden wird, ob Zentralküchen auch den Arbeiterfrauen, die sie am notwendigsten brauchen, dienen werden, ist noch nicht abzusehen. Aber sicherlich kann erwartet werden, daß sich die Abneigung der meisten Frauen gegen das Aufgeben der eigenen Küche verlieren würde, wenn damit tatsächlich eine Entlastung und Hilfe verbunden wäre.
Solange aber die schon heute bestehenden gemeinschaftlichen Küchen nur auf Einkommen, die größer als das der bestbezahlten Arbeiter, eingerichtet sind, so lange können die Arbeiterfrauen dafür nicht in Betracht kommen. Aber es ist sicher anzunehmen, daß die Zukunft auch da manche Umwandlung bringen wird. Die Welt kann nicht in einem Punkt ewig unverrück-

bar stehen bleiben, nämlich beim Kochherd für jede einzelne Familie. Heute muß jede Frau, auch wenn sie nicht das geringste Talent und nicht die leiseste Neigung dazu hat, sich mühsam durch die Geheimnisse der Kochkünste hindurchwinden. Und noch immer gilt die Auffassung, daß nur diejenige eine vollkommene Frau ist, die diese Dinge versteht, sie mag sonst in irgendeinem Beruf, den sie erlernt hat, noch so tüchtig sein.

Wieviel besser und rationeller wäre es, wenn Frauen, die dazu die Befähigung haben, die Kochkunst als bezahlten Beruf in Zentralküchen zum allgemeinen Nutzen ausüben würden.

Schon jetzt entstehen immer mehr Haushaltungsschulen. Je zahlreicher diese werden, je mehr Mädchen in solchen Schulen hauswirtschaftliche Bildung erlangen, um so mehr wird sich der Gedanke durchringen, daß auch diese Dinge gelernt sein müssen. Denn man kann von der Frau nicht erwarten, daß sie die Fähigkeit, ihre Familie richtig zu ernähren und ihre Kinder richtig zu erziehen, mit auf die Welt bringt.

Die künftige Stellung der Frau hängt daher aufs engste mit der Mädchenerziehung und der vorehelichen Berufstätigkeit und mit der Modernisierung des Haushaltes zusammen. Die angestrebte Zentralküche könnte ebenfalls einen geachteten und lohnenden Beruf für eine große Zahl von Frauen schaffen und damit jenen ein Betätigungsfeld eröffnen, die es zur sogenannten „ureigensten weiblichen Arbeit", zum Herd, zieht.

Gewiß wird es auch in Zukunft Frauen geben, die ihre eigene, selbständige Küche nicht aufzugeben gewillt sind. Hoffentlich wird die Entwicklung auch vor den Wohnungen der arbeitenden Klassen nicht haltmachen. Bequem ausgestattete Räume, Küchen, die mit allen Erleichterungen, die die Technik erfunden hat, ausgestattet sind, werden ihnen die Arbeit erleichtern. Wenn das Aufdrehen eines Hahnes genügt, um eine Flamme zu erzeugen, so wird die Küchenarbeit viel von ihren heutigen, unangenehmen Beschwerden verloren haben. Warmwasserleitungen, eingebaute Abwaschvorrichtungen, Gas- oder elektrische Beleuchtung werden die häusliche Arbeit noch mehr vereinfachen. So winkt der Frau der Zukunft, auch wenn sie am eigenen häuslichen Herd festhalten will, ein schöneres Los, als es die heutige Zeit ihr bietet.

XVII. Die neue Frau

Die Umwandlung der gesellschaftlichen Einrichtungen, die von der Sozialdemokratie erstrebt wird, kann nicht durchgeführt werden, wenn nicht auch die Menschen sich umwandeln. Man kann nicht mit den gedrückten, unterernährten, kleinmütigen, vom Kindes- bis zum Greisenalter zur Unterwürfigkeit verurteilten Menschen eine sozialistische Gesellschaft aufrichten. Wenn aber diese Umwandlung auch anders geartete Menschen erfordert, dann gilt das besonders für die Frauen. Das weibliche Geschlecht kann nicht unfrei, rechtlos, minder gewertet bleiben, wenn der Sozialismus seinen Siegeszug antreten soll, denn vom Sozialismus erhoffen und erwarten alle, die an ihn glauben, die Sprengung aller Fesseln, unter deren Druck sie jetzt leiden. Wer aber sollte mehr hoffen als die, die am gefesseltsten sind, die am meisten leiden? Und wer wollte bestreiten, daß das die Frauen sind. Selbst unter der glänzendsten Außenhülle verbirgt sich nur allzuoft ein Geschöpf, das nicht wagt, einen eigenen Willen zu äußern, das oft gar nicht empfindet, daß dies möglich sei. Die Frau ist als Arbeiterin unterwürfiger als der Arbeiter, sie ist genügsamer, anspruchsloser, leichter zu befriedigen und denkt gar nicht, daß es anders sein könnte. Auch in der Familie ist die Frau die Fügsamere; sie ist leichter geneigt, das eigene Wohl, die eigene Persönlichkeit preiszugeben, auch wenn keine zwingenden Gründe dafür sprechen. Als Mutter ist die Frau bis zur Schrankenlosigkeit aufopferungsfähig. Das eigene Glück, eine ganze Zukunft sind die Mütter bereit zu opfern nicht nur für das wirkliche Glück ihrer Kinder, sondern oft nur für ein eingebildetes. Das ist die Eigenart der Frau: Aufopferungsfähigkeit und Unterordnung.

Es ist zu erwarten, daß das Ereignis, das nun schon länger als ein Jahr die Welt erschüttert, der furchtbarste Krieg, den die Menschheit je erlebt hat, auch an der Frau nicht spurlos vorübergehen wird. Die Gattinnen und Mütter aller Klassen, die bisher immer von männlicher Leitung und männlichem Willen beeinflußt wurden, haben die Stütze verloren. Allein stehen sie plötzlich in der Welt, beladen mit der Sorge um ihr und ihrer Kinder Dasein. Frauen, die nie den häuslichen Herd verlassen haben, werden plötzlich hinausgedrängt, dorthin, wo man Arbeitskräfte benötigt. Alles, was das Leben hart und schwer macht, wurde der Frau beschieden. Zehntausende, die noch vor Monaten gewohnt waren, behütet durch das Leben zu gehen, werden nun allein diesen Weg machen müssen. Andere zehntausende junge weibliche Geschöpfe, deren Entwicklungsbahn bisher nach der Richtung zur Ehe geleitet wurde, werden aus dieser Bahn geschleudert, denn die eheliche Gemeinschaft wird nun, nach dem schrecklichen Männersterben, vielen unerreichbar sein. Das was bisher der Mehrheit des weiblichen Geschlechts als erstrebenswertes Ziel erschien, die Landung in dem ehelichen Hafen, wird auf lange Zeit vielen versperrt sein.

Es ergibt sich danach von selbst, daß sich die Erziehungsmethode ändern muß, weil die Verhältnisse es erheischen. Wenn es auch sonst nicht immer gut sein mochte, die Ehe als einzigen Lebensinhalt zu betrachten, so erfordern nunmehr die geänderten Bedingungen eine andere Auffassung, eine andere Gedankenrichtung des weiblichen Geschlechts. Die Erkenntnis muß gefördert werden, daß auch die Frau um ihrer eigenen Persönlichkeit willen, um ihres Könnens und ihrer Fähigkeiten wegen Achtung und Schätzung verdient. Was bisher nur einzelnen als Ausnahmen gewährt wurde, muß zum Gemeingut für die Frauen werden.

Das Streben der Frauen nach wirtschaftlicher Unabhängigkeit wird nicht mehr als frauenrechtlerische Schrulle eingeschätzt werden dürfen, sondern als durch die Notwendigkeit und durch die Zeiterfordernisse bedingt. Man wird allgemein lernen müssen, auch in bezug auf die Frau das anzuerkennen, was ist. Die wirtschaftliche Selbständigkeit der Frau wird aber der ganzen Persönlichkeit größere Sicherheit geben und wird auch auf anderen Gebieten Neuerungen unerläßlich machen.

Die sozial zu höherer Bedeutung gelangten Frauen wird man auch rechtlich nicht mehr anders behandeln dürfen als die männlichen Staatsbürger. Die Gesetzgebung wird ihre Türen den Frauen um so eher öffnen müssen, je eher die Frauen selbst erkennen, daß die ihnen auferlegten Pflichten den Anspruch auf dieses Recht erheischen.

Wenn der Krieg die Ursache sein wird, daß die Frauen ihren Zielen näher kommen, so wollen wir den Krieg deshalb nicht preisen, sondern wir wollen die Erinnerung an seine Schrecken und an seine zahlreichen Opfer als heilige, nie verlöschende Flamme bewahren, damit die zu höheren sozialen und politischen Rechten gelangten Frauen es als ihre vornehmste Pflicht ansehen lernen, den größeren Einfluß, den sie gewinnen, für die Die neue Frau, die kommen wird und kommen muß, soll frei sein von den kleinlichen Gefühlen und engherzigen Anschauungen der alten Zeit. Vorurteilslos soll sie auch gegen ihre Geschlechtsgenossinnen sein. Sie soll sich auch nicht für zu gering halten, auf jedem Gebiet in ihrer Art mit aller Kraft zu wirken. Das Dichterwort „Es wächst der Mensch mit seinen höheren Zwecken" soll sich auch bei den Frauen bewahrheiten. Sie sollen der Welt nicht nur als die Verfechterinnen der Rechte ihres eigenen Geschlechts erscheinen, sondern als die Kämpferinnen für ein neues Menschheitsideal, das uns im Sozialismus verkündet wird. Möge die neue Frau gewillt und stark genug sein, alle ihre Pflichten zu erkennen, möge es ihr nicht an Mut und Energie fehlen, sie auch zu erfüllen.

Internationale Bibliothek

Verlag J.H.W. Dietz Nachf. GmbH
Kölner Straße 143
5300 Bonn–Bad Godesberg

August Bebel

Aus meinem Leben

Ausgewählt und neu herausgegeben von Walther G. Oschilewski (Internationale Bibliothek, Bd. 89) 2. verb. Aufl. 1976 (1. Aufl. 1958). 223 S. Text, 16 Abb. Brosch. 15,– DM

Mit dieser Ausgabe will der Verlag Bebel nicht nur Fachhistorikern, sondern allen historisch-politisch Interessierten zugänglich machen. Aus dem Vorwort des Herausgebers: „In der vorliegenden Ausgabe, der der Neudruck des ersten und zweiten Teils (dritte, unveränderte Auflage, 1914; vierte, unveränderte Auflage, 1919) und die erste Auflage des dritten, von Karl Kautsky herausgegebenen Teils (1914) zugrundeliegt, ist August Bebels aufschlußreiche Lebensbeschreibung, deren letzte (9.) Originalausgabe 1930 bei J.H.W. Dietz Nachf., Berlin, erschien, zu einem gestrafften und neu gegliederten Band zusammengefaßt. Ein reiner Nachdruck der oft allzu breit geschilderten politischen Verhältnisse, organisatorische Streitigkeiten und zweitrangigen Umstände würde zweifellos den heutigen Zugang zu dem bedeutsamen Gesamtwerk verhindern. So wurde hier der Versuch unternommen, unter Berücksichtigung des chronologischen Flusses durch eine Neugliederung der einzelnen Kapitel und durch die Herausnahme belangloser und dem heutigen Menschen kaum noch verständlicher Abschnitte ein zeitentsprechendes Lesebuch von größtmöglicher Anschaulichkeit zu schaffen.

Es ist selbstverständlich, daß die Eigenheit des Stils, die klare, saubere, an den Klassikern geschulte Sprache Bebels gewahrt bleiben mußte und der Text unverändert blieb. Der Herausgeber hofft, daß die denkwürdige Lebensbeschreibung des großen Führers der deutschen Arbeiterbewegung, der als Gegenspieler Bismarcks auf dem Schauplatz umwälzender politischer und gesellschaftlicher Kämpfe ein halbes Jahrhundert deutscher Geschichte entscheidend mitgeformt hat, auch noch in unserer Zeit ihren Widerhall findet."

Jochen Loreck
Wie man früher Sozialdemokrat wurde
Das Kommunikationsverhalten in der deutschen Arbeiterbewegung und die Konzeption der sozialistischen Parteipublizistik durch August Bebel
Schriftenreihe des Forschungsinstituts der Friedrich-Ebert-Stiftung, Band 130   290 S. Brosch. 36,– DM

Wegen der schwierigen Quellenlage läuft die Erforschung der frühen Arbeiterbewegung Gefahr, den Blick einseitig auf die Führungsschicht von Gewerkschaft und sozialdemokratischer Partei zu richten. Wenn man aber Arbeiterbewegung als „Bewegung der Arbeiter" versteht, so darf die Frage nach der „Basis", dem Fühlen und Denken des einfachen SPD-Mitglieds im wilhelminischen Deutschland nicht unberücksichtigt bleiben.

Der Verfasser versucht, einen wichtigen Teilbereich politischen Lebens in Deutschland vor dem Ersten Weltkrieg zu erklären. Wie kam es, daß binnen einer Generation aus meist unkritischen Unterschichten-Angehörigen eine breite Oppositionsbewegung emporwuchs? Welches waren die sozialen und „kommunikativen" Merkmale für diesen Politisierungsprozeß zugunsten der SPD?

Die sorgfältige Analyse sozialdemokratischer Memoiren aus der Ära Bebel zeigt, daß der Weg zur Sozialdemokratie kein regelloser Prozeß war, sondern daß dabei bestimmte Gesetzmäßigkeiten auftraten. Idealtypisch läßt sich die politische Bewußtwerdung als eine Stufenfolge vom Gespräch über Versammlungsbesuch, Broschürenlektüre bis hin zu Parteibeitritt und Abonnement der Parteipresse rekonstruieren.

Einleitend skizziert der Verfasser die Auffassungen des maßgebenden Parteiführers August Bebel zu publizistischen Fragen und die Etappen der lebhaften medienpolitischen Diskussionen. Dabei werden die Ursachen der sozialdemokratischen „Pressegläubigkeit" herausgestellt. Die verständlich geschriebene Arbeit ist aus einer Dissertation im Fach Publizistik hervorgegangen. Der Autor arbeitet als politischer Redakteur in Bonn.

**Verlag
Neue Gesellschaft GmbH**
Kölner Straße 143
D-5300 Bonn-Bad Godesberg 1